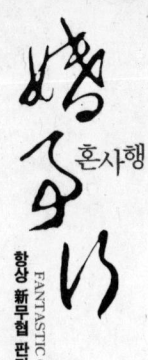

# 혼사행 3

항상 新무협 판타지 소설

초판 1쇄 찍은 날 § 2010년 8월 10일
초판 1쇄 펴낸 날 § 2010년 8월 20일

지은이 § 항상
펴낸이 § 서경석

편집팀장 § 서지현
편집 § 어정원

펴낸곳 § 도서출판 청어람
등록번호 § 제1081-1-89호
등록일자 § 1999. 5. 31
어람번호 § 제2-1963호

주소 § 경기도 부천시 원미구 심곡2동 163-2 서경B/D 3F (우) 420-822
전화 § 032-656-4452 팩스 § 032-656-4453
http://www.chungeoram.com
E-mail § chungeoram@chungeoram.com

ⓒ 항상, 2010

ISBN 978-89-251-2253-3 04810
ISBN 978-89-251-2195-6 (세트)

※ 파본은 구입하신 서점에서 교환하여 드립니다.
※ 저자와 협의하여 인지를 붙이지 않습니다.
※ 이 책은 도서출판 청어람과 저작자의 계약에 의해 출판된 것이므로,
무단 전재 및 유포·공유를 금합니다.

婚事行
혼사행 ③

항상 新무협 판타지 소설

FANTASTIC ORIENTAL HEROES

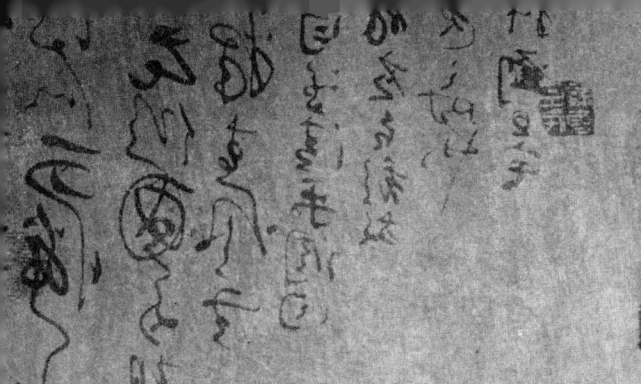

| 第一章 | 소마녀 백화선 | 7 |
| 第二章 | 일이 점점 커진다 | 41 |
| 第三章 | 붉은 사마귀의 집 | 65 |
| 第四章 | 적과의 단합 | 93 |
| 第五章 | 강남의 제갈세가 | 125 |
| 第六章 | 쫓기는 자의 여유 | 155 |
| 第七章 | 속는 자와 속이는 자 | 195 |
| 第八章 | 구도사의 혈투 | 225 |
| 第九章 | 무림신녀 | 261 |
| 第十章 | 선택 | 301 |

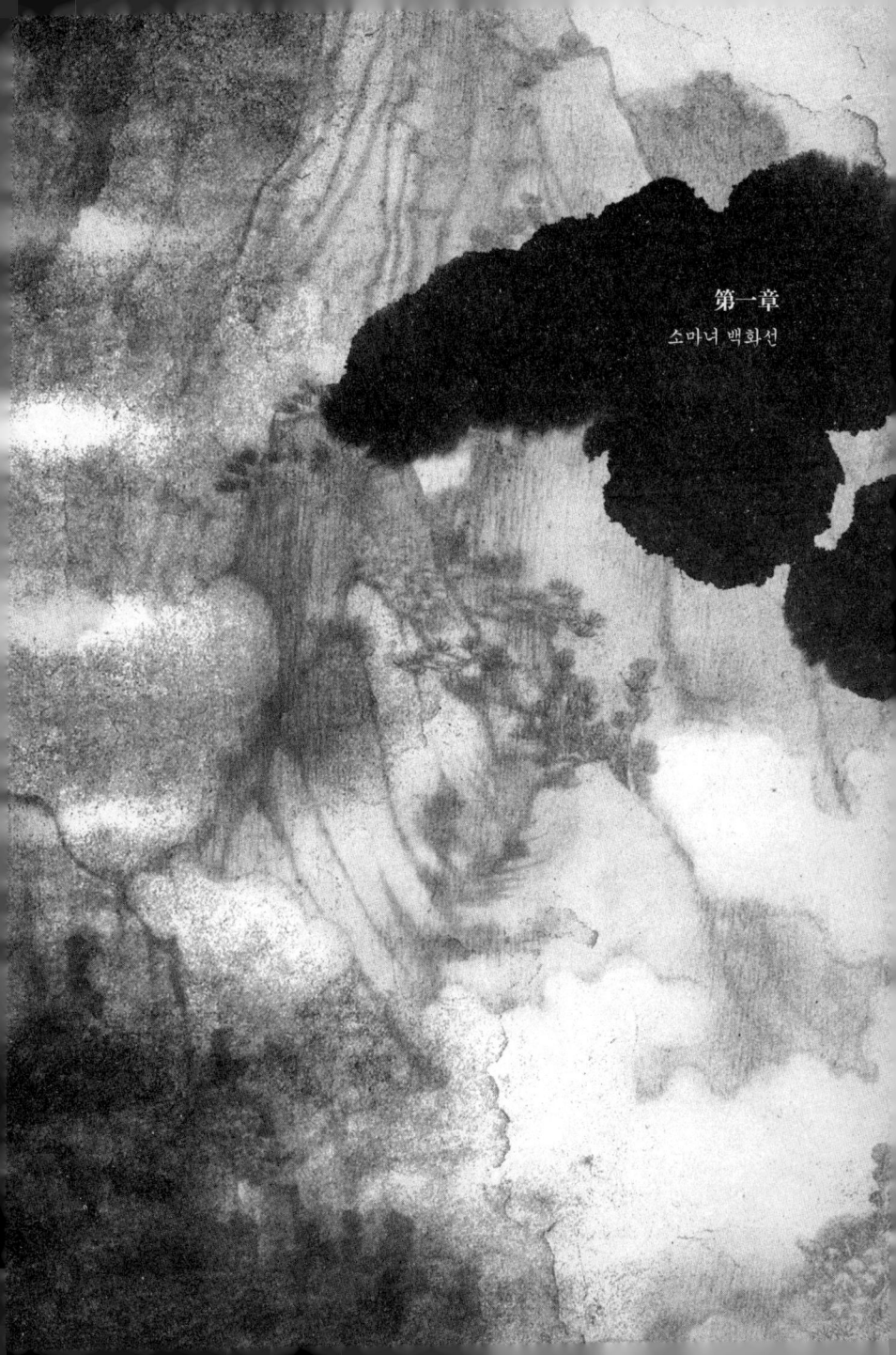

# 第一章
## 소마녀 백화선

사천성 시절의 황조령.
 진양교의 대대적인 반격에 대비하기 위해선 외부의 도움이 절대적으로 필요했다. 사천의 제일문파는 당문, 그러나 그들은 무림맹의 도움을 거절했다. 진양교와 무림맹, 그 어디에도 치우치지 않는 중립적인 입장을 계속 견지했던 것이다.
 차선(次善)의 선택이 비독문이었다.
 비독문주 백기춘은 이를 흔쾌히 승낙했으나 그 뒷감당이 힘들었다. 감 놔라 대추 놔라, 사사건건 참견하는 것은 어느 정도 예상했던 일이었다. 가장 골치 아픈 것은 그의 자식들이 치는 사고였다.
 그때마다 두치는 황조령을 찾아와 하소연을 했다.

"형님, 언제까지 그 연놈들이 하는 짓거리를 두고 보실 겁니까? 장남이라는 놈은 허구한 날 여자들이나 찝쩍거리고, 차남과 삼남 그 자식들은 함께 몰려다니면서 싸움질이나 해대고 말입니다. 가장 큰 골칫덩이는 소마녀란 별명을 가진 계집입니다. 귀엽고 똘망똘망하게 생긴 년이, 하는 짓거리는 어찌나 잔인한지, 전쟁터에서 잔뼈가 굵은 제 수하들까지 혀를 내두를 정도입니다."

"후우……."

황조령은 나직이 한숨을 내쉬었다. 입이 열 개라도 할 말이 없었다. 유한 성격의 송 노공까지 특단의 조치를 해야 하지 않느냐며 강권하는 상황이었다.

"형님, 한숨을 쉰다고 해결될 일입니까? 이는 우리의 사기와도 직결되는 문제입니다."

"내 비독문주를 만나서 해결책을 의논해 보마."

"그딴 거 소용없습니다. 비독문주 그자는 잘 타일러 보겠다는 형식적인 대꾸만 하지 않습니까."

맞는 말이었다. 황조령이 수 차례 찾아가 사정 이야기를 했지만 달라진 건 없었다.

"그럼 어찌하겠느냐? 지금은 비독문의 도움이 절실한 상황이다. 그들의 도움 없이는 진양교의 대대적인 공세를 막아낼 수가 없다."

"여주승 군사님께 이 일을 맡기면 어떻습니까? 왠지 마음에 들지 않는 인간이지만, 사람을 다루는 능력은 천부적이지 않습니까?"

황조령은 천천히 고개를 저었다.

"이미 운을 띄워봤다. 한데 그 집안에 대해서는 여 군사 또한 두 손 두 발 다 들었다고 한다. 본론을 꺼내기도 전에 절대 싫다며 못을 박더구나."

여주승이 포기했다면 말 다 한 것이다.

잠시 생각에 잠겼던 황조령이 입을 열었다.

"내 그들을 만나 직접 타일러 보겠다. 장남인 백도일은 어디에 있느냐?"

"그놈보다도 소마녀라는 불리는 계집이 더 급합니다. 어제도 새로운 독을 시험한다고 포로들이 먹는 음식에 독을 탔다지 뭡니까? 간수가 일찍 발견했기에 망정이지 하마터면……."

"알았다. 비독문의 차녀부터 단단히 주의를 줄 것이다. 그녀는 지금 어디 있느냐?"

"감시를 붙여놓기는 했지만, 워낙 신출귀몰해야 말이지요."

"뭐, 부른다고 얌전히 올 것 같지도 않고, 우리가 직접 찾아보자꾸나."

"그러지요, 형님."

의기투합한 황조령과 두치는 곧바로 최대의 골칫덩이인 백화선을 찾기 위해 나섰다.

한편, 그 시각의 건통전.

누가 큰 실수를 했는지 단단히 화가 난 의원의 고함 소리가

밖에까지 들렸다.
"이런! 사람 잡을 놈을 봤나! 지혈을 위해 붕대를 묶으랬더니, 다리를 부러뜨려!"
"의원님께서 단단히 묶으라고 하셔서……"
"이놈아, 단단히도 정도가 있지? 이리 멍청한 놈이 건통전에는 왜 온 거야? 나가, 당장 나가~!"
곧이어 축 처진 어깨의 수검이 건통전을 나왔다. 당시 수검은 사천 무림맹에 온 지 얼마 되지 않았었다. 의술을 배워 박복한 팔자 좀 고쳐 보려 했는데 정말 쉽지 않았다.
일은 서툴고 무림맹 생활은 낯설었다. 이리 울적할 때 흉금을 털어놓고 수다를 떨 친구조차 사귀지 못한 상태였다.
이러다 정말 건통전에서 쫓겨나는 것은 아닌지, 불안한 마음으로 걷고 있던 그때였다.
"이리 오너라."
수검을 부르는 음성이 있었다.
반사적으로 고개를 돌린 수검의 눈에 앳된 소녀가 보였다. 나이는 어리지만 자신보다 높은 신분임이 분명했다.
"저 말입니까?"
"그래, 여기 너밖에 누가 또 있느냐?"
"무, 무슨 일이신지……."
머뭇거리면서 다가온 수검에게 그녀가 연잎으로 싼 물건을 내밀며 말했다.
"먹어라."

그녀의 손에 들려 있는 보따리에서 꺼낸 것이었다.
"이것이 무엇인지요?"
"펴보면 알 것 아니냐."
"예……."
수검은 그녀가 하라는 대로 했다. 뜨끈한 온기가 느껴지고, 향긋한 냄새가 나는 것이 음식 종류임은 알 수 있었다. 조심스레 연잎을 푼 순간, 수검의 눈이 번득였다.
"고, 고기!"
보급이 원활하지 않은 무림맹에서는 매우 귀한 것이었다. 군침을 흘리는 수검을 향해 그녀가 말했다.
"먹어도 괜찮다."
"정말입니까?"
"왜, 싫은 것이냐?"
"아, 아닙니다. 이 귀한 것을 어찌 저 같은 것에게……."
"너무 처량하게 걷기에 그냥 지나칠 수가 없었다. 안 좋은 일이 있었던 모양인데, 맛있는 음식을 먹으면 한결 나아질 것이다."
귀엽고 앳돼 보이는 소녀가 이리도 마음이 고울 수가!
수검은 감동했다. 모든 것이 낯설고 힘든 무림맹에서 이러한 호의를 받기는 처음이었다.
"그럼, 어서 먹어야지?"
"아, 예!"
눈앞의 고기에 정신이 팔린 수검은 그녀의 목소리가 변한 것을 눈치채지 못했다.
 스윽…….
 수검의 손이 고기로 향하는 것과 비례하여 그녀의 입꼬리도 점점 올라갔다. 상당히 기대에 찬 눈빛이었다. 맛있다는 말을 듣고 싶어하는 청순한 호기심이 아니다. 그보다는 많이 사악(?)하다 할 수 있었다.
 이를 알 리 없는 수검은 덥석 고기를 잡았다. 그리고는 아무 의심 없이 입으로 가져가고 있었는데…….
 "……?"
 수검이 잠시 멈칫했다.
 기름기도 좔좔 흐르고, 노릇하게 잘 구워졌다. 한데, 점점 아까워질수록 이상한 냄새가…….
 "왜, 뭐가 이상해?"
 "아, 아닙니다."
 수검은 곧바로 의심을 떨쳤다. 설마, 독이야 탔겠느냐는 아니한 마음이었는데, 그때였다.
 "형님, 경비무사의 보고로는 이쪽으로 갔다고 합니다."
 "칫!"
 두치의 음성이 들리는 순간, 그녀의 인상이 일그러졌다. 무척이나 중요한 일을 방해받았다는 표정이었다. 그러나 수검이 고개를 돌렸을 때는 귀엽고 앙증맞은 모습을 회복한 상태였다.
 "난 급한 일이 있어서 가야겠다. 내가 준 고기는 꼭 먹어야 한다."
"물론이지요."
"그리고 혹시나 누가 이 음식을 줬느냐 물어보면, 절대 내가 줬다는 말은 하지 마라. 좋은 일을 하고도 괜히 내가 곤란해질 수도 있거든."
"물론이지요, 물론이지요."
연방 고개 숙여 대답하는 수검은 그녀가 누군지도 몰랐다.
"꼭 먹어라."
"아, 예~"
그녀가 사라지고 잠시 후, 두치와 황조령이 다가왔다.
수검은 넙죽 엎드려 고개를 숙였다. 무림맹 총대장인 황조령과 돌격대장 두치는 그가 함부로 쳐다볼 신분이 아니었던 것이다.
"아무래도 우리를 의식하고 도망치는 듯싶습니다."
"그래도 끝까지 찾아보자꾸나."
"예, 형님."
두치와 황조령은 곧바로 자리를 떴고, 이것이 황조령과 수검의 첫 만남이었다.
바닥에 엎드려 있던 수검이 고개를 들었다.
"저분이 바로 소문로만 듣던……."
수검은 황조령이 사라진 곳을 한참이나 응시했다. 그리고는 손에 들고 있던 고기로 시선을 돌리는 순간이었다.
"허걱~!"

경악에 가까운 비명이 튀어나왔다. 무작정 엎드리는 통에 고기가 땅바닥에 떨어지는 것도 몰랐던 것이다.
수검은 흙먼지로 뒤덮인 고기를 집어 들었다.
"아까워라……."
그래도 버릴 생각은 추호도 없었다. 고기를 연잎에 다시 싼 수검은 숙소로 향했다. 가장 말단의 신분인지라 누추하기 그지없는 건물이었다.
캉, 캉, 캉, 캉~
마당을 뛰어다니던 강아지가 꼬리를 치며 달려왔다. 수검이 외로움을 달래기 위해 기르는 강아지였다.
"잘 놀았어, 점박아?"
수검은 강아지를 양손으로 잡고 안아 들었다. 그의 말을 알아듣는지 강아지는 연신 수검의 얼굴을 핥았다.
"아이구, 귀여운 것……."
수검은 강아지를 내려놓았다. 그리고는 연잎에 싼 고기를 품속에서 꺼냈다.
"점박이, 너 주려고 가져왔지롱."
캉캉캉캉.
음식 냄새를 맡고 강아지도 난리다. 수검의 발밑을 펄쩍펄쩍 뛰어다니며 어서 달라고 성화였다.
"흙 묻은 것은 니 거… 안에 것은 내 거……."
수검은 흙이 묻은 부분을 떼어내어 강아지에게 주었다. 그리고는 자신도 뽀얀 고기 속살을 입으로 가져가려는 찰나였다.

"응? 왜 안 먹는 거니, 점박아?"

어서 달라고 펄쩍펄쩍 뛸 때는 언제고, 강아지는 킁킁거리며 냄새만 맡을 뿐, 도통 먹을 생각을 하지 않았다.

"어서 먹으라니까. 고기라고, 고기. 오늘처럼 운 좋은 날은 별로 없다고."

수검은 강아지를 잡고 반강제적으로 먹였다. 식량 사정이 여의치 않은 상황에서 개에게 줄 것이 어디 있겠는가. 진짜 쓰레기 같은 것만, 그것도 충분히 먹이지 못한 점이 마음에 걸렸던 것이다.

"맛있지?"

처음에는 완강히 거부했던 놈이 한입 넘어가자 태도가 돌변했다. 어서 더 달라고 손까지 물며 성화였다.

"이놈이 드디어 고기 맛에 눈을 떴군!"

수검은 뿌듯함을 느꼈다. 흙이 전혀 묻지 않은, 자신의 몫까지 떼어주었다. 보는 것만으로 배가 부르는 듯한 심정이었는데…….

"저, 점박아?"

게걸스럽게 받아먹던 강아지의 행동이 이상했다. 갑자기 토악질을 하며 게거품(?)까지 무는 것 아닌가!

"점박아! 왜, 왜 그러니!"

괴로워하던 점박이가 혓바닥을 내밀고 의식을 잃었다. 아무리 흔들어도 도통 깨어날 생각을 하지 않았다. 온기는 빠르게 사라지고 몸뚱이가 굳어가는 것이 느껴졌다.
 절명이었다.
 "마, 마, 말도 안 돼······."
 점박이가 누구던가, 수검이 지치고 외로울 때 유일하게 위안이 되던 존재였다. 꼬리치며 재롱을 떠는 점박이를 다시는 볼 수 없는 것이다.
 수검이 받은 충격은 엄청났다.
 "어떻게 이런 일이······."
 수검이 완전히 얼이 빠져 있는 그때였다.
 "내가 준 고기는 먹었느냐?"
 고기를 주었던 소녀의 음성이 들려왔다. 수검은 멍한 표정으로 고개를 돌렸다.
 "예··· 먹긴 먹었는데요······."
 "그런데?"
 "가, 가, 갑자기 점박이가 이렇게······."
 수검은 혀를 내밀고 사망한 강아지를 보여주었다.
 "점박이?"
 잠시 의아한 표정을 짓던 소녀가 무슨 뜻인지 알아차린 듯했다. 그녀의 얼굴이 사납게 변했다.
 "내가 준 고기를 개에게 줬단 말이냐?"
 "흐, 흙이 묻은 부분을 떼어서 먹였는데요. 허겁지겁 먹던 점박이가 갑자기······."
 순간, 귀여운 소녀의 입에서 욕이 튀어나왔다.

"젠장! 죽 써서 개 준 꼴이군. 이 멍청한 덩치 놈이 먹었어야 했는데……."

"……!"

퍼뜩 정신을 차린 수검이 조심스럽게 물었다. 그녀는 더 이상 귀엽기만 한 소녀가 아니었던 것이다.

"무, 무, 무슨 말씀을 하고 계십니까?"

"무슨 소리긴… 네놈이, 내 중요한 실험을 망쳤다는 것이지. 내가 얼마나 정성스럽게 만든 독약인데, 그것을 개에게 줬다고?"

"도, 도, 독약!"

수검은 경악했다.

점박이가 죽은 게 독 때문이라니!

더더욱 충격적인 사실은 자신에게 먹이려고 했다는 것이다. 이에 실패했다고 따지고 드는 그녀의 사고방식은 도저히 이해 불가였던 것이다.

꿈틀.

모든 진상을 알게 된 수검의 눈 주위에 경련이 일어났다. 원래 한 성격하는 수검이었다. 아무리 신분차이가 난다 하더라도, 이는 결단코 용납할 수 없는 일이었다.

"사람이 어찌 그리 잔인하십니까! 아무리 천한 신분이라 해도, 말 못하는 짐승이라고 해도, 독을 함부로 써도 된단 말입니까? 그리고 이, 이, 이렇게 불쌍하게 죽은 점박이를 보고도 아무런 양심의 가책도 없는 겁니까!"

"무슨 소리야? 그 강아지를 죽인 건 바로 너야."
"······."
수검은 황당해서 말문이 막혔다.
"내 독약은 아주 정교하게 만들어졌어. 네놈이 먹었다면 며칠 혼수상태로 있다가 멀쩡하게 깨어났을 거란 말이지. 그런 것을 저 조그만 강아지에게 먹이다니, 대체 정신이 있는 거야!"
"세, 세상에 그런 억지가······."
"억지는 네놈이 부리고 있지. 네놈이 먹었으면 될 것을, 왜 강아지한테 줬느냔 말이지. 내가 주라고 시켰나? 네놈이 먹인 거잖아? 그러니까 그 불쌍한 점박이는 니가 죽인 거야! 니가, 니가, 니가~!"

도리도리.
수검은 세차게 고개를 흔들었다. 아직도 그때의 환청이 들리는 듯했다.
점박이의 원수.
다시는 상종하고 싶지 않았는데, 이리 만나게 될 줄은 꿈(?)에도 몰랐던 것이다.
그리고 황조령 또한 큰 충격에 빠진 상태였다.
비독문의 장녀와 혼인하면 반드시 만나야 할 사이긴 했다. 그러나 그 집안사람들의 면면이 하도 대단(?)하여, 아직은 마음의 준비가 되지 않았던 것이다.

"왜 그러세요, 형부?"
"……."
"너무 반가워서 할 말을 잃은 거예요?"
"……."
황조령이 아무런 대답도 못하고 얼어 있는 그때였다.
"역시… 네놈들도 한패였구나!"
수검에게 맞고 뻗었던 사내들이 비틀비틀 몸을 일으켰다. 큰 사고를 친 것을 깨달은 수검이 나섰다.
"오, 오햅니다, 오해! 저 마녀…… 아니, 아니, 여기 계신 아가씨가 누구인 줄 알았다면 절대로 도와주지 않았을 겁니다."
진심에서 우러나는 말이었다. 백화선과 황조령의 관계 때문에 아가씨란 호칭으로 정정한 것이지, 그렇지 않았다면, 점박이를 죽인 마녀라며 칼부림이 났을지도 모를 일이었다.
"오해라 했느냐? 내 분명 저년의 입으로 형부라고 부르는 것을 들었는데도 말이다."
그때서야 정신을 차린 황조령이 백화선에게 말했다.
"도대체 무슨 짓을 한 것이냐?"
"어머나? 오랜만에 만나서 한다는 소리가 고작 그거예요?"
황조령의 질책이 먹혀들 리 없었다. 예전에도 그랬고 지금도 변한 것 같지는 않을뿐더러, 앞으로도 계속 그럴 것이 확실했다.
황조령은 그녀와 대화를 포기하고, 사내들을 향해 정중히 사과부터 했다.

"입이 열 개라도 할 말이 없습니다. 전후 사정을 제대로 알아보지도 않고 끼어들고 말았습니다. 제 수하의 성급함을 용서해 주십시오. 수검아?"

"정말 죄송합니다! 엄청 훌륭하신 일을 하시는데, 멋도 모르고 끼어들고 말았습니다. 백번 죽어 마땅하며, 어떠한 처벌이라도 달게 받겠습니다. 그러나 여기 있는 아가씨가 누구인지 알았다면, 우리는 같은 편이 되었을 겁니다. 진심입니다."

수검은 정중히 고개를 숙였고, 황조령 또한 거들었다.

"부디 제 수하의 허물을 용서해 주십시오."

그들의 진심 어린 사과에 사내들은 분이 많이 풀린 듯했다. 그러나 백화선은 이런 상황이 또 못마땅했다.

"형부, 왜 저런 놈들한테 사과를 하는 거예요? 내가 무슨 잘못을 했다고……."

"시끄럽다!"

"쳇!"

백화선은 마지못해 입을 다물었다. 그녀 또한 황조령의 성격을 잘 알고 있었던 것이다.

"저와 혼담이 오고 가는 집안의 여식입니다. 세상 물정 모르고, 철이 없음을 용서해 주십시오."

황조령은 하루 종일 사과하기 바빴다. 그의 이러한 태도에 사내들의 화는 완전히 풀렸다. 황조령의 범상치 않은 기백을 그들도 느낄 수 있었던 것이다.

"대협께서 무슨 잘못이 있겠습니까. 우리는 이 근방에 위치한 신강문(新鋼門)의 제자들입니다."

"용아촌에 사는 황가라고 합니다."

"말씀 낮추십시오. 수하라는 자의 실력만 봐도, 황 대협님이 어떤 분이실지 짐작이 갑니다."

"자네들이 허락한다면, 내 그러도록 하지."

황조령은 가벼운 미소를 지으며 대답했다. 그들의 예의바른 행동으로 보건대 말이 통할 것 같기 때문이었다.

"한데, 이 아이가 무슨 잘못을 저질렀기에 그리 화가 난 것인가? 내, 이 아이와 특별한 연이 있다고 해도 두둔할 생각은 없네."

삐친 듯한 백화선의 목소리가 먼저 들려왔다.

"다 큰 처녀에게 아이가 뭐예요? 처제라고 불러주세요."

황조령은 크게 고개를 가로저었다. 절대 그럴 마음이 없다는 완고한 뜻이었다.

"그럼 이름으로 불러주세요."

"알았으니, 입 다물고 있어라. 말해보게나. 여기 있는 화선이가 무슨 짓을 저지른 것인가?"

"저희 신강문은 이웃하고 있는 비룡문(飛龍門)과 혼사를 앞두고 있었습니다. 두 문주님은 호형호제(呼兄呼弟)하실 정도로 예전부터 각별하던 사이셨고, 저희 아가씨와 비룡문의 공자님 또한 서로에 대한 감정이 남달랐습니다."

듬직한 체구의 사내가 대답했다. 황조령과 줄곧 대화를 나눴던 신강문의 제자였다.

"매우 경사스러운 일이군. 그런데?"
 "혼사 준비로 양 문파 모두 정신없는 시기에 예기치 못한 사건이 벌어졌습니다. 비룡문의 공자님께서 갑자기 파혼을 선언하신 겁니다."
 "어쩌다 그런 일이 벌어졌는가?"
 "이게 모두 저 사악한……."
 발끈하던 신강문 제자가 급히 입을 다물었다. 아무리 화가 난다 해도, 황조령의 처제가 될 수 있는 여인을 함부로 부를 수는 없었던 것이다.
 "죄송합니다."
 "아닐세. 나는 다 이해하니 말해보게나."
 "이게 다 저 낭자 때문입니다. 저희 아가씨와 백년가약(百年佳約)을 맺기로 맹세한 비룡문의 공자님께서, 저 낭자와 만나고 나서 갑자기 파혼을 선언하신 겁니다. 비룡문의 문주님께서 말리셨지만 소용없었습니다. 저희 아가씨는 충격을 받아 몸져누우셨고, 신강문과 비룡문은 원수와도 같은 사이가 되어 버렸습니다."
 이맛살을 구긴 황조령이 백화선을 바라보았다.
 "사실이더냐?"
 그냥 형식적으로 묻는 것으로, 백화선이 원흉이라고 확신하고 있었다.
 "나 참, 기가 막혀서……."
 백화선은 심히 억울하다는 표정으로 입을 열었다.

"요즘은 예쁜 것도 죄라니까? 하도 애원해서 몇 번 만나줬더니, 첫눈에 반했네, 죽도록 사랑하네, 지랄을 떨더니, 결국 사고를 쳤군. 난 그런 놈 관심없으니까, 그쪽 아가씨에게 가서 전하라고. 혼사를 진행하든 계속 앓아눕든 맘대로 하라고."

"말이 심하시오!"

"심하긴 뭐가 심해? 죽자 사자 매달리는 놈을 난들 어쩌라고? 그냥 죽여 버릴까? 나도 그러고 싶은 걸 그쪽 아가씨를 봐서 참았거든?"

"어찌 그리 말을 함부로 하는 것이오!"

분위기가 험악해지자 황조령이 중재에 나섰다.

"화선이는 입 다물어라."

"또 나보고만……."

"어허! 네가 그리 나오면 나도 강력하게 나갈 수밖에 없다. 혼이 나고 다물 것이냐, 그냥 조용히 입을 다물 것이냐."

"쳇!"

백화선은 어쩔 수 없이 입을 다물었다. 매우 불만스런 표정이었지만 황조령은 신경 쓰지 않았다. 이어 그는 신강문의 제자에게 시선을 주었다.

"이보게."

"진랑(進浪)이라 불러주십시오."

"그래, 신강문의 제자인 진랑이여. 화선이의 잘못은 그녀와 인연이 있는 나와도 무관치 않네. 내 책임지고, 두 문파 간에 벌어진 일을 수습할 것이네."

"정말이십니까?"
"나는 허튼 말을 하는 사람이 아니라네."
"그래 주신다면 더 이상 바랄 게 없겠습니다. 감사합니다, 황 대협님. 정말 감사합니다."
 진랑이 연신 고개 숙이는 틈을 타, 수검이 재빨리 귓속말로 속삭였다.
 '황 대장님, 이건 좀 아닌 듯싶습니다.'
"뭐가 말이더냐?"
'남녀 간의 관계 아닙니까. 아무래도 비룡문의 공자가 화선 아가씨에게 완전히 빠진 것 같은데, 이건 정말 대책없는 겁니다요.'
"나와 연이 있는 사람이 관계된 일이다. 골치 아프다고 외면할 수는 없지 않느냐?"
'방법이 없습니다. 방법이!'
 수검은 흘깃 백화선을 곁눈질하고는 말을 이었다.
'저 살인적인 외모에 홀렸으니 어찌합니까? 저건 진짜 답이 없는 겁니다. 비룡문의 공자는 무슨 말을 해도 듣지 않을 겁니다. 여기서는 그냥 화선 아가씨를 데리고 떠나는 것이 상책입니다. 시간이 지나면 두 문파의 사이도 다시 돈독해지겠지요. 그 수밖에 없습니다.'
"그건 우리 편하자고 하는 소리 아니더냐? 돈돈했던 사이일수록 한번 감정이 틀어지면 쉽게 화해하기 어렵고, 시간이 지날수록 그 골은 점점 깊어지는 법이다. 회복하기 어려운 관계로 치닫기 전에 누군가는 나서야 한다."

'그러니까요~ 그 누군가가 왜, 하필 황 대장님이냔 말입니다. 두 문파와 연관있는 다른 사람들이 나설 수도 있지 않습니까? 우리가 나섰다가는 괜히 독박 쓸 수도 있습니다.'

"화선이가 벌인 일은 나와 무관치 않다 말하지 않았더냐? 게다가 너 또한 경거망동하여 신강문에 큰 빚을 지지 않았느냐?"

"……."

수검은 할 말이 없었다. 기대에 찬 시선으로 바라보는 진랑의 얼굴에는 시퍼런 멍이 선명했다.

"내 말에 따르도록 해라."

황조령은 수검과의 논쟁을 접고 진랑을 바라보았다.

"먼저 앞장서게. 나는 화선이를 데리고 뒤따르겠네."

"예, 알겠습니다."

진랑은 부상당한 동료들과 함께 길을 걸었다. 팔을 다친 이도 있었고, 허리를 삐끗한 이도 있었고, 다리를 절며 걷는 이도 있었다. 그런 모습을 보고 수검이 어찌 외면할 수 있겠는가.

"황 대장님?"

"그래, 나는 괜찮으니, 신강문의 제자들을 마차에 태워라."

"감사합니다요."

수검은 부상당한 이들을 마차에 태워 천천히 몰았고, 그 뒤를 황조령과 백화선이 따랐다.

신강문으로 향하는 길.

황조령은 익숙지 않은 시선을 느꼈다.

반쪽인 얼굴, 절룩이는 다리 때문에 불쌍한 듯 바라보는 눈빛이 아니었다. 의아함과 부러움이 뒤섞인 표정이었다.

이는 황조령과 함께 걷는 백화선 때문이었다.

그녀는 약간은 삐친 듯한 차가운 표정으로 걷고 있는데, 치명적이라 할 수 있는 아름다움이 느껴졌다.

이러한 절세의 미녀가 뭐가 부족해서 저런 남자와 붙어 다니지? 절룩이며 걷는 남자가 엄청 대단한 사람은 아닐까 하는 반응이었다.

황조령은 최대한 신경 쓰지 않고 걸었다.

"삐친 척하는 것이냐, 정말로 삐친 것이냐?"

오랜 시간을 함께 걸으면서 처음으로 황조령이 말을 붙였다. 이에 백화선은 눈살까지 찌푸리며 대꾸했다.

"보면 몰라요? 완전히 삐쳤는데요. 내가 왜 신강문으로 끌려가야 하는 건데요?"

"결자해지(結者解之)라고 하지 않느냐. 신강문과 비룡문의 혼담을 파투 냈으니, 수습 또한 네 몫인 것이다."

"재미없게시리……"

"넌 단순히 재미가 없을지 몰라도, 혼담이 깨진 당사자들은 얼마나 가슴이 아프겠느냐. 두 문파의 골이 깊어지기 전에 서둘러 봉합해야 한다. 한데… 내가 이리로 지나칠 것이라는 것을 어찌 알았느냐? 사천으로 가겠다는 기별을 비독문에 넣기는 했지만, 구체적인 날짜는 언급하지 않았었다."

"우연이겠지요."

백화선은 심드렁히 대답했다. 당연히 황조령은 믿지 않는 눈치였다.

"우연? 세상에 이리도 절묘한 우연도 있단 말이더냐? 솔직히 말해라. 나의 행보에 대해선 누구에게 들은 것이냐?"

"왜 사람 말을 못 믿으실까? 정말 우연이라고요. 친분이 있는 언니의 혼사에 참석했다가 집으로 돌아가는 길이었어요. 사천으로 가려면 반드시 이곳을 지나쳐야 하잖아요?"

정말 우연일까? 백화선이 거짓을 말하는 것은 아닌 것 같았다. 그러나 너무도 절묘한 우연을 황조령은 믿지 않았다.

"누구의 혼사였더냐?"

"형부는 참, 남의 혼사에 관심도 많으시네."

"형부 소리는 빼고, 어느 집안의 혼사에 참석했던 것이냐?"

"정주에 있는 진가장이요. 무남독녀인 진약란 언니하고는 꽤나 친하게 지냈거든요. 그런데 신랑 되는 남자가 엄청 못생겼더라고요?"

백화선은 묘한 미소를 머금고 황조령을 바라보았다. 그때서야 황조령은 대충의 상황이 이해되었다. 우연은 처음에만 일어났던 것이다.

"약란 소저에게 내 이야기를 들은 건가?"

"네, 까딱했으면 약란 언니의 신랑이 형부가 됐을 수 있었다고 하던데?"

"……."

황조령은 그에 대한 대답을 피했다. 말을 해봤자 괜한 꼬투리만 잡힐 것이 분명했다.

"약란 소저의 혼사가 끝났으면 조용히 집으로 돌아갈 것이지, 왜 남의 혼담을 깨는 짓을 한 것이냐?"

"이게 다 형부 때문이라고요."

"내가 혼담을 깨라고 시키기라도 했더냐?"

"진가장을 떠났으면 곧바로 사천으로 갔어야지요. 무엇을 하시느라 이제야 이곳을 지나느냔 말이지요. 하도 기다리기 심심해서 장난질 좀 쳤지요."

"그 장난질에 눈물 흘리는 사람들의 심정을 헤아려 본 적이 있느냐?"

"으윽, 역시 재미없어……."

백화선이 질렸다는 듯 인상을 찌푸리는 순간이었다. 황조령은 주위에서 엄청난 살기를 느꼈다. 멀쩡한 상태도 아닌 주제에, 뭐가 잘났다고 분에 넘치는 여자를 핍박하냐는 눈총이었다.

평소라는 그냥 무시했을 황조령이었지만 이번은 달랐다. 백화선의 기를 살려줄 수 있다고 판단한 것이다.

빠직.

황조령은 눈에 힘을 주고 그들을 노려보았다. 강인하기 그지없는 눈빛에 그들은 이내 시선을 외면했다. 그 여세를 몰아 황조령이 백화선을 바라보며 말했다.

"똑똑히 듣거라. 나는 너의 장난이나 애교질을 받아줄 생각이 추호도 없다. 예의에서 벗어난 행동을 했다가는 따끔하게 혼쭐낼 것이니 각오하는 게 좋을 것이다."

"……."

"알아들었으면 대답을 하거라."

"예, 예, 누구 명령이라고요, 황 대장님……."

"어허, 내 신분을 드러낼 호칭은 삼가라."

"뭐예요? 형부라고도 부르지 마라, 예전처럼 황 대장님으로도 부르지 마라. 호칭의 자유조차 없는 거예요?"

백화선이 어이없는 표정으로 반문했다.

"수검이가 하는 것처럼 사람들이 있을 때는 황 대인이라 부르고, 우리끼리 있을 때는 황 대장이라 불러라."

"싫어요. 나는 천성적으로 남의 눈치나 보면서 이랬다저랬다 하지 못해요. 형부라고 부르는 걸 허락할지, 대놓고 무적신검 황 대장님라 불러도 되는지 선택하세요."

괜한 반항이 아니다. 남의 눈치 안 보고 맘대로 행동하는 것은 그녀의 집안 내력이라 할 수 있었다. 잠시 고민하던 황조령이 절충안을 내놓았다.

"그럼 형부 될 사람이라 부르거라."

마지못해 대답한 황조령이 앞서 갔다. 씨익 웃으며 그 뒤를 따라가는 백화선은 소기의 목적을 달성했다는 듯한 표정이었다.

그리고 마침내 도착한 신강문.

파혼의 여파 때문인지 분위기가 뒤숭숭하고 팽팽한 긴장감까지 흘렀다. 그도 그럴 것이 파혼을 선언한 비룡문이 바로 길 건너에 위치했던 것이다.

마차에서 내린 진랑이 황조령에게 말했다.

"잠시만 기다려 주십시오. 문주님께 보고를 드리고 오겠습니다."

"그리하게나."

진랑은 부상당한 동료들과 함께 문파 내로 들어섰다. 그 모습을 바라보는 황조령의 마음은 편치 못했다. 환영받지 못하리란 것을 잘 알기 때문이었다.

잠시 후, 극도로 흥분한 사내의 음성이 들렸다.

"그 요망한 계집이 제 발로 찾아왔단 말이더냐!"

"소문주님, 흥분을 가라앉으시기 바랍니다. 그녀의 형부 되시는 분도 함께 오셨습니다. 올곧은 성격에 사리분별 또한 확실하신 분입니다."

"사리분별이 확실하여 너를 이 모양으로 만들었단 말이냐?"

"오해가 있었습니다, 소문주님. 그녀는 몰라도 황 대협님은 믿을 만한 분입니다. 본 문과 비룡문의 불미스런 사태를 중재해 주시겠다고 직접 찾아주셨습니다."

진랑의 적극적인 설득에 소문주가 흥분을 가라앉혔다. 진랑과 함께 문밖으로 나선 소문주는 최대한 예의를 갖추어 황조령을 대했다.

"불편한 몸으로 여기까지 오시느라 수고가 많으셨습니다.

아버님의 건강이 좋지 않아 맏이인 제가 대신 나왔습니다."

"별말씀을 다 하십니다. 여러모로 심려를 끼쳐드려 송구스러울 따름입니다. 소인은 용아촌에 사는 황가라고 합니다."

"여기 있는 랑이가 믿을 만한 분이라고 했는데, 직접 뵈니 그 말이 허언 아님을 알겠습니다. 어서 들어오시지요, 황 대협님."

"감사합니다."

황조령은 백화선과 수검을 번갈아 쳐다본 다음 소문주의 뒤를 따랐다. 경거망동하지 말라는 경고였다.

신강문의 영빈관.

황조령은 백화선과 수검을 빼고 소문주와 독대(獨對)했다. 어떤 사정인지 들어나 보기 위함이었는데, 소문주의 하소연이 끊임없이 이어졌다.

"마른하늘에 날벼락이나 다름없었습니다. 믿어 의심치 않던 정인(情人)에게 배신을 당했으니 그 충격이 어떻겠습니까. 마음 여린 제 여동생은 식음을 전폐하고 누워 있는 처지이고, 아버님 또한 그 소식을 듣자마자 쓰러지셨습니다. 본 문의 제자들은 일방적인 파혼 통보를 용납할 수 없다 분개하고 있고, 형제나 다름없던 비룡문과는 원수 사이가 되어버렸습니다."

파혼의 여파는 컸다. 당사자와 가족은 물론, 문파 전체에까지 영향을 끼친 것이다. 묵묵히 듣고 있던 황조령이 입을 열었다.

"제가 듣기로 이번 파혼은 비룡문 공자의 일방적인 결정이라 하던데요? 비룡문주와 가족들이 만류하고 있으니 조만간 그도 마음을 바뀌지 않겠습니까?"

"저도 처음에는 그렇게 생각했지만 부질없는 기대였습니다. 비룡문주님이 간곡히 부탁하고 의를 끊겠다고 위협했지만 그놈의 결심은 변하지 않았습니다. 곡기까지 끊으며 파혼을 허락해 주지 않으면 굶어죽겠다고 했기에 비룡문주님도 두 손 들고 말았습니다."

"이거 참……."

"가장 큰 문제는 제 여동생입니다. 그런 놈은 잊으라고 했지만 제 말이 귀에 들리겠습니까. 가까스로 미음 몇 술 뜨는 형편인데, 이러다 어찌 되는 것은 아닌지……."

황조령도 소문주와 함께 긴 한숨을 내쉬었다. 파혼으로 인한 피해는 그의 예상보다 크고 심각했던 것이다.

"내 비룡문의 공자를 한번 만나보겠습니다. 화선이의 보호자 자격으로 말이지요."

"그래 주시겠습니까?"

"네, 당연히 그래야겠지요. 화선이는 공자에게 관심이 없으니, 예정대로 혼사를 올리라고 충고해 보겠습니다."

"감사합니다, 황 대인. 한데 언제쯤 비룡문으로 가실 생각인지요?"

"동생 분의 몸 상태가 걱정이라 하니, 빠르면 빠를수록 좋겠지요. 여기서 나가는 즉시 가볼 생각입니다."

"그리 생각해 주시니 거듭 감사할 따름입니다. 제가 비룡문에 기별을 전해두겠습니다. 불미스런 일 때문에 소원한 관계가 되었지만 비룡문은 의(義)를 아는 문파입니다."
"알겠습니다. 시간이 없으니 이만 물러가겠습니다."
"예, 부디 좋은 소식이 있기를 기대하겠습니다."
황조령이 영빈관을 나섰다. 기다렸다는 듯이 수검이 따라붙었다.
"무슨 말씀을 나누셨습니까?"
"비룡문의 공자를 만나 잘 타일러 보기로 했다."
"으아~!"
수검은 그럴 줄 알았다는 반응을 보였다.
"절대로 말이 안 통합니다. 비룡문주 또한 두 손 두 발 다 들었다고 하지 않습니까? 아버지의 말도 안 듣는 인간이 황 대장님이 타이른다고 들을 것 같습니까?"
"그렇다고 가만히 있을 수는 없지 않느냐? 뭐라도 시도는 해봐야지. 화선이의 외모에 혹했을 수도 있지만, 그 애가 어떤 아이인 줄 알면 마음을 바꿀 수도 있을 것이다."
"절대로요! 화선 아가씨에 대해 나쁘게 말할수록 오히려 역효과만 날 겁니다. 남녀의 관계는 그게 무서운 겁니다."
"……."
황조령은 뭐라 반박을 하지 못했다. 남녀 관계에 대해서는 수검이 한 수 위임을 인정하는 것이다.
"그래도 어쩌겠느냐. 하는 데까지는 해봐야지. 지금 곧장 비룡문으로 향할 것이니, 어서 화선이를 불러오너라."
"예……."
잠시 후, 황조령은 수검과 백화선을 동반하고 비룡문으로 향했다. 신강문 바로 맞은편에 있기에 도착하는 건 금방이었다.

"황 대협님이시지요?"
"그렇소이다."
인상 좋은 중년인이 황조령 일행을 기다리고 있었다.
"소인은 비룡문의 책사를 맡고 있는 강찬도(姜讚道)라 합니다. 신강문에서 기별을 받았습니다. 저를 따라오시지요."
"그러지요."
강찬도는 예의 바르게 황 대장을 대했다. 그러나 황 대장 바로 옆에 있는 백화선을 바라보는 시선은 무척이나 곱지 않았다. 두 문파를 원수지간으로 만든 원흉이니 당연한 반응일 것이었다.
묵묵히 강찬도의 뒤를 따르던 황조령이 물었다.
"한데, 지금 어디로 가는 중인가?"
문파의 식솔들이 기거하는 숙소 건물이 아닌 장원 외곽으로 향하고 있었다.
"먼저 문주님을 뵙는 것이 순서인 듯싶습니다. 저 아가씨가 온 걸 알면 저희 공자님께서 또 난리를 칠 것이라……."
황조령은 알아들었다는 듯 고개를 끄덕였다. 그만큼 백화선이 존재가 양 문파 모두에게 위험(?)하다는 의미였다.
 비룡문의 책사인 강찬도는 더욱 으슥한 곳으로 들어섰다. 그만큼 조심스럽다는 뜻일까? 아무리 백화선의 존재가 껄끄러워도, 너무 지나친 것이 아닌가 하는 의문이 드는 그때였다.
 앞만 보고 걷던 강찬도가 멈춰 섰다. 바로 앞이 야산인 장원의 끝부분이었다.
 "문주님은 어디 계시는 것이오?"
 황조령은 주위를 둘러보며 물었다. 이에 강찬도는 굳은 표정으로 대답했다.
 "죄송하게 됐습니다. 나오너라."
 사사사삭.
 매복하고 있던 비룡문 제자들이 모습을 드러냈다. 전방과 후방, 서서히 포위망을 좁혀오는 인원은 삼십에 달했다.
 "이게 무슨 일이오?"
 강찬도에게 묻는 황조령은 크게 당황한 기색이 아니었다. 필생의 숙적이었던 진양교와 싸우면서 이보다 더한 경우도 많았었다.
 "황 대협께는 불만이 없습니다. 우리가 원하는 것은 저년의 목입니다."
 강찬도는 백화선을 지칭하며 대답했다. 꾹 눌러왔던 적의를 드러낸 것이다.
 "그대가 화를 내는 것은 충분히 이해하오. 내 그대의 공자를 만나 잘 타이를 것이니, 쓸데없는 분란은 만들지 않기를 바라겠소."
 "문주님의 간곡한 애원까지 외면한 공자님이 황 대협을 말을 듣겠습니까? 공자님의 마음을 바꿀 수 있는 방법은 저년의 목을 가져다 보이는 수밖에 없습니다."
 "파혼의 원인이 이 아이에게 있다고 한들, 목숨까지 빼앗는 것은 너무 과한 처사 아니오?"
 황조령은 굳은 표정으로 대답했다. 그들의 행동을 그냥 좌시하지 않겠다는 표현이었다.
 "다시 한 번 말씀드리지만 황 대협께는 아무런 감정도 없습니다. 가만히 계시면 아무런 해도 없을 겁니다. 그러나 만약 우리의 일을 방해한다면… 목숨을 보전키 어려울 것입니다."
 "내 수많은 문파를 방문한 경험이 있소이다. 약한 자의 수호자로서 무림정의를 실천하는 문파도 있고, 자신들의 사리사욕을 위해 무력이라는 수단을 쓰는 문파도 있었소. 신강문의 소문주에게 들은 말도 있고, 그대의 마지못한 태도로 보건대, 비룡문은 모든 문제를 무력으로 해결하려는 그런 문파는 아닐 것이라 확신하오. 한데, 왜 이리 잔인하고 무모한 짓을 하려는 것이오?"
 "그만큼 우리의 처지가 절박합니다."
 "대부분의 그릇된 판단은 절박한 상황에서 비롯됨을 모르는 것이오?"
 황조령이 이성적인 대화로 풀어가려는 상황에서 백화선이 끼어들었다.

"사내대장부들께서 왜 이리 말이 많으실까?"

황조령이 인상을 찌푸렸지만 소용없었다.

"그리 원한다면 상대해 주지. 내가 여자라고 우습게 보는 모양인데, 깔끔하게 붙어보자고."

"화선아!"

"왜요? 저놈들이 제 목을 가져간다고 하잖아요? 그냥 목숨을 내주란 말인가요? 형부에게 도와달라고 할 일은 없을 테니 걱정 마세요. 결자해지라는 말도 있으니, 제가 알아서 해결할게요."

"쓸데없는 짓 말거라."

황조령은 기세 좋게 나서려는 백화선의 소매를 잡았다.

"결자해지는 이럴 때 쓰는 말이 아니다. 너는 철없는 행동은 일을 더욱 어렵게 만들뿐이다."

"쳇!"

백화선은 아깝다는 표정으로 물러섰다. 새로운 독공(毒公)을 시험해 보려 했는데, 황조령이 인상을 쓰며 노려봤기 때문이었다.

"수검아, 검을 다오."

황조령은 옆에 있는 수검에게 손을 내밀었다. 수검은 황조령이 검을 무기로 쓰지 않을 것임을 잘 알고 있었다.

"여기 있습니다."

황조령은 수검이 내민 수호검으로 불편한 몸을 의지했다. 그리고는 지팡이로 썼던 진심장으로 강찬도를 겨누며 말했다.

소마녀 백화선 39

"덤비시오. 나를 이길 수 있다면 그대들 뜻대로 해도 좋소이다."

비룡문도들의 시선 또한 강찬도에게 향했다. 명령권인 그의 결정을 기다리는 것이다.

"황 대장님의 입장은 충분히 이해합니다. 저 또한 이럴 수밖에 없는 처지를 이해해 주시기 바랍니다. 쳐라!"

"우아아~!"

강찬도가 명령을 내리는 순간 황조령과 비문문도들의 대결이 시작되었다.

# 第二章
일이 점점 커진다

황조령과 비룡문도들의 대결은 꽤나 길어질 조짐이 보였다. 엄청난 머릿수 차이 때문에 벅찬 것은 아니다. 황조령이 살초를 썼다면 금방 끝날 대결이었다. 최대한 그들을 다치지 않게 하려니 시간이 길어질 수밖에 없었다.

팔짱을 끼고 구경하고 있던 백화선이 시선의 수검의 등에 머물렀다.

"어머? 의자가 다 있네?"

다리가 불편한 황조령을 위해 가지고 다니는 불괴목으로 만든 접이식 의자였다.

"잠시 실례."

스윽.

백화선은 주저 없이 의자를 뺐다. 수검이 어찌하지 못할 정도로 빠른 손놀림이었다.

"아~ 편하다."

의자에 앉은 백화선은 무척이나 행복한 표정을 지었다. 반대로 그녀를 바라보는 수검의 시선은 무척이나 못마땅했다. 살기까지 느껴지는 그의 시선을 백화선이 인식하지 못할 리 없었다.

"왜 그런 눈으로 바라보는 것이냐, 점박아?"

빠직.

수검의 인상이 일그러졌다. 독이 든 음식을 먹이려 했던 그때의 사건을 기억하고 있는 게 분명했다.

"내 이름은 수검입니다. 점박이는 그쪽의 장난질에 죽은 불쌍한 강아지 이름입니다."

"이상하네? 원래 이름이 개똥이 아니었나?"

"소똥입니다!"

수검은 발끈했으나 속으로는 뜨끔함을 금할 수 없었다. 그의 원래 이름이 개똥이였던 것이다.

"소똥이나 개똥이나, 똥은 똥이지 뭐. 어쨌거나 썩어도 준치라는 것인가……."

다시 황조령에게 시선을 돌리며 하는 말이었다. 가볍게 진심장을 휘둘러 비룡문도들을 제압하고 있었다. 어찌 보면 무척이나 성의없게 싸우는 것으로 느껴지는 장면이었지만 고수의 반열에 오른 그녀는 황조령의 실력을 단박에 알아보았다.

단숨에 상대를 베어 쓰러뜨리는 것보다 상처없이 제압하는 것이 더 어려운 것이다.

"그냥 죽여 버리면 간단할 것을, 왜 이리 골치 아프게 일을 처리하실까. 정말 지루해 죽겠네."

백화선은 하품까지 해댔다. 이에 수검은 뭐라 한마디 하려다 참았다. 말로써 당해낼 상대가 아님을 직감한 것이다. 무관심으로 일관하는 게 상책이었다.

"형부가 내공을 잃었다는 말은 헛소문인 모양이네."

당연하지!

수검은 근질거리는 입을 꾹 다물었다. 그녀는 수검이 입을 열도록 유인하는 것이 분명했던 것이다.

"그나저나 또 다른 소문의 진위가 궁금하네. 누군가와 벌인 사투 때문에 남자 구실 못한다는 소리가 있던데……."

"무슨 해괴망측한 소립니까!"

수검은 더 이상 참을 수 없었다. 씩씩거리며 노려보는 수검에게 백화선이 물었다.

"정말 아닌가?"

"절대 아닙니다."

"그걸 어떻게 믿을까나… 얼굴이 좀 망가졌지만 무공 실력은 여전한 것 같고, 나는 마음에 들지 않지만 공명정대한 성격도 여전하고, 영웅 중에 영웅, 군자 중에 군자라는 엄청난 명예까지 가진 분이 무슨 이유로 아직도 장가를 못 가셨을까나… 솔직히 그쪽부터 의심 가는 게 당연한 것 아닌가?"

"하! 천만의 말씀입니다. 황 대장님과 제가 얼마나 많이 기방 출입을 했는지 아십니까?"
"호오~?"
백화선은 의외라는 감탄사를 발했다. 이에 의기양양해 진수검이 자랑스럽게 떠벌여 댔다.
"우리가 떴다 하면 기생들이 우르르 몰려나오고, 서로가 황 대장님 수발을 들겠다고 난리도 아닙니다. 특히나 산동제일가는 기녀였던 초희 아가씨는 우리 황 대장님이면 아주 죽고 못 살았습니다. 한데 남자 구실을 못 한다고요? 당치도 않은 헛소리입니다!"
"오라, 고리타분한 정인군자인 줄 알았던 우리 형부가 뻔질나게 기방 출입을 했단 말이지?"
"……!"
의뭉스럽게 고개를 끄덕이는 백화선의 모습에 수검은 아차 싶었다. 그러나 여기서 밀리면 그녀의 의도대로 되는 것이다.
"영웅호색이라는 말도 있습니다. 별 대단치 않은 놈들도 처첩을 주렁주렁 두는데, 기방 출입 몇 번 한 게 무슨 흠이란 말입니까."
"호~ 여자가 색을 밝히면 천하의 몹쓸 년이고, 남자가 색을 밝히면 영웅이신가? 참고로 말하는데 나는 그럴 꼴 절대 못 보지. 형부가 만약 딴 여자에게 정을 줬다가는 절대 무사하지 못할 거야. 몰래 독을 뿌린 다음 목을 따버릴 거란 말이지."
백화선의 음성은 살벌했지만 수검은 주눅 들지 않았다.

"하면 지금 당장 그쪽의 첫째 오라비의 목부터 따시지요? 비독문의 장남하면 천하가 알아주는 난봉꾼 아닙니까?"
"이 점박이 놈이……."
"내 이름은 수검이라니까요."
백화선과 수검이 잡아먹을 듯 노려보며 으르렁거리는 그때, 황조령가 비룡문도들의 대결은 거의 막바지로 접어들었다.
"의미없는 싸움을 계속할 것이오?"
황조령은 충격에 빠진 강찬도를 돌아보며 말했다. 상대가 되지 않는 대결이었다. 황조령의 말대로 더 이상 싸우는 것은 무의미했다.
"모두 무기를 버려라."
챙그랑, 챙그랑…….
무기를 내려놓는 소음은 짧았다. 항명(抗命)이 아니다. 제대로 서 있는 비룡문도들이 적었기 때문이다. 대부분의 비룡문도들은 황조령 주변에 쓰러져 있었다.
"졌습니다. 비겁한 수를 써서 황 대협님을 해하려 했으니 어떠한 처벌도 달게 받겠습니다."
털썩 무릎을 꿇은 강찬도의 말이 이어졌다.
"다만 한 가지 바라는 것이 있습니다. 이번 일은 모두 제가 꾸민 일입니다. 문주님의 뜻과는 상반된 것이니 본 문에 대한 노여움을 거둬주십시오. 제 목숨으로 황 대협님을 해하려 했던 죄를 씻겠습니다."
강찬도가 땅에 떨어진 검을 잡는 순간이었다.

"그만두시오."

황조령이 그가 잡은 검신을 진심장 끝으로 누르며 말했다.

"애초의 잘못은 우리에게 있으니 이번 일은 더 이상 문제 삼지 않겠소이다. 다만 내 궁금한 것이 있으니 성의껏 대답해 주면 고맙겠소."

강찬도는 가볍게 고개를 끄덕여 이를 승낙했다.

"그대가 문주의 뜻까지 거스르며 저 아이를 해하려는 이유가 궁금하오. 파혼의 단초를 제공했다는 원한만은 아닐 듯싶소이다."

"이번 파혼으로 본 문은 존망이 위태롭게 되었습니다."

"무슨 말인지 자세히 설명해 보시오."

"이 지역의 패권을 노리고 있는 문파가 있습니다. 그들의 가장 큰 방해거리는 신강문과 본 문의 연합 세력입니다. 호시탐탐 기회를 노리는 그들의 야욕을 신강문과 본 문은 관계를 더욱 공고히 하며 버텨냈습니다. 하지만 이번 파혼으로 인해 모든 것이 틀어졌습니다. 다음번 그들의 침략 때 신강문은 본 문을 돕지 않을 것입니다."

"그럴 리 있겠소이까? 비룡문이 함락되면 다음번 목표는 신강문 아니오? 아무리 파혼에 대한 원한이 깊다 한들, 공멸할 것이 뻔한 극단적 선택을 하겠습니까?"

"원한이란 그런 것인가 봅니다. 이성보다는 감정이 앞섭니다. 내가 어찌 되든 상관없이 상대가 망하는 것을 보고 싶다는 생각뿐이지요. 이런 분위기가 극에 달했을 때 놈들은 본 문을 향해 쳐들어올 것입니다."

"어떤 심정인지 이해가 가오. 그러나 저 아이가 이런 사태까지 벌어질 줄은 어찌 알았겠소?"

"저년은 알고 있었습니다."

강찬도는 백화선을 노려보며 말을 이었다.

"이번 파혼은 호시탐탐 우리를 넘보는 놈들의 사주를 받고 저지른 일입니다."

황조령이 백화선에게 시선을 돌리며 물었다.

"사실이더냐?"

"사주는 무슨……. 그냥 내기였을 뿐이에요. 한 여자만 죽을 때까지 사랑하겠다는 사내가 있는데 꼬셔볼 생각이 없냐고요. 심심하니 한다고 했지요. 그런데 너무 빨리 넘어오더라고요. 내가 당황할 정도였다고요."

"그만 입 다물어라."

황조령은 황급히 백화선을 조용히 시켰다. 그녀가 말을 할수록 분위기만 더욱 험악해질 뿐이었다.

"비룡문을 노리는 문파는 어디에 있소? 내 그쪽을 찾아가 남의 불행을 기회 삼아 도발하지 말라 강권할 것이오."

일이 점점 커져 가는 형세였지만 어찌 수 없었다. 황조령은 자신과 연관있는 일은 깔끔하게 마무리 지어야 직성이 풀리는 성격이었다.

"정말이십니까, 황 대협님?"

강찬도의 표정은 대번에 밝아졌다. 황조령의 엄청난 무위는 직접 확인했다. 그가 나서만 준다면 비룡문을 노리는 문파도 섣불리 도발하지 못할 것이란 확신이 있었다.

"나와 연관된 이가 저지른 것이니, 할 수 있는 데까지 최선을 다할 것이오. 어디에 있는 무슨 문파요?"

"홍등가에 위치한 풍수문(風水門)이란 문파입니다."

"홍등가요?"

황조령은 정말이냐는 표정으로 반문했다. 무림문파가 술집과 기루가 몰려 있는 홍등가에 있는 것은 흔치 않기 때문이었다.

"풍수문은 하오문에 속하는 문파로 기녀출신의 홍란(紅蘭)이 문주가 된 이후 급격히 세를 확장하고 있습니다. 그녀는 빼어난 미모를 무기 삼아 남자를 홀려 정적을 제거하며, 일신의 무공 또한 범상치 않다는 소문입니다."

"풍수문의 문주가 누구이든 상관없소. 나는 그녀가 벌인 일에 처제 될 사람을 끌어들인 것을 따질 것인데, 그전에 먼저 귀문의 공자를 만나고 싶소이다. 그의 마음을 돌린다면 구태여 풍수문을 방문할 필요도 없지 않습니까?"

"그냥 풍수문으로 향하는 것이 좋을 듯싶습니다. 저희 공자님은 누구의 말도 듣지 않으실 겁니다."

강찬도가 극히 부정적으로 말하자 수검 역시 거들었다.

"맞습니다. 지금은 누가 무슨 말을 해도 소용없습니다. 차라리 소귀에 경을 읽는 게 낫지요. 괜히 헛힘 쓰지 마시고 풍수문으로 가시지요."

"내가 풍수문으로 가는 것은 임시방편에 불과할 뿐이다. 파혼의 당사자들을 화해시키지 못하면 언젠가는 풍수문의 의도대로 될 것이고, 설령 풍수문이 그 야심을 접는다 해도, 신강문과 비룡문은 평생을 원수지간으로 지낼 것이 불을 보듯 훤하지 않느냐?"

"비룡문의 공자님과 이야기하는 결과 또한 불을 보듯 훤합니다. 그러니 모두가 소용없다 하는 것 아닙니까?"

"사람 일이란 모르는 것이다. 왜 시도조차 하지 않고 안 된다고만 하는 것이냐?"

황조령의 고집 또한 만만치 않았다. 아니, 무림의 황고집이라 하여 대대로 내려오는 전통(?)있는 고집이었다.

수검이 강찬도를 향해 말했다.

"죄송하지만 공자님을 먼저 뵙는 게 좋을 듯싶습니다."

"알겠습니다. 저를 따라오십시오."

그때서야 강찬도는 황조령를 안내했다. 그러나 맨 앞장서는 강찬도와 그 뒤를 따른 수검, 심지어 파혼의 원흉인 백화선까지 모두가 부정적인 표정이었다.

이럴 때일수록 황조령은 오기가 솟았다. 어떠한 상황에도 진심은 통한다는 것이 그의 지론이었다. 비룡문의 공자와 차분히 대화를 나누면 그도 분명 마음을 바꿀 것이라는 신념이 있었다.

뉘엿뉘엿 해가 지고 어스레한 땅거미가 지는 시간.

황조령은 수검과 백화선을 동반하고 환한 등불이 밝혀진 홍등가로 들어섰다. 비룡문 공자의 마음을 바꾸려는 황조령의 노력은 아무런 소득 없이 끝나고 말았던 것이다.

수검의 말대로 소귀에 경을 읽는 것이 훨씬 나았다. 백화선이 아니면 다 필요없다는데 어찌할 것인가? 아까운 시간만 낭비한 셈이었다.

"형부, 감회가 새롭겠어요?"

황조령과 나란히 걷고 있던 백화선이 물었다. 뭔가 찔리지 않느냐는 표정이었다.

"무슨 소리는 하는 것이냐?"

"어머나? 그걸 제 입으로 말해야 하나요? 명색이 저도 여잔데요."

"괜한 장난이면 집어치워라."

황조령은 매몰차게 대화를 끊었다. 이에 잠시 황당한 표정을 짓던 백화선이 비아냥거리는 투로 대답했다.

"뻔질나게 기방을 드나들었다고요, 형부~?"

"누가 그런 소리를 하더냐?"

"매우 믿을 만한 소식통에게 들었지요."

순간, 앞서 가던 수검이 뜨끔하여 멈춰 섰다. 백화선의 믿을 만한 소식통이 바로 그였던 것이다.

"기방에 출입한 적은 있지만 뻔질나게는 아니다. 그리고 이번 혼담이 성사되기 전에 기방 출입은 끊었다. 쓸데없는 소리 말고, 어서 따라오너라."

약점을 잡았다고 생각했는데 아니었다. 황조령의 당당함에 백화선은 할 말을 잃었다.
"뭐 하느냐? 어서 따라오래도."
"쳇!"
백화선은 특유의 입소리를 내며 황조령을 따랐다. 마음먹은 대로 일이 풀리지 않는다는 의미였다.
안도의 한숨을 내쉬며 걷던 수검이 발걸음을 멈췄다.
"여기인가 봅니다, 황 대장님."
휘양 찬란한 등불이 주렁주렁 달린 건물 앞이었다. 황조령은 절룩절룩 걸어가 현판을 확인했다.
풍수각(風水閣).
풍수문의 본채이자 이 근방에서 가장 화려한 기루였다.
"이야~ 재남에 있는 풍류각보다 몇 배는 더……."
생각없이 감탄사를 터뜨리던 수검은 황급히 입을 다물었다. 백화선의 믿을 만한 소식통이 바로 그임을 시인한 것이나 다름없었던 것이다.
하나 황조령은 별로 개의치 않았다. 이미 짐작하고 있었던 것이다.
"가자꾸나."
황조령이 앞장서서 풍수각으로 행했다.
활짝 열려 있는 대문 안으로 들어서자 양편으로 도열해 있는 기녀들이 보였다. 손님이 들어오면 아양을 떨며 맞이하는 것이 그녀들의 임무였다.

그러나 황조령이 들어서자 기녀들은 어떤 반응을 보여야 할지 혼란스러워했다. 반쪽인 얼굴에 다리를 심하게 절었고 수수한 옷차림은 그다지 돈이 많게 보이지는 않았다.

그렇다고 문전박대할 분위기 또한 아니었다. 황조령의 당당한 모습이 신경 쓰였던 것이다.

혼란에 빠진 기녀들에게 눈짓하는 여인이 있었다. 나이가 좀 들어 보이는 기녀였다. 그제야 입구부터 도열해 있던 기녀들이 자신들의 임무(?)를 수행했다.

"어머나~ 저희 풍수각을 찾아주셔서 대단히 감사합니다. 어서 안으로 드시지요. 푸짐한 주안상이 준비되어 있습니다."

"나는 술을 마시러 온 것이 아니다."

"당연하지요. 대부분의 손님께서는 꽃 같은 저희 얼굴을 보러 오십니다요. 뭐 하느냐? 어서 대협님을 모시지 않고?"

"어서 들어오시와요, 지팡이는 내려놓고요. 대신 소녀의 어깨를 빌려드리겠습니다."

기녀들은 막무가내로 황조령을 끌고 가려 했다. 험한 사내들이라면 힘으로 어찌해 보겠지만 연약한 여인들에게 무력을 쓸 수는 없는 노릇이었다. 황조령이 난감함을 감추지 못하는 그때 수검이 들어섰다.

"무엄하다! 당장 황 대협님 곁에서 떨어져라!"

수검의 추상같은 호통도 소용없었다.

"어머나~ 듬직한 수행원 분도 함께 오셨네. 뭘 꾸물거리는 것이냐. 어서 이분도 함께 모시어라."

"듬직한 공자님은 저희들이 성심껏 모시겠습니다. 그리 빼는 척 마시고 소녀들을 따르옵소서."

"어, 어, 어, 어이~?"

수검 또한 기녀들에 둘러싸여 어찌할 바를 몰랐다. 한때 무림을 전체를 경동케 했던 무적신검 황 대장이 변변한 반항도 못하고 수검과 함께 끌려가는 그때였다.

"아주 훈훈한 광경이네요. 이런 것을 보고 지 버릇 개 못 준다고 하는 건가요?"

"……!"

백화선의 등장에 모두가 긴장했다. 황조령은 괜한 꼬투리가 잡힐 수도 있었고, 기녀들은 손님을 놓칠까 염려되었다. 직업의 특성상 그녀들에겐 여자가 적이라 해도 과언이 아니었다.

"이 귀여운 아가씨는 누구실까나?"

백화선은 기녀의 물음엔 전혀 상관치 않았다. 차가운 미소를 띤 시선으로 기녀들에 둘러싸인 황조령을 쳐다보며 말했다.

"형부, 생각보다 눈이 낮으시네요? 형부는 이리 잡스럽게 생긴 여자들이 좋으신가요?"

"뭐, 뭐라? 잡스러워!"

기생들은 발끈했지만 함부로 백화선을 대하진 못했다. 손님과 그녀, 형부와 처제라는 관계 때문이 아니다. 조강지처가 쫓아와 난리는 부리는 경우도 많았다. 외모가 무기인 기녀들에게 백화선은 긴장할 수밖에 없는 상대였던 것이다.

곧이어 기녀들과 백화선의 팽팽한 대치 형국이 벌어졌다. 무력을 사용해서 싸우는 대결이 아니라 미모를 겨루는 승부라 할 수 있었다. 기녀들은 저마다 자신있는 자세를 잡으며 백화선을 노려보았다.

누가 더 아름다운가?

이는 황조령의 싸움과 비슷했다. 아무리 상대의 인원수가 많아도 문제가 되지 않았다. 기녀들은 도발적으로 여성스러운 자태를 뽐냈지만 그냥 서 있는 백화선의 미모를 당해내지 못한 것이다.

"양쪽 다 그만하여라."

황조령이 나서면서 황당한 대결은 끝이 났다. 이어 황조령은 나이 든 기녀를 바라보며 말했다.

"나는 여흥을 즐기러온 손님이 아닐세."

"하면 무슨 일로 오셨습니까?"

"한때 강호에 몸담고 있던 사람으로 풍수문의 문주를 만나기 위해 왔다네."

분위기가 묘하게 변했다. 온갖 아양을 떨어대던 기녀들은 정색을 하고 황조령 일행을 노려보았다.

"그리 경계할 필요는 없네. 악의가 있어 찾아온 것은 아니라 부탁이 있어 온 것이네."

"죄송하지만 문주님은 지금 출타 중이십니다. 번거로우시겠지만 다음에 기별을 주고 방문해 주십시오."

나이 든 기녀는 냉랭한 어조로 대답했다. 돈도 안 되고 귀찮기만 한 술손님을 대하는 듯한 반응이었다. 이러한 대접을 받고 수검이 가만있을 리 만무했다.
 "출타 중이면 당장 가서 불러오너라! 여기 계신 황 대협님은 그리 한가한 분이 아니시다."
 "이리 큰 소리를 치시는 걸 보니 강호에서 꽤나 위명이 높은 모양이군요."
 "두말하면 잔소리지! 하오문에 속하는 문파를 직접 찾아주신 것만도 영광으로 알아야 할 것이다."
 "그리 대단하신 영웅 분을 몰라 뵈어 죄송합니다. 사죄의 의미로 제가 직접 안내해 드릴 것이니 따라오시지요."
 수검의 호기로움이 통한 것인가. 태도를 바꾼 나이 든 기녀가 순순히 황조령 일행을 안내했다. 흥겨운 풍악 소리와 기녀들의 간드러지는 웃음소리가 새어 나오는 화려한 건물이 아니라 후원 깊숙이 있는 외딴 건물 쪽이었다.
 황조령과 나란히 걷던 수검이 귓속말을 했다.
 "순순히 문주에게 데려가진 않을 겁니다. 무슨 꿍꿍이가 있는 게 분명합니다."
 황조령은 엷은 웃음을 띠며 고개를 끄덕였다. 기특하다는 칭찬이었다. 강호초출인 수검이 냉혹한 강호의 실상에 점점 적응해 가고 있는 것이다.
 그가 보기에도 갑자기 태도를 바꾼 기녀의 행동이 수상했다. 수검이 목청 높여 떠들어대자 영업 방해를 피하기 위해 다른 곳으로 데려가는 것이 분명했다.

아니나 다를까, 삭막해 느낌의 건물 안으로 들어서자 그녀의 태도가 또다시 돌변했다.
 "뭐시라… 하오문에 속하는 문파를 직접 찾아온 것도 영광으로 알라고?"
 조용히 멈춰 선 기녀가 표독스러운 표정으로 뒤돌아섰다.
 무더위를 식혀주는 괴담, 처녀로 둔갑한 구미호가 본색을 드러내는 것처럼 괴기스러운 장면이었지만 수검은 주눅 들지 않았다.
 "내 말이 틀렸나? 아무리 풍수문이 이곳에서 잘나간다고 한들 강호의 명문정파는 아니잖아? 무림문파 취급도 받지 못하는 하오문의 지부일 뿐이지."
 "네, 이놈! 막무가내인 꼴을 보아하니 조금 이름있는 문파의 식구 같은데… 위명 좀 있다고 하오문의 문파쯤은 무시해도 된단 말이더냐?"
 "무시할 만하니 무시하는 거지. 네년의 눈에는 돈 많은 술손님만 보이고, 강호에서 존중받은 영웅은 알아보지도 못하지 않으냔 말이다."
 "뭐, 뭐시라… 년?
 "그쪽이 먼저 놈이라고 했잖아!"
 "내 조용히 해결하려고 했는데, 아무래도 피를 봐야 할 것 같구나. 애들아!"
 나이 든 기녀가 삭막해 보이는 건물을 향해 소리쳤다.
 "무슨 일입니까, 누님?"

험악한 인상의 사내들이 어슬렁거리며 나왔다. 식칼에, 몽둥이, 곡괭이, 대나무 창 등 무기라고 들고 나오는 것도 참 다양했다. 저잣거리에서 폭력을 일삼는 왈패 무리가 분명했다.
 "너희들이 손 좀 봐줘야 할 놈들이 생겼다. 이름있는 문파라고 깝죽대는 놈들이지. 조심하는 게 좋겠구나."
 "무슨 섭섭한 소리를 하십니까, 누님. 무림인이라고 배때기에 칼이 안 들어갑니까? 우리가 처리한 무림인만 해도 엄청나지 않습니까. 나중에는 체통이고 뭐고 필요없이 목숨만 살려달라고 애걸하는 꼴들이란……."
 "그런 종자들은 아닌 것 같으니 주의하란 말이다."
 "아, 알겠습니다, 누님."
 나이 든 기녀가 인상을 쓰자 왈패 두목은 바싹 고개를 조아렸다. 곧이어 그는 수하들을 데리고 황조령 일행에게 다가갔다. 왈패 무리의 분위기는 더욱 험악했다. 기녀에게 당한 것까지 합쳐서 분풀이를 가할 기세였는데…….
 "자네, 이름이 무엇인가?"
 한 발 앞으로 나온 황조령이 물었다.
 "나?"
 왈패 두목이 어이없는 표정으로 반문하자 황조령은 고개를 가로저었다. 그리고는 왈패 무리 뒤편에 있는 기녀를 턱짓으로 가리켰다.
 "자네의 이름 말일세."
 잠시 머뭇거리던 기녀가 대답했다.

"구월(九月)이라 한다. 한데, 이름은 왜 묻는 것이냐?"
"기명인가, 원래 이름인가?"
"그게 무슨 상관이더냐? 왜 이름을 물었느냐 물었다."
"여기 있는 왈패들을 처리한다면 그대의 문주를 만나게 해 주겠는가? 그대의 이름을 걸고 대답해 주게. 자신의 이름을 중히 하는 것에는 남녀가 따로 없고, 무림에 몸담고 있는 사람일수록 더욱 그러할 것이네."
"좋다."
기녀가 승낙하는 순간이었다.
"수검아."
"예! 기다리고 있었습니다!"
황조령의 말이 떨어지지 무섭게 수검이 뛰어들었다.
"죽고 싶은 새끼들은 덤벼라! 곧바로 염라대왕 곁으로 보내주마~!"
수검의 무지막지한 기세에 왈패들은 기겁하고 말았다. 재남의 뒷골목을 평정한 그였기에 어떻게 왈패들을 상대해야 할지 잘 알고 있었다.
"감히 누구 배때기를 쑤신다고!"
푸악!
어린아이 머리통만 한 주먹으로 왈패 두목부터 처리했다. 단숨에 분위기를 제압한 수검은 혼란에 빠진 왈패들을 몰아쳤다.
"이것들이 똥인지 된장인지 알고 덤벼야지! 재남의 홍등가를 평정했던 인물이 바로 이 몸이시다!"
 푸악, 푸악, 푸악, 푸악~!
 검을 쓸 필요도 없었다. 수검은 맨주먹으로 싸웠다. 그런데 당하는 왈패들은 그게 더 무서웠다. 인정사정없이 쏟아지는 주먹과 발길질에 추풍낙엽처럼 쓰러졌다.
 황조령은 결과가 뻔한 싸움엔 신경 쓰지 않고 구월을 향해 시선을 고정한 상태였다.
 수검의 엄청난 무위에 그녀는 당혹한 기색이 역력했다. 치고받고 하는 난투극이 아니라 일방적인 학살(?)이었다.
 피해가 더 커지기 전에 멈추는 게 상책이었다. 그러나 그렇게 되면 황조령 일행을 문주에게 데려가야 하니 문제였다.
 "어딜 도망치는 것이냐? 어서 덤비라니까!"
 뿌악~!
 "커억~"
 그녀가 망설이는 순간에도 피해는 점점 커졌다. 전의를 상실한 왈패들은 도망 다니기 급급했고 수검은 그런 놈들을 쫓아다니며 아작을 냈다.
 황조령은 그만 중단하라 독촉하지 않았다. 그녀 스스로 결정하기를 기다릴 뿐이었다.
 "네놈이 마지막이구나."
 수검은 필사적으로 도망 다니던 놈의 뒷덜미를 잡아챘다. 나머지 놈들은 모두 뻗은 상태고 스스로 움직일 수 왈패는 그뿐이었다.

"어금니 꽉 깨물어."

"......!"

수검은 피로 얼룩진 오른손을 치켜올리며 말했다. 맞으면 죽는다! 공포에 질린 왈패는 구월에게 도움을 청했다.

"사, 살려주십시오, 누님! 제발이요~"

왈패는 최대한 불쌍한 표정을 지었지만 그녀는 여전히 침묵을 지킬 뿐이었다.

"내가 염라대왕 곁으로 보내준다고 했지?"

번쩍 치켜든 수검이 주먹이 움직일 기세였다.

"누님, 누님, 누님~!"

똥줄 탄 왈패가 연신 구월을 불러댔다. 그러나 그녀는 요지부동이었다.

"이빨 몽창 빠지고 싶지 않으면, 그 입 꽉 다무는 게 좋을 거다. 간다!"

후웅~

"으으음~"

질끈 눈을 감은 왈패는 어금니를, 이를 바라보는 구월은 입술을 지그시 깨물었다.

뿌악~!

소리부터 범상치 않았다. 입술 주위가 완전히 뭉개진 왈패는 비명도 지르지 못하고 정신을 잃었다. 징그러울 정도로 처참한 상태로 보아 몇 달 동안 음식을 씹어 먹기는 어려울 듯했다.

멀쩡한 왈패가 없는 상황에도 구월의 침묵은 계속되었다. 이에 수검은 머리를 긁적이며 말했다.

"뭐야, 아직도 안 끝난 건가? 그렇다면……."

와락.

수검은 맨 처음 주먹을 맞고 뻗어버린 왈패 두목의 멱살을 잡고 들어 올렸다.

"정말 죽는 꼴을 봐야 끝이 난다 이거지……."

"누… 누님……."

왈패 두목은 애처로운 시선으로 구월을 바라보았다. 그의 상태로 봤을 때 수검의 주먹을 감당하기는 힘들 듯했다.

"염라대왕 곁으로 가는데 외롭지는 않을 거야. 나머지 놈들도 차례대로 보내줄 테니까."

수검은 서서히 주먹을 치켜올렸다. 독이 오른 수검의 상태로 봤을 때 그냥 겁만 주는 것은 아니었다. 이를 말릴 수 있는 황조령 역시 침묵으로 일관할 뿐이었다.

"잘 가라고!"

후앙~

수검이 지체없이 주먹을 내려치는 순간이었다.

"그, 그만!"

피가 날 정도를 입술을 꽉 깨물고 있던 구월이 마침내 입을 열었다. 무지막지하게 날아가던 수검의 주먹은 왈패 두목의 얼굴에 닿기 직전에서 멈췄다.

"꺼어억……."

직접 맞지는 않았지만 정신적 충격은 엄청났다. 왈패 두목은 숨넘어가는 소리를 내며 그대로 의식을 잃었다.
 "제가 졌습니다. 본 문으로 안내해 드릴 것이니 저를 따르시지요."
 구월은 정중히 인사를 하고 뒤돌아 걸었다. 이번에는 제대로 안내할 것이 틀림없었다. 황조령과 백화선이 곧바로 뒤를 따랐고, 수검 역시 정신을 잃은 왈패 두목을 내려놓고 재빨리 따라붙었다.

# 第三章

붉은 사마귀의 집

하오문에 속하는 풍수문 내부.

천대받는 기녀들이 주축이 되어 만든 단체가 바로 풍수문이었다. 여인네들, 그것도 기녀들이 모여 있는 곳이니 화려하고 사치스러울 것이라 짐작한 것은 수검의 편견이었다.

손님을 접대하는 영빈관은 여느 무림문파와 다름없었다. 아무런 장식도 없는 벽과 투박한 의자와 탁자는 외려 수수하다는 느낌에 가까웠다.

"정식으로 소개드리겠습니다. 소녀는 풍수문의 대외 업무를 맡고 있는 구월이라 하옵니다."

"그냥 황 대협이라 불러주게. 내 진정한 신분을 밝히지 못하는 사정은 이해해 주기 바라겠네."

"알겠습니다, 황 대협님. 조금만 기다려 주십시오. 제가 문주님을 모시고 오겠습니다."

구월은 황조령이 고개를 끄덕이는 것을 확인한 다음, 뒤돌아 영빈관을 빠져나갔다.

"뭘 그리 잔뜩 기대하는 표정이지?"

백화선이 맞은편에 앉아 있는 수검에게 하는 말이었다.

멍한 표정을 짓고 있던 수검이 억울하다는 표정을 지으며 대답했다.

"왜 생사람을 잡으십니까? 내가 뭘 기대하고 있다고……."

이에 백화선이 바싹 얼굴을 들이밀며 말했다.

"내가 네놈의 시커먼 속을 모를 것 같아? 풍수문주가 엄청난 미인이라는 소리를 듣고 들떠 있잖아. 모든 사내들이 그녀만 보면 넋을 잃는다는 소문도 있고. 얼마나 아름답고 농염한 중년 미부인이 등장할지 기대하고 있잖아."

"노, 농염은 무슨……."

수검은 황급히 발뺌했다. 그러나 과장스럽게 손사래를 치고 말까지 더듬거리는 것은 이를 시인한 것이나 진배없었다.

"문주님께서 드십니다."

"드, 드디어!"

영빈관 문밖에 서 있는 시녀의 음성이라 들리자 수검은 대놓고 반색했다. 어처구니없는 표정으로 눈총을 주는 백화선의 시선 따윈 아랑곳하지 않았다.

드르륵.

곧이어 문이 열리고 사뿐사뿐 걸어 들어오는 여인이 있었다. 우아하기 그지없는 발걸음이었다. 미리부터 넋이 빠진 수검의 시선이 그녀의 얼굴로 향했는데…….

"뭐야……."

엄청난 기대에 들떠 있던 수검은 실망한 기색이 역력했다. 추녀는 아니다. 상당한 미인이었다. 그러나 듣던 만큼 기대에 못 미친다고 할까, 단번 남자를 휙 사로잡는 강렬한 매력이 없었다. 나이 차이가 있기는 하지만 백화선보다도 떨어지는 외모였던 것이다.

"불편한 몸으로 예의를 차리실 필요는 없습니다. 편히 앉으시지요, 황 대협님."

풍수문주 홍란이 몸을 일으키려는 황조령을 만류하며 자리했다. 기녀였다는 편견을 빼고 본다면 상당한 기품이 느껴지는 여인이었다.

"신경 써주셔서 감사합니다. 공사가 다망하신 것 같으니 본론부터 말해도 되겠습니까?"

홍란은 가볍게 고개를 끄덕여 승낙했다. 이에 황조령은 백화선에게 눈길을 주고 물었다.

"이 아이를 아십니까?"

"물론이지요. 그동안 잘 지내셨나요, 예쁜 아가씨?"

"글쎄요. 그리 안녕하지는 못하네요. 이렇게 형부에게 끌려온 신세가 되었으니 말이에요."

"어머나~ 이리 듬직하신 황 대협님이 아가씨의 형부 되시나요? 정말 부럽네요."

"과연 그럴까요. 우리 형부가 얼마나 고지식하고 고리타분한지 아시면 그 소리가 쏙……."

"험, 험……."

황조령은 헛기침으로 백화선의 말을 끊었다. 그제야 홍란은 다시 황조령에게 다시 눈길을 주었다.

"만난지는 오래되지 않았지만 각별한 사이라고 할 수도 있지요. 그게 무슨 문제라도 되나요?"

"이 아이를 아신다고 하니 일이 쉽게 풀릴 수도 있겠군요. 화선이가 비룡문의 공자를 유혹하도록 풍수문주께서 사주했습니까?"

홍란은 어처구니없다는 웃음을 지으며 대답했다.

"사주라니요? 시강문과 비룡문의 파혼 때문에 그러시는 것 같은데, 제가 무슨 억하심정이 있어서 그들의 혼인에 훼방을 놓겠습니까."

"두 가문이 맺어졌을 때 가장 피해를 보는 곳이 풍수문이며, 두 가문의 사이가 악화될수록 가장 이득을 보는 곳 또한 풍수문 아닙니까?"

"그야 남 말하기 좋아하는 호사가들이 지어낸 말일뿐이지요. 무슨 근거로 두 문파를 이간질했다는 모함을 하십니까?"

"모함이 아니오. 이 아이에게 비룡문의 공자를 유혹하라 시키지 않았습니까?"

"아니요. 단순한 내기였을 뿐입니다."

"내기라 하셨습니까?"
"어떻게 설명해야 할까요······."
홍란은 앉은 자세를 고쳐 잡고 말을 이었다.
"무림인들은 범상치 않은 상대를 보면 검을 섞어보고 싶은 충동을 느끼지 않습니까. 그와 비슷하다고 보시면 됩니다."
"이 얼토당토않은 설명을 듣고 내가 이해하기를 바랍니까?"
"더 이상 어찌 설명을 하지요? 역시나 황 대협님은 아가씨의 말대로 고지식하고 고리타분한 분이군요."
"내가 뭐라고 했어요. 우리 형부는······."
"시끄럽다."
황조령은 백화선이 끼어드는 것을 원천 봉쇄했다. 그녀가 고지식하다고 할 때마다 괜히 기분이 나빴다. 그러나 황 조령의 행동에 답답함을 느끼기는 수검도 마찬가지였다.
왜 이리 갑갑한 상황을 감내한단 말인가?
일단은 힘으로 풍수문을 제압하고 대화를 나눴어야 했다. 그러면 이처럼 답답하지 않고 일처리가 훨씬 쉬웠을 것이다. 그러나 무력은 가장 마지막 쓰는 수단이라는 것이 황조령의 지론이니 이는 수검이 감내해야 할 몫이었다.
황조령이 무작정 참기만 했다면 수검은 벌써 속이 터져 죽었을 것이다. 그가 대화로 문제를 해결하는 것에도 한계는 있었다. 더 이상 대화가 의미없다고 느껴지면 결단을 내리게 되는데, 그때는 끝장을 보고 마는 황조령이었다.
팔짱을 낀 수검은 그때를 기다리며 꾹 참고 있었고, 마침내 그 시기가 도래한 듯했다.

"이제 어떠한 변명도 듣지 않겠습니다. 파혼의 상처가 나을 때까지 비룡문을 침공치 않겠다는 서약을 하십시오."

"지금 본 문을 협박하시는 겁니까?"

"협박이라 해도 상관없습니다. 문주께서 불손한 목적으로 화선이를 이용한 것은 엄연한 사실, 그에 대한 책임은 피할 수 없습니다."

"싫다면 어찌하시겠습니까?"

"잘 생각하십시오. 내 단언컨대 풍수문 역사상 가장 큰 시련을 맞이할 것입니다."

"……."

홍란은 즉각적으로 대답하지 못했다. 그녀의 선택 여하에 따라 문파의 존망이 결정될 수도 있기 때문이었다.

홍란의 대답이 지체될수록 긴장감은 더욱 높아졌고, 양측의 물밑 작업 또한 치열하게 전개되었다.

풍수문의 제자들은 빠르게 눈짓을 주고받으며 앞으로 벌어질 사태에 대비했고 수검 또한 서서히 검으로 손을 가져갔다. 그녀들이 공격을 하면 곧바로 응전할 태세였는데…….

"좋아요. 파혼의 여파가 가라앉을 때까지 비룡문에 대한 침공은 연기하도록 하지요."

홍란이 황조령의 제안을 받아들이면서 팽팽했던 긴장감은 일순간에 해소되었다. 양측 모두 안도의 한숨을 내쉬었지만 황조령은 끝까지 긴장을 풀지 않았다.

"그 결단을 서약으로 남겨주시면 고맙겠습니다."
"꼭 그렇게까지 해야 합니까?"
황조령의 침묵은 꼭 그렇게까지 해야겠다는 의지가 확실해 보였다.
"좋아요. 이번에도 제가 양보하도록 하지요. 원하는 문구를 써드릴 것이니 제 처소로 가시지요. 조용한 곳에서 작성하는 것이 좋지 않겠습니까."
황조령은 순간 망설였다. 홍란과 단둘이 있게 되는 상황이 껄끄러웠던 것이다.
"구태여 그럴 필요까지 있겠습니까? 여기도 충분히 조용하니 지필묵을 가져오라 하시지요."
"정말 너무한다 생각지 않으십니까? 제가 얼마나 더 양보를 해야 직성이 풀리겠습니까."
억울한 듯 황조령을 바라보는 그녀의 표정은 꼭 그렇게까지 해야겠다는 의지가 확실해 보였다.
"좋습니다. 그렇게 하시지요."
이번에는 황조령이 양보했다. 상당히 껄끄럽기는 했지만 정신만 바싹 차리면 된다는 생각이었다.
"다행히 마지막까지 꽉 막힌 분은 아니셨군요. 그리 경계할 필요없으니 저를 따르시지요. 영웅다운 풍모가 느껴지는 황대협님과 좀 더 이야기를 나누고 싶을 따름입니다."
"알겠습니다."
자리에서 일어선 황조령이 수검을 보며 말했다.

붉은 사마귀의 집 73

"얌전히 있어라."

이는 수검에 한정된 말이 아니었다. 무슨 말썽을 부릴지 모르는 백화선을 잘 감시하고 있으라는 의미도 함께였다.

"물론이지요. 걱정 말고 다녀오십시오."

수검이 힘주어 대답했지만 그리 미덥지 않은 모양이다. 황조령은 수검과 백화선을 연신 돌아보며 영빈관을 빠져나갔다.

쿵.

문이 닫히는 순간, 백화선의 입가에 묘한 웃음이 번졌다. 수검은 최대한 신경 쓰지 않으려 했다. 그러나 뻔히 쳐다보며 생글생글 웃는 그녀의 모습에 수검은 도저히 궁금함을 떨칠 수 없었다.

"왜 그리 기분 나쁘게 웃는 겁니까?"

백화선이 기다렸다는 듯 입을 열었다.

"풍수문주의 처소를 뭐라 부르는지 아느냐?"

"내가 그걸 어찌 알겠습니까? 그리고 남들이 그녀의 처소를 뭐라 부르든 관심도 없습니다."

말을 그리했지만 수검은 상당히 솔깃한 반응이었다. 백화선이 빨리 말해주기를 내심 기다리고 있었다.

"이 지역에서는 붉은 사마귀의 집이라 알려져 있지."

"홍란 문주가 당랑권의 고수라도 된단 말입니까."

"그런 의미가 아니지. 암컷 사마귀는 교미를 하고 수컷을 잡아먹는 습성이 있거든."

"……!"

이야기가 심상치 않게 돌아갔다. 백화선은 수검의 반응을 살피며 계속 말을 이었다.

"수많은 사내들이 그녀의 처소로 들어갔었지. 개중에는 내로라하는 무림 고수도 있었고, 세상 모든 여자들을 돌처럼 본다는 도사들도 있었지. 한데 어떻게 됐는지 아느냐?"

"......"

"그 다음날이면 그녀의 치마폭에 놀아나는 신세가 되거나… 끽~!"

백화선은 목을 긋는 시늉을 하며 말을 이었다.

"목이 없는 시체로 발견되거나 알 수 없는 병에 걸려 시름시름 앓다가 생을 마감하는 경우가 허다했지."

수검이 인상을 구기며 대답했다.

"그 위험한 곳으로 황 대장님을 가게 내버려 뒀단 말입니까? 아가씨의 형부 될지도 모르는 분인데 말입니다."

"재미있지 않으냐? 그리고 그런 여자한테 당한다면 형부 될 자격이 없다고 할 수 있겠지."

"예, 어련하시겠습니까."

대화는 끊기고 백화선과 수검의 치열한 눈싸움이 펼쳐졌다. 먼저 눈길을 피한 쪽은 백화선이었다.

"뭐 하고 있는 것이냐? 지금이라도 당장 쫓아가 말리는 것이 수하 된 도리 아니던가?"

"그럴 필요 있겠습니까? 아무리 풍수문주가 당랑권(?)의 고수라 한들, 어찌 황 대장님을 해할 수 있겠으며, 치마폭에 놀아

붉은 사마귀의 집 75

날 정도로 썩 매력있는 외모 또한 아닌 것 같은데요?"
"과연 그럴까?"
"그렇고 안 그렇고는 조만간 결판이 나겠지요."
"호~ 그렇겠지. 나도 기대가 되는데……."
 또다시 시작된 눈싸움은 황조령이 홍란의 처소를 나온 다음에야 끝날 분위기였다.

 으스스함마저 느껴지는 황톳길.
 황조령은 말없이 홍란의 뒤를 따랐다. 그녀의 처소는 황조령의 예상보다 멀리 있었다. 꽤나 걸었어도 사람이 기거할 법한 건물은 보이지도 않았던 것이다. 황조령의 생각을 읽기라도 한 것처럼 홍란이 말을 붙여왔다.
"제가 시끄러운 것을 싫어하는 편이라 처소를 좀 멀리 두었습니다."
"그렇군요."
 황조령은 성의없이 대답했지만 홍란은 계속 말을 붙여왔다.
"조금 실례되는 질문인데, 황 대협님의 얼굴과 다리는 왜 그리되신 겁니까?"
"평생의 숙적이었던 자와 마지막 결전을 벌이다 이리되었습니다."
"상당한 고수였던 모양이지요?"
 두말하면 잔소리다. 모용관의 엄청난 무위는 아직도 회자되고 있었다. 어떤 이들은 황조령의 승리에 대해 기적이라는 표현을 했고, 또 어떤 이들은 모용관을 항우, 황조령을 유방에 비유하기도 했다.
 황조령이 어색한 웃음만 보이자 홍란이 화제를 돌렸다.
 "슬하에 자식은 몇인가요?"
 황조령은 더욱 어색한 미소를 지으며 걸었다. 무슨 의미인지 눈치 빠른 홍란이 모를 리 없었다.
 "늦게 혼사를 치른 모양이군요?"
 눈치 빠른 그녀도 실수할 때가 있었다. 황조령이 어색하다 못해 난감한 표정이 되자 홍란이 반문했다.
 "예쁜 아가씨가 형부라고 부르던데요?"
 "아직 혼사를 치르기 전입니다. 그 때문에 사천으로 가던 중이었습니다."
 "호호호… 엄청난 만혼(晩婚)이군요?"
 "그렇게 됐습니다."
 이런저런 이야기를 나누고 걷다 보니 어느새 홍란의 처소에 도착했다. 시끄러운 것을 싫어한다 하여 아담한 가옥을 예상했는데 아니었다. 상당히 규모가 큰 단층 건물이었고 입구는 두꺼운 철문이었다.
 "들어오시지요."
 홍란이 반쯤 열린 철문 안으로 들어갔다. 아담한 가옥이라면 상당히 껄끄러웠을 것이다. 부담스런 마음 없이 철문 안으로 들어서는 순간이었다.
 "으음!"

황조령이 눈살을 찌푸렸다. 사방이 온통 붉은색이었던 것이다. 복이 온다고 선호하는 붉은색이 아니라 음침한 빛깔의 붉은색이었다.

쿵~!

잠시 한눈을 파는 사이 철문이 닫혔다. 곧이어 홍란이 걸음을 멈추고 뒤돌아보았다. 다소곳한 모습은 사라지고 도도함만 남은 눈빛이었다.

"황 대협님께 마지막으로 묻겠습니다. 지금이라도 마음을 바꿀 생각은 없으십니까? 비룡문과 신강문을 무너뜨리는 것은 우리 풍수문의 오랜 숙원이었습니다."

"싫소."

황조령의 입장은 단호했다. 이에 홍란의 인상은 점점 구겨졌다.

"하면 어쩔 수 없지요……. 그냥 노총각으로 죽어!"

욕설을 내뱉은 홍란은 감쪽같이 사라졌다.

빠직!

어떠한 상대의 도발에도 꿈쩍 않던 황조령이 단단히 열받았다. 홍란이 사라진 공간으로 걸어가는 그의 눈가에 경련까지 일어났던 것이다.

이를 숨어서 지켜보는 홍란의 얼굴엔 미소가 번졌다.

'멍청한 놈. 이곳이 바로 네놈의 무덤이 될 것이다.'

그녀가 있는 어두운 공간엔 기관 장치가 되어 있었다. 바닥이나 벽을 잘못 만지게 되면 화살이 쏟아져 벌집이 되는 것이다. 홍란은 훈련을 거듭하여 눈감고도 통과할 수 있었다. 어떠한 위험을 기다릴지 모르는 어두운 공간을, 그것도 이성을 잃은 상태에서 다가오는 황조령이 어리석게만 느껴졌는데…….

"……?"

자신만만했던 홍란의 얼굴이 굳어졌다. 황조령의 모습이 사라진 것이다. 벌써 기관 장치에 당한 것인가? 기관 장치가 작동하는 소리는 들리지 않았다. 어찌 된 영문이지 고개를 조금 더 내밀어 확인하려는 찰나였다.

후앙!

"……!"

위험을 직감한 홍란이 재빨리 고개를 움츠렸다.

딱~!

지팡이로 땅바닥을 내려치는 울림과 함께 황조령의 나직한 음성이 들렸다.

"약속을 어기겠다는 것인가? 이번 것은 경고다. 또다시 허튼짓을 했다가는 머리가 박살 날 것이다."

홍란은 이해할 수 없었다.

'어떻게 나보다도 더 능숙하게 기관 장치를 피해 움직인 것이지?'

이는 황조령의 진면목을 몰랐기 때문이었다. 모진 역경을 극복했던 황조령에게 이러한 기관 장치는 어린애 장난감에 불과할 뿐이었다.

"잘못했다고 하면 용서해 줄 건가요?"

황조령이 심하게 이맛살을 구겼다. 갑자기 또 태도가 돌변한 홍란이 묘한 눈빛을 보냈기 때문이다. 그녀에는 불행히도 황조령은 꼬리치는 여자를 병적으로 싫어했다.
"정녕 머리통이 깨지고 싶은가."
"천하를 호령하는 사내대장부께서 여자를 때리는……."
애교 섞인 목소리로 교태를 부리던 홍란이 입을 다물었다. 참을성이 극에 달한 황조령은 진짜로 한 대 칠 기세였던 것이다.
"좋아요, 제가 졌어요."
홍란은 순순히 포기하는 듯한 반응을 보였다.
"그렇다면 신강문과 비룡문을 침탈하지 않겠다는 서약서를 쓸 것인가?"
"호호호, 누가 그딴 것을 쓸까 보냐!"
팡!
입을 가리고 웃는 시늉을 하던 홍란이 벽을 쳤다.
순간, 기관 장치가 발동되면서 바닥에서 날카로운 쇠창살이 솟아올랐다. 황조령은 뒷걸음치는 수밖에 없었고, 그 틈을 노려 홍란은 줄행랑을 놓았다.
"오호호호호! 내 속임수에 넘어가지 않는 사내는 없다니까."
황조령은 신이 나서 도망치는 홍란의 뒷모습을 노려보며 말했다.
"그런다고 달라지는 것은 없다. 내가 못 잡을 성싶은가?"

"호호호호, 잡을 수 있으면 잡아보라니까!"

홍란은 약 올리며 뛰었고, 황조령을 그녀를 잡으러 뒤쫓았다. 잡히면 무사하지 못할 분위기였다.

\* \* \*

같은 시각 풍수문의 영빈관.

이곳에도 남녀 간의 치열한 대결이 펼쳐졌다. 몸으로 뛰는 홍란, 황조령과는 달리 심리전 위주였다.

"점박아, 정말 안 가봐도 되겠느냐?"

"그리 걱정되면 아가씨가 가던가요. 저는 황 대장님의 능력을 믿습니다."

"어떤 능력을 믿는데? 무공 대결이라면 당연히 형부가 이기겠지. 그러나 이건 그녀의 유혹에 형부가 넘어가느냐 마느냐의 싸움이다. 수많은 사내를 거덜냈던 그녀와 노총각 중의 노총각인 형부, 누가 더 유리할까?"

"흥, 우리 황 대장님의 성품을 모릅니까? 풍수문주가 아무리 지랄을 떨어도 소용없을 겁니다."

"여자에게 약한 게 남자다."

"우리 황 대장님은 남자나 여자나 다 강합니다."

백화선은 설레설레 고개를 저었다. 황조령에 대한 수검이 믿음은 난공불락에 가까웠던 것이다.

"난 미리 말했으니 나중에 뭐라 트집 잡지 마라."

붉은 사마귀의 집 81

"걱정 붙들어 매십시오. 그런데 어디 가는 겁니까?"

수검이 조용히 자리에서 일어나는 백화선에게 물었다. 수검에게는 홍란보다도 그녀가 더 경계의 대상이었다.

"그딴 걸 알아서 뭐 하려고?"

백화선은 눈에 힘을 주고 물었다. 자신이 어디를 가든 보고해야 할 필요가 있느냐는 표현이었다.

"황 대장님이 말썽 피우지 말라고 하지 않았습니까."

"참 골치 아프네. 너는 형부가 죽으라면 죽을 셈이냐?"

"당연하지요."

수검은 아무런 망설임 없이 대답했다. 이에 백화선은 졌다는 표정으로 출입구로 향했다.

"어디 가냐니까요?"

"피곤해서 잠시 쉬러간다. 형부에게 혼날 짓은 하지 않을 것이니 걱정 말아라."

믿어야 할까 말아야 할까. 수검은 잠시 갈등하는 모습을 보였다. 그러다 곧바로 의자 등받이에 등을 기대며 팔짱을 꼈다. 일단은 믿어보기로 한 모양이었다.

\* \* \*

"헉… 헉… 헉……."

홍란은 벅찬 숨을 몰아쉬며 뒤를 돌아보았다. 흐트러지게 웃어대며 도망치던 모습은 사라진 지 오래였다. 머리는 산발에 가까웠고 얼굴은 땀범벅이었다.

"오지 마라… 오지 마… 제발 오지 마……."

홍란은 간절히 바라는 표정으로 출입문을 바라보았다. 다리가 불편한 황조령을 쉽게 떼어낼 것이라 생각했는데, 그것은 크나큰 오판이었다. 그녀가 어디로 도망치던 귀신같이 알고 쫓아왔던 것이다.

"이쪽으로 도망친 것인가?"

"젠장……."

아니나 다를까, 황조령이 들어서자 홍란의 얼굴은 처참하게 구겨졌다.

"그리 힘들면 서약서를 쓰면 될 것 아닌가?"

"내, 죽어도 그럴 수는 없다. 두 문파를 무너뜨리는 것은 나의 오랜 숙명이다."

"그렇다면 할 수 없지……."

황조령의 모습이 홍란의 시야에서 사라졌다. 지팡이에 의지하여 절룩거리며 걷는 그였지만 순간적인 움직임만은 타의 추종을 불허했다. 매번 황조령의 움직임을 놓치고 어디서 나타날지 몰라 불안에 떨어야 했다.

"멀리는 못 갔군."

"……!"

소스라치게 놀란 홍란이 죽을 힘을 다해 내달렸다. 그러나 멀리 가지는 못했다.

"어딜……."

"칵!"

황조령은 진심장 손잡이로 그녀의 뒷덜미를 잡아챘다. 아무리 강한 사내도 이쯤 되면 포기했겠지만 홍란은 달랐다. 옷깃에 목이 졸려 숨이 막히는 상황에서도 기를 쓰고 벗어나려 안달했다.

"이제 그만해라. 나도 많이 봐준 것이다."

홍란은 무턱대고 벗어나려는 행동을 멈추고 황조령을 돌아보았다.

"그리 봐주셨다니 저도 보답을 해야겠지요."

"뭣 하는 수작이더냐?"

황조령이 바싹 경계 섞인 음성으로 물었다. 홍란이 자신의 옷고름으로 손을 가져갔기 때문이었다.

"옷이 걸려서 도망치지 못하니 이 방법밖에 없잖아요. 아니면 제 뒷목에 걸린 지팡이를 치워주실 건가요?"

"어림없는 수작 마라."

"그렇다면 할 수 없지요."

화악!

홍란은 한 치의 망설임도 없이 자신의 옷을 벗어 던졌다. 나풀거리는 옷이 황조령의 시야를 방해한 사이 그녀는 멀찌감치 달아났다. 그리고는 요염한 자태로 벽에 기대어 서서 황조령을 바라보았다.

"뭘 잔뜩 기대한 표정인데, 실망시켜 드려서 어쩌나."

홍란의 옷차림은 변함이 없었다. 바닥에 떨어져 있는 옷과 똑같은 것을 속에 입고 있었던 것이다.
"이만하면 됐지 않은가. 그대도 억울한 점이 있기에 봐주고 또 봐주는 것이다. 그러나 아까도 말했듯 이제 내 참을성도 한계에 달했다."
"그래서 어찌하실 건데요. 서약서를 쓰지 않으면 저를 죽이기라도 하실 건가요?"
"……."
황조령은 대답을 하지 않았다. 어떤 대답을 하던 홍란이 꼬투리를 잡고 늘어질 게 분명했던 것이다.
"좋아요, 그러면 제가 제안을 하나 하지요."
황조령은 그 저의가 의심스럽지만 들어나 보기로 했다. 그만큼 이 의미없는 추격전을 빨리 종식시키고 싶었던 것이다.
"말해보게."
"황 대협께서도 서약서를 한 장 써주셔야겠어요."
"어떤 서약서 말인가?"
"비룡문과 신강문의 파혼이 원만히 해결된 다음에는, 제가 두 문파를 어찌하든 관여치 않겠다는 것을 말이에요."
"내가 이번 일에 관여케 된 것은 그대가 화선이를 이용했기 때문이다. 두 문파의 갈등이 해결된 후에는 관여할 필요도 없고, 관여해서도 안 되는 것이다. 정녕 그것만 써주면 되는 것인가?"
"예, 물론이에요."
황조령은 너무 간단해서 의심스러웠다. 그런 이왕 믿기로

한 거 끝까지 가볼 참이었다.
 "합의가 되었으니 글을 쓸 수 있는 곳으로 가시지요. 이렇게 뛰지 않고 걸어가니 정말 살 것 같네."
 홍란은 손부채질 하며 앞장섰다. 황조령에게 쫓겨다니느라 지칠 대로 지친 모양이었다.
 미로처럼 복잡한 길을 한참이나 걸어 도착한 곳은 아담하게 꾸며진 방이었다.
 "여기는 기관 장치가 없으니까, 안심하고 들어오세요."
 황조령이 중앙에 있는 탁자에 앉는 사이 홍란은 사발에 담긴 물을 벌컥벌컥 들이켰다.
 "우와, 시원하다. 마실래요?"
 황조령은 고개를 가로저었다. 홍란이 권하는 것은 뭐든 의심스러웠던 것이다. 서약서를 쓰지 전까진, 아니, 서약서를 가지고 이곳을 나갈 때까진 절대 안심할 수 없었다.
 "자, 우리 함께 서약서를 써볼까요."
 홍란은 지필묵을 가져와 탁자 위에 올려놓았다. 그리고는 황조령 바로 옆에 앉는 것 아닌가? 황조령이 뚱하니 쳐다보자 홍란이 반문했다.
 "왜요? 제가 옆에 앉으면 정신 집중이 안 되나요?"
 황조령은 아무런 대꾸도 하지 않고 서약서를 쓰기 시작했다. 최대한 홍란을 신경 쓰지 않으려 했지만 그녀가 가만있질 않았다.
 "어머나, 명필이시네?"

황조령은 홍란이 칭찬이 별로 달갑지 않았다. 괜히 친한 척 가식적인 모습이 꺼려졌던 것이다. 황조령은 홍란의 과도한 관심을 피해내며 어렵사리 서약서 작성을 끝마쳤다.
"나는 다 됐소."
"저도요."
"어찌 썼는지 좀 봅시다."
"좋아요."
홍란은 끝까지 황조령의 심기를 불편하게 만들었다. 찬찬히 읽을 수 있도록 서약서를 건네주지 않았다. 양쪽 끝단을 잡은 서약서를 눈높이 위까지 끌어올린 것이다.
황조령은 불편한 자세로 서약서를 읽었다. 제대로 썼는지 확인만 하면 모든 뒷수습이 끝난다고 볼 수 있는데…….
화악!
갑자기 홍란이 서약서를 내리는 것 아닌가! 황조령은 홍란과 정면으로 눈이 마주치고 말았다.
"……!"
홍란의 눈엔 묘한 기운이 서려 있었다. 그녀와 눈이 마주치자마자 황조령은 몸을 움직일 수 없었다. 흡사 가위에 눌린 것 같은 느낌이었는데 말은 가능했다.
"이게 무슨 짓인가?"
"무슨 짓이긴, 그쪽과의 악연을 끝내려는 것이지."
"누가 끝장날지는 모르겠지만 흥미로운 술법이군. 어떻게 한 것이지?"

황조령은 평소와 다름없는 음성으로 물었다.
"곧 죽을 마당에 그게 궁금하신가?"
"호기심을 못 참는 성격이라네."
"뭐, 여러 번 나를 봐줬으니 선심 한번 써도 되겠지. 내공의 힘이다."
"내공?"
"아주 귀한 내공심법을 얻었지. 아니, 열심히 일해주고서 받은 수고의 대가라고 해야겠지. 내 눈은 모든 사내들을 굳게 만들고, 내 입술은 사내의 진기를 모두 빼앗아 버리지."
홍란의 말을 듣는 순간 짐작 가는 것이 있었다.
"붉은 손톱을 한 여인의 일을 도왔나?"
"……!"
굳이 대답을 들을 필요는 없었다. 당황한 빛을 보이는 그녀의 표정이 대답을 대신했다.
"그대가 익힌 내공심법은 매우 위험한 것이다. 몸 전체가 폭발하여 죽을 수도 있다."
"내가 어이없을 정도로 고지식한 사내인 줄은 알았는데, 헛소리도 제법 하시네?"
"헛소리가 아니다. 나는 그 비참한 말로를 여러 번 목격했다. 내가 거짓말을 하는 것 같은가?"
"거짓말은 아닌 것 같아. 그런데 어쩌지? 나는 수십, 수백 번이 내공을 썼는데 이리 멀쩡하거든? 나만 운이 좋은 건가?"
"이제 그 운도 이제 끝났다고 봐야겠지. 나에게 그 무공을 썼으니 말이야."

"호호호호, 괜히 사람 찝찝하게 만드는 재주가 있으시네. 그럼 확실하게 그런지 아닌지 시험해 볼까?"

홍란은 황조령은 향해 천천히 얼굴을 가져갔다. 사내의 진기를 빼앗는 방법이 바로 입맞춤이었다.

"죽음을 재촉하지 마라."

"누가 죽을지는 곧 밝혀지겠지."

홍란은 황조령의 경고를 듣지 않았다. 그녀의 입술은 굳게 다문 황조령의 입과 거의 닿기 직전까지 이르렀다.

"남을 속이기만 했기에 진실을 말해도 소용없는 것인가?"

"……!"

홍란의 입술이 멈췄다. 이내 원상태로 얼굴을 물린 홍란이 굳은 표정으로 물었다.

"정말 몸이 폭발하여 죽을 수도 있나?"

"그렇다. 그 내공심법에는 특이한 제약이 있을 것이다. 이를 어기거나 나에게 쓰게 되면 폭발하여 죽게 된다."

"그럼, 말이 안 되잖아? 나는 분명 움직임을 봉쇄하는 심안(心眼)을 사용했는데?"

"그야 통하지 않았기 때문이지."

스윽.

황조령은 손을 뻗어 홍란에 손에 들려 있는 서약서를 낚아챘다. 기가 질린 홍란은 몸이 굳어 아무런 행동도 하지 못했다. 죽을 위기에 처했던 쪽은 황조령이 아니라 바로 그녀였던 것이다.

"이 서약서는 가져가겠다."

황조령은 서약서를 갈무리하며 몸을 일으켰다. 홍란이 황조령이 방 안을 빠져나가기 직전 정신을 차렸다.

"저, 저기……."

"또 무슨 속임수를 쓰려는 것인가?"

도리도리.

홍란은 세차게 고개를 흔들었다. 절대 그럴 마음이 없음은 확실해 보였다. 심안이 통하지 않는 상대와 싸울 수는 없는 노릇이었다.

"하면 왜 부른 것인가?"

홍란은 상당히 위축된 모습으로 대답했다.

"조, 조…… 존함이라도 알고 싶습니다."

"이름은 왜 알려고 하는 것이지?"

"이곳은 붉은 사마귀의 집이라 불립니다. 여기에 들어온 사내는 무사히 나간 사람은 아무도 없었습니다. 어이없다 들리실지 모르겠지만… 이를 처음으로 깬 분의 존함이라도 기억하고 싶습니다."

"내가 쓴 서약서에 이름이 있다."

황조령은 짧게 대답하고 밖으로 사라졌다. 곧바로 홍란은 탁자 위에 있는 서약서를 집어 들었다. 내용은 필요없었다. 누가 작성했는지 적힌 이름이 중요했다.

"용아촌의 황조령?"

왠지 낯익은 이름이었다. 홍란은 기억을 떠올리기 위해 계속 반복하여 되뇌었다.
"용아촌, 용아촌, 용아촌, 용아촌의 황조령이라면… 무적신검 황 대장밖에… 무, 무, 무적신검 황 대장~!"
홍란의 놀람은 이루 말할 수 없었다. 노총각으로 죽으라고 욕하고, 몇 번이나 목숨을 노렸던 상대가 무적신검 황 대장이었다니! 황조령의 인내심이 많아서 다행이었다. 자신이 한 짓을 돌이켜 생각하니 절로 얼굴이 붉어질 정도였다.
"그렇다면 몸이 터진다는 것도!"
사실일 것이 분명했다. 무적신검 황 대장은 절대 허튼 말을 한 위인이 아니었던 것이다.
"도대체 몇 번이나 죽을 뻔한 것이지……."
모든 것을 알게 된 홍란이 안도의 한숨을 내쉬는 그때였다.
"꼴좋구나."
홍란을 비웃는 여인의 음성이 들렸다.
"누구냐!"
홍란의 앙칼진 외침에 모습을 드러내는 여인은 백화선이었다. 이에 홍란은 곧바로 경계심을 풀었다.
"난 또 누구라고. 여기는 어쩐 일이지? 영빈관에 있어야 하지 않나?"
영빈관에서와 달리 서로가 서로를 잘 아는 모습이었다.
"불안해서 와봤는데, 역시나네? 상대가 남자라면 누구든 처리할 수 있다고 큰소리치더니, 실력이 고작 이거밖에 안 되었나?"

"상대도 상대 나름이지!"

홍란은 발끈했다. 그도 그럴 것이 상대가 무적신검 황 대장인 줄 알았다면 결코 이런 일을 벌이지 않았을 것이다.

"여하튼 수고는 했어, 성과는 없었지만. 다음에 보면 아는 척 안 하는 거 알지?"

"잠깐!"

홍란은 살짝 눈웃음 짓고 떠나는 백화선을 불러 세웠다.

"무슨 볼일이 남았나?"

"정확히 짚고 넘어갈 것이 있는데, 이번 일은 정말 황 대장님을 엿 먹이려 한 거야, 아니면 나를 엿 먹이려고 꾸민 짓이야?"

"마음대로 생각하시고… 한 가지 충고하자면 그 손톱 씨뻘건 년하고 엮이지 않는 게 좋을 거야. 우리 형부의 말처럼 될 수도 있으니까."

백화선은 홍란의 처소를 나섰다. 그리고는 황조령과 수검을 만나서는 아무것도 모르는 것처럼 행동했다.

# 第四章
적과의 단합

사천까지 가야 하는 혼사행의 인원이 한 명 늘었다.

황조령의 처제가 될 수도 있는 무림 소마녀 백화선.

수검은 극구 싫다고 했지만 황조령이 승낙했다. 우선은 방향이 같았고, 어떤 말썽을 피울지 모르는 그녀를 가까이서 감시하기 위함이었다.

달그락달그락…….

"아우~ 지루해……."

마차 위에 있는 백화선이 거하게 기지개를 켰다. 풍수문을 빠져나온 이후 별다른 사건이 없었다. 마차로 이동하다 쉬다가, 경치가 괜찮다 싶으면 또 쉬다가, 아무런 긴장감도 없는 무료한 여행이었다. 그녀의 유일한 낙이라면 수검을 놀리는 것뿐인데, 요사이는 그런 기회조차 오지 않았다.

"뭐 재미있는 일 없나……."

아무도 그녀의 푸념에 반응하지 않았다. 옆에 앉아 있는 황조령은 돌부처마냥 정면만 응시하고 있었고, 마차는 모는 수검은 속으로만 구시렁거렸다.

그녀와 동행하고부터 되는 일이 없었다. 속된 말로 짜증의 연속이었다. 특히나 위기에 처한 젊은 처자를 구해주고 황조령과 엮어주려는 수검의 계획이 큰 위기를 맞았다.

위기에 처한 여인의 다급한 비명이 들리면 수검보다 백화선이 먼저 뛰쳐나갔다. 경공 실력은 그녀가 한수 위였다. 수검이 뒤늦게 달려가 보면 이미 상황은 끝나 있었다.

한데 무림 소마녀로 악명 높은 그녀가 위기에 처한 사람들을 구해줄 위인이던가?

수검이 뒤늦게 도착할 때마다 그녀는 네 속셈은 뻔히 알고 있다는 의미의 잔혹한 미소를 지어 보였다. 이대로 사천까지 가게 되면 정말 큰일이었다. 어떻게 하면 백화선을 떼어낼 수 있을까 하는 생각으로 수검의 머리가 복잡한 그때였다.

"도, 도와주시오~!"

겁에 질려 달려오는 노파가 있었다. 그 뒤로는 무기를 든 장정들이 쫓아오고 있었다. 젊은 처자였다면 수검이 즉각 반응했을 것이다. 한데 나이가 너무 많았다.

수검은 마차 위의 백화선을 돌아보며 말했다.

"지루하다 하지 않았습니까?"

백화선은 신청도 하지 않았다. 수검이 노리는 먹이(?)라면 모를까, 곤경에 처한 사람을 구해줄 이유가 없었던 것이다.
"수검아, 어떤 이유인지 알아보아라."
"예."
황조령의 말을 듣고서야 수검이 움직였다. 곧바로 말고삐를 놓고는 추격전이 벌어지는 곳을 향해 성큼성큼 다가갔다.
"도, 도와주시오, 대협!"
"그럴 것이니 내 뒤로 서시오."
수검은 허겁지겁 달려오는 노파를 지나치며 말했다. 수검이 도와준다 말을 했지만 안심이 되지 않는 모양이다. 노파는 속도를 늦추지 않고 달려가 황조령과 백화선이 타고 있는 마차 뒤로 숨었다.
"멈춰라!"
수검은 허리춤에 찬 검 손잡이를 움켜쥐며 소리쳤다. 이에 불응하면 곧바로 검을 뽑겠다는 경고였다. 당당한 체구와 쩌렁쩌렁한 외침에 흠칫하지 않은 무리는 없었다.
"웬 놈이냐!"
추격대의 우두머리로 보이는 자가 물었다. 언제나 비슷비슷한 반응, 혼사행의 초반이라면 모를까, 수검도 이제 지겨워질 때가 됐다.
"그러는 네놈들은 누구냐? 백주대낮에 노파 하나 잡고자 열 명이 넘는 장정들이 칼을 들고 설치는 이유가 무엇인지 빨리 빨리 말해라."

추격대의 우두머리가 무슨 말을 하려는 기색을 보이자 수검이 먼저 선수쳤다.
"알 것 없다는 둥, 죽고 싶지 않으면 꺼지라는 둥, 성의없는 답변을 했다가는 아작 날 줄 알아라. 마차 뒤에 숨은 노파가 쫓길 짓을 했다면 내 순순히 넘겨줄 것이다. 이제 성의껏 대답을 해보실까?"
잔뜩 굳어진 표정의 우두머리가 입을 열었다.
"네놈들에게 설명할 이유가 없다. 괜한 일에 끼어들어 죽고 싶지 않다면 당장 꺼지거라."
그는 수검이 하지 말라는 말만 골라서 했다.
빠직.
인상을 구긴 수검이 천천히 검을 뽑으며 다가갔다.
"사실을 말하지 못한다는 것은 그만큼 떳떳하지 못하며 뭔가 구리다는 것이지."
"마지막 경고다. 계속 우리 일을 방해했다는 결코 살아남지 못할 것이다."
"머리가 나쁘시군. 경고는 내가 먼저 했다!"
후앙!
검을 뽑은 수검이 선공을 가했다. 귀찮으니 후딱 끝내겠다는 의도였다.
창창창창.
고요하던 산길에 요란한 격검 소리가 울려 퍼졌다.
수검의 무공 수위는 누구도 무시할 수 없는 실력이었다. 구린 일이나 말을 정도의 칼잡이라면 인원수에 상관없이 단번에 제압할 수 있었다.

그러나 수검의 공격은 아무런 소득도 얻지 못했다. 순식간에 벌어진 격전이 끝나고 대치하는 형세가 되었다.

서로가 의외라는 반응이었다.

별 관심 없던 백화선 또한 상체를 바로 세우며 흥미로운 표정을 지었다.

"뭐야 이건?"

수검은 불만스러웠다. 내공이 뛰어난 고수들은 아니었다. 그러나 유기적으로 협력하여 수검의 공세를 적절히 막아냈던 것이다.

"누가 이기나 해보자!"

수검은 왼손으로 검을 바꿔 잡고 뛰어들었다. 파상적으로 몰아쳤지만 그들을 제압하기는 쉽지 않았다. 한 놈을 잡을 만하면 다른 한 놈이 끼어들고, 이를 막으려 하면 다 잡아놓았던 놈이 신속히 빠져나갔다.

"점점 열받게 만드네~!"

스캉!

자존심이 상한 수검은 또 하나의 검을 빼 들었다. 조이함에게 배운 쌍검을 펼치려는 것이다.

"네놈들, 다 죽었어!"

현란한 기술로 유명세를 탔던 조이함의 쌍검이 수검의 양손에서 펼쳐졌다. 결국 그들 모두를 제압하기는 했지만 꽤나 시간이 흐른 뒤였다. 강철 체력의 수검이 거친 숨을 몰아쉴 정도였다.
"헉, 헉… 네놈들 정체가 뭐야!"
수검은 분이 풀리지 않는지 쓰러진 자의 멱살을 잡아 올리며 물었다.
"말해……. 네놈들 정체가 뭐냐니까!"
"……."
그는 입을 열지 않았다. 굳게 입을 다물고 수검을 노려볼 뿐이었다.
"이 자식이 정말~!"
분을 주체 못한 수검이 주먹을 들어 올리는 순간이었다.
"그만두어라."
황조령이 수검을 만류했다.
"무지 수상한 놈들입니다. 이러한 실력자들이 힘없는 노파를 쫓는 게 이상하지 않습니까?"
"폭력을 쓴다고 입을 열 인물들이 아니다."
"하지만……."
황조령은 됐다는 손짓을 하며 뒤를 돌아보았다.
"그만 나오시오."
"예……."
마차 뒤에 숨어 있던 노파가 쭈뼛쭈뼛 황조령에게 다가왔다.
"무슨 일로 쫓기는 중입니까?"

"그, 그게 말이지요……."
노파가 망설이자 수검의 질타가 쏟아졌다.
"뭘 꾸물거리는 것이오! 무슨 연유로 저놈들에게 쫓기는 것인지 사실대로 고하시오!"
"그, 그게요……."
"아~ 정말 답답하네. 지금 당장 이실직고하는 게 좋을 거요. 한 번 더 꾸물거렸다가는 나무에 묶어놓고 떠날 테니까 말이오."
"제, 제발 그런 짓만은……."
"그러니 무슨 일로 쫓기는지 말해보란 말이오!"
"수검아, 그만두어라."
만류하는 황조령을 돌아보며 수검이 말했다.
"이 노파 또한 수상하지 않습니까? 무슨 이유를 쫓기는지 왜 말을 못한단 말입니까?"
"그럴 만한 사정이 있었겠지. 안전한 곳으로 데려가면서 그 대답을 들어도 늦지는 않을 것이다."
"저는 반대입니다. 어디서 뭘 하다 쫓기는 신세인 줄 알아서 동행까지 한단 말입니까?"
"네 말도 일리는 있구나."
고개를 끄덕인 황조령이 노파에게 시선을 주었다.
"어떤 신분인지 정도는 말해줄 수 있겠소이까?"
"예… 이 늙은이는 중신을 서서 먹고살고 있습니다. 불미스런 일로 신세를 지게 되었지만 결코 국법을 어기거나 하는 일은 저지르지 않았습니다. 수많은 명문가의 혼인을 주선했던 꽤 유명한 중매쟁이입니다."

순간 노파를 대하던 수검의 태도가 달라졌다.

"진작 말씀을 하시지요! 저런 놈들에게 쫓기느라 얼마나 노고가 많았습니까. 어서 마차에 오르시지요. 어서, 어서……."

수검은 황급히 매파를 태우려 했다. 그러나 이미 마차는 정원이 찬 상태였다.

"아가씨, 뭐 합니까? 어서 내려오시지요?"

"내가 왜?"

백화선은 짜증스럽게 반문했다. 싫다는 의도가 분명했지만 수검도 순순히 물러나지 않았다.

"둘 중 한 분은 내리셔야 하는데, 그렇다고 황 대협님께서 내릴 수는 없고… 젊고 생생한 아가씨께서 내려 걷는 게 당연하지 않겠습니까?"

"어림도 없는 소리!"

백화선은 강력히 반항했지만 그녀의 편은 없었다.

"수검의 말이 맞다."

황조령까지 거들고 나서니 어찌하겠는가.

"쳇!"

백화선은 극히 못마땅한 표정을 지으며 마차에서 내렸다.

"고맙습니다, 아가씨."

"흥!"

매파의 고맙다는 말에 콧방귀로 대답한 백화선은 말머리 쪽으로 향했다.
 "준비됐으면 출발하겠습니다. 으랴!"
 말을 모는 수검은 신이 났다. 젊은 처자를 구해주는 것보다 훨씬 좋은 상황이었다. 명문가의 중매를 도맡아 했던 유명한 매파라 했으니 대박 중 대박인 것이다.

 졸졸졸…….
 시원한 계곡 물이 흐르는 수풀.
 더위에 흐른 땀을 식히고 잠시 시원한 그늘에 쉬어도 갈 겸, 수검은 마차를 세웠다.
 수검은 지친 말에 물을 먹이고 그늘진 곳에 잘 묶어놓은 다음, 계곡 물에 세안을 마친 매파에게 다가갔다.
 "이걸로 닦으십시오."
 수검은 깍듯하게 수건을 내밀었다.
 "고맙습니다."
 매파는 사양하지 않고 받았다. 살아온 세월만큼이나 눈치도 늘어 자신의 입지가 높아졌음을 느끼고 있었다.
 "잘 썼습니다, 무사님."
 "무사는 무슨……."
 수건을 챙긴 수검이 은근슬쩍 물었다.
 "한데… 유명한 중매쟁이라는 게 사실이오?"
 "물론이지요. 장안을 떠들썩하게 했던 혼사 중에 제 손을 거치지 않았던 것은 없을 겁니다."

"호~ 그리 대단하단 말이오?"

수검은 무지 솔깃한 반응을 보였다.

"제가 왜 거짓말을 하겠습니까? 좀 알려진 집안에 물어보면 금방 들통날 것인데요."

"하면 내가 부탁할 것이 있는데……."

매파는 지체없이 고개를 끄덕였다. 수검이 그럴 것이라 짐작하고 있었다는 반응이다.

수검은 조심스럽게 주변을 살핀 다음 나직한 음성으로 말했다.

"괜찮은 처자가 있으면 소개 좀 시켜줬으면 하는데……."

"물론입니다. 제가 점찍어둔 처자 중에 놓치면 후회할 만큼 참한 처녀가 있습니다."

"예쁩니까?"

"그야 기본이지요. 양귀비 뺨치는 얼굴에 아들 열 명은 거뜬히 나을 만큼 건강하고요. 천하장사 같은 대협님과는 딱 어울리는 배필입니다."

"에잉? 지금 나에게 처자를 소개시켜 주겠다는 것이오?"

"당연하지 않습니까. 저를 구해준 은혜가 있기에 특별히 봐둔 처자를 소개시켜 드리는 겁니다."

"미안하지만 내가 아닌데요?"

"하면 누굽니까?"

"내가 모시고 있는 황 대협님이시지요."

"에잉?"

깜짝 놀란 매파가 반문했다.
"황 대협님은 벌써 혼인하지 않았습니까?"
"누가 그따위 소리를 합니까! 앞날이 창창한 총각한테!"
발끈하는 수검에게 매파가 물었다.
"황 대협님의 나이도 그렇고… 예쁜 아가씨께서 형부라고 부르던데요?"
"거기엔 좀 복잡한 사정이 있지요. 진짜 별것 아니니 신경 쓰지 말고, 우리 황 대협님과 어울릴 만한 처자 좀 소개시켜 주시오."
인자한 모습을 잃지 않던 매파가 정색을 하며 말했다.
"그렇게는 안 되지요. 혼사는 일류지대사라 꼼꼼히 따져봐야 합니다. 특히나 다른 여자가 있는 분이라면……."
"아, 글쎄. 그게 아니라니까요!"
"하면 무슨 사연인지 말씀해 보십시오. 복잡해도 상관없습니다. 그래야 중신을 서든 말든 할 것 아닙니까요?"
"아, 그러니까. 점박이의 원수, 아니… 얼굴만 곱상하게 생긴 아가씨가 형부라고 부르는 것은……."
수검은 황급히 말을 중단했다. 백화선이 그쪽으로 다가오기 때문이었다.
"왜 말을 하다가 멈추는 것이냐?"
"남이사요."
"내 욕이라도 한 것이냐? 맞지!"
험악한 분위기가 감돌자 매파가 나섰다.

"욕이라니요? 천부당만부당한 오해십니다, 아가씨."
"그러면 왜 나를 보고 대화를 중단했는데?"
"여기 계신 무사님께서 좋은 혼처가 있으면 아가씨를 소개시켜 달라고 해서 말입니다요."

매파의 말을 곧이곧대로 믿을 백화선이 아니었다. 그녀와 수검은 원수 사이라 해도 과언이 아니었던 것이다.

"정말이더냐?"
"……"

수검은 아무런 대꾸도 하지 않았다. 믿든 안 믿든 별 상관없다는 반응이었다. 매파는 둘이 부딪치지 않게 할 요량으로 백화선에게 말을 붙였다.

"해서 묻겠는데요. 아가씨께서 특별 생각하는 남자의 조건이 있습니까? 가문이나 외모 그런 것 말입니다."

"난 그딴 거에 관심없다. 남자? 홍! 길거리만 나가도 나 좋다고 놈들이 줄줄이 따라붙는데 뭐 하러. 귀찮기만 할 뿐이지."

과장이 좀 더해졌지 결코 틀린 말은 아니었다. 언제 어디서든 백화선이 등장하면 모든 사내의 시선이 집중되었다. 그녀가 만약 까닥까닥 손짓한다면 좋다고 달려올 사내들도 여럿 있었던 것이다.

"그런 사내들 중에서 괜찮은 신랑감 찾기는 힘들 겁니다. 혹시라도 말입니다. 혼인할 생각이 든다면 꼭 저에게 연락을 주십시오. 저는 이만."

매파가 사라지자 분위기는 다시 냉랭해졌다.

"욕했지?"
도리도리.
"분위기 보면 딱이잖아. 내 욕을 했으니까, 나를 보자마자 입을 다문 거 아니냐고?"
도리도리.
백화선은 집요하게 추궁했고 수검은 연신 고개를 흔들었다.
"그렇다면 형부의 혼처라도 부탁한 것인가?"
끄덕…….
반사적으로 고개를 끄덕일 뻔했던 수검은 더욱 세차게 고개를 흔들었다. 고개가 아플 정도로 열심히 흔들어댔지만 이미 늦었다.
"오라, 형부의 혼처를 부탁했단 말이지……."
"맘대로 생각하십시오."
수검은 포기하는 듯한 반응을 보였다. 그녀의 집요함에 시달리는 것도 지쳤고, 연신 고개를 흔들어대자니 뒷목이 뻣뻣한 느낌이었다.
"왜 우리 언니를 싫다 하고 다른 여자를 찾을까나? 물론 형부의 생각이 아닌 네놈의 철없는 행동이겠지만 말이야."
"그 이유를 정말 모릅니까?"
수검이 강하게 나갔다. 이왕 말이 나온 김에 이번 혼사에 대한 불만을 모두 털어놓을 작정이었다.
"정말 모르겠는데? 우리 집안으로 말하자면 당문과 함께 사천을 양분하는 문파인데, 노총각 중의 노총각인 형부에게 이

적파의 단합 107

만한 혼처가 있을까나?"
 "사천을 쥐락펴락하는 문파면 뭐 합니까? 강호에서 제일 독한 문파라는 악명이 자자한 집안인데 말입니다."
 "뭐시라……."
 백화선의 표정이 일그러졌다. 그녀의 식구들을 싸잡아 욕하는 말이나 다름없기 때문이었다.
 "제 말이 틀렸습니까? 비독문주님의 의리없는 행동은 강호에서도 유명하고, 첫째 도련님의 여성 편력은 고칠 수 없는 불치병이요, 둘째, 셋째 도련님은 사사건건 말썽만 일으키고, 여기 계신 막내 아가씨는……."
 백화선을 바라본 수검은 조용히 입을 다물었다. 자기 자신에 대해선 스스로가 가장 잘 알지 않겠냐는 의미였다.
 "말 다했느냐?"
 "조금 남았습니다. 우리 황 대장님으로 말씀드릴 것 같으면, 공명정대하고 사내답고 군자 중의 군자라는 명성이 자자하신 분입니다. 그런 분이 어찌 혼탁한 집안의 맏사위가 될 수 있겠습니까?"
 "호, 혼탁!"
 "그럼 눈처럼 깨끗하다 주장할 수 있습니까? 우리 황 대장님은 맑은 물속에서만 살 수 있는 물고기나 다름없습니다. 이 혼인이 성사되면 처가 식구들에게 이리저리 치여 제명대로 못 사실 게 뻔하지 않습니까? 황 대장님께는 아무런 도움도 되지 않는 이번 혼사, 저는 목숨 걸고 반대입니다."

"이놈이 뚫린 입이라고……."
"제 말이 틀렸으면 반박해 보십시오."
 살기 가득한 눈싸움이 펼쳐졌다. 평소처럼 잠시 노려보다가 끝날 분위기가 아니었다. 누구 하나는 죽어야 끝나는 처절한 대결의 전초전처럼 느껴졌는데…….
"<u>호호호호… 호호호호~!</u>"
 갑자기 백화선이 흐드러지게 웃는 것 아닌가? 이에 수검은 긴장을 풀지 않고 반문했다.
"왜 웃는 겁니까?"
"그리 경계할 필요없다. 내 손을 잡아라. 이제부터 너와 나는 한 배를 탄 동지다."
 백화선이 스스럼없이 손을 내밀었다. 그녀가 호의를 보일수록 수검의 경계심은 더욱 커졌다.
"무, 무슨 수작입니까?"
"나 또한 우리 언니가 황 대장님과 혼인하는 것을 반대하는 입장이다. 그러니 우리는 동지가 아니더냐?"
"듣고 보니 괜히 기분 나쁘네. 왜 혼인을 반대하는 것이오? 그쪽 입장에서는 봉 잡은 것이나 다름없지 않습니까?"
"과연 그럴까? 황 대장님의 성품은 네가 말한 그대로다. 공평정대하고 사내답고 군자 중의 군자라는 칭호가 아깝지 않지. 나 또한 무림맹 사천 지부에 있으면서 철저히 느꼈으니까."
"그게 반대하는 이유라는 겁니까?"

백화선은 힘주어 고개를 끄덕이며 대답했다.
"물론이지! 우리 집안이 조금 자유롭다고 할까? 남들을 신경 쓰지 않고 마음껏 세상을 살아왔다. 한데 황 대장님이 맏사위가 되면 어떨 것 같으냐? 이거 하지 마라, 저거 하지 마라. 잘못을 했으면 끝까지 책임을 져야 한다. 사사건건 참견하고 훈계할 것이 뻔하지 않으냐?"
수검은 동조하듯 고개를 끄덕였다. 신강문과 비룡문의 파혼 사건 때처럼 끝까지 잘못을 바로잡으려 노력할 것이다.
"어이구, 생각만 해도 끔찍하네. 다른 사람 같으면 몇 번 말리다가 포기할 테지만, 황 대장님은 다르지 않느냐? 포기를 모르는 불굴의 상징 아니더냐?"
끄덕거리는 수검의 고갯짓이 더욱 커졌다. 전적으로 공감한다는 뜻이다. 포기라는 것을 모르는 인물이 바로 무적신검 황 대장이었다.
"자유롭게 살아온 우리에게 이는 재앙이나 다름없다. 맏사위가 아니라 까칠한 시어머니를 맞이하는 것이나 똑같단 말이다. 언니가 고집을 부려 혼사가 진행되고 있지만 그 누구도 이를 반기지 않는다."
"이 혼사를 아가씨만 반대하는 것이 아니라는 것이군요?"
"그렇다. 아버지는 물론 큰오빠, 작은 오빠, 막내 오빠, 그리고 나까지. 그리 사이가 좋지 않던 모든 형제들이 합심하여 반대하고 있다."
"그런데 왜 일부러 황 대장님을 기다리신 겁니까? 사천으로 가는 도중 딴데로 새지 않도록 감시하려던 게 아니었습니까?"
"그 반대라 할 수 있다. 내가 말썽을 피워서 정나미를 떨어뜨리려 했는데, 그럴 가능성이 없어 보이니 문제다. 그래도 한 가지 성과가 있다면……."
"바로 접니까?"
"그렇다. 네가 도와준다면 이번 혼사를 막을 수 있다. 나와 손을 잡겠느냐?"
"물론이지요!"
수검은 덥석 백화선이 내밀고 있는 손을 잡았다. 이로써 둘은 서로 못 잡아먹던 앙숙에서 뜻을 같이하는 동지의 사이가 되었다.
"혼사가 깨지도록 잘해보자꾸나."
"대업을 이룰 때까지 성심성의껏 따르겠습니다."
의기투합한 그들이 음흉한 미소를 짓는 그때, 황조령의 목소리가 들렸다.
"이제 슬슬 출발해야 하지 않겠느냐?"
"알겠습니다."
수검은 나무 그늘 밑에 묶어놓은 말을 끌고 마차로 향했다. 그리고는 재빨리 손을 놀려 말과 마차를 연결시켰다. 작업을 끝낸 수검에게 황조령이 물었다.
"또 싸운 것이더냐?"
"천부당만부당한 소립니다요. 앞으로는 절대 싸우지 말고 사이좋게 지내자고 거국적으로 화해를 했습니다."

적과의 단합

"그렇다면 다행이고……."

황조령은 온전히 수검의 말을 믿지 않았다. 잔소리가 듣기 싫어하는 대답이라 여겼는데 그게 아니었다.

"매파는 나와 함께 걷도록 합시다. 가끔은 몸을 움직여야지, 너무 마차에만 앉아 있으면 건강에 좋지 않소."

매파를 내리게 한 수검은 백화선을 태웠다.

"타시지요, 아가씨. 조심, 조심……."

"고맙구나."

정말 거국적으로 화해를 한 것인가? 둘의 분위기는 원수지간이 다름없던 좀 전과는 판이하게 달랐다.

"꽉 잡으십시오, 아가씨. 출발하겠습니다요. 이럇!"

황조령 일행의 여정이 다시 시작되었다. 잠시 동안의 휴식 시간 동안 엄청난 변화가 있었다. 갑자기 사이가 좋아진 수검과 백화선을 보는 황조령은 왠지 뒤숭숭한 느낌이었다.

꼬불꼬불한 산길이 끝나고 넓은 대로가 시작되는 길.

수검이 매파를 걷게 한 것은 백화선에게 잘 보이기 위함만은 아니었다. 아주 중요한 목적이 있었다.

"나중에 아가씨에게 물어보면 알겠지만 우리 황 대협께서 그녀의 언니와 혼인할 가능성은 매우 희박하오. 그러니 어서 괜찮은 처자를 소개시켜 주시오."

"글쎄요……."

매파는 상당히 부정적인 반응을 보였다. 수검이 독촉할 때마다 천천히 고개를 가로저었다.
"그 성의없는 표정과 대답은 뭐요? 소개시켜 주시기 싫다는 뜻이오?"
"사실대로 말씀드리면 그렇다고 할 수 있습니다."
수검은 도저히 이해를 못하겠다는 표정으로 반문했다.
"왜 싫다는 것이오? 다리가 불편하기 때문이오?"
"그런 이유도 있고요. 특히나 어떤 이유인지 모르겠으나 얼굴이 많이 상하신 것 같은데요?"
"아니? 얼굴이 밥 먹여줍니까? 사내라면 모름지기 능력 아닙니까? 우리 황 대협님으로 말할 것 같으면 내로라하는 명문정파의 가주이시며, 무림의 배분 또한 상당합니다. 그 정도 위치면 상처 입은 얼굴이나 다리는 문제 될 것이 없지 않소이까?"
"그야 옛날 얘기지요. 요즘 처자들은 외모 엄청 따집니다."
"그리 개념없는 처자들은 황 대협께서도 싫어하실 것이고, 나 또한 싫소이다. 외모보다는 사람됨을 먼저 생각하면 착한 처자도 있을 것 아니오?"
"있기는 한데……."
매파는 수검의 눈치를 살피며 뒷말을 끌었다.
"뭐가 또 문제요?"
"그쪽 외모도 상당히 딸리는 편이라……."
"절대 안 되오! 무조건 예뻐야 하오. 무조건! 이는 절대 양보할 수 없는 첫 번째 조건이오."

"이런 말씀드려서 죄송하지만 자신의 모습은 생각지 않고 상대의 외모만 탓하는 것은 뭔가 어폐가 있지 않습니까?"

"어폐는 무슨 얼어 죽을 어폡니까? 예쁘고 개념도 있는, 그런 처자가 있을 것 아닙니까?"

"있기는 하지만 그쪽에서 어찌 받아들일지……."

"일단 만날 수 있게 자리만 주선해 달란 말이오. 우리 황 대협님의 올바른 성품과 사람됨을 알게 되면 단박에 넘어올 것이오."

"글쎄요……."

수검의 짜증이 극에 다다랐다.

"아니, 왜 또 글쎄냔 말이오? 우리 황 대장님으로 말씀드릴 것 같으면……."

"알고 있습니다. 공명정대하고 정의감이 넘치며, 자신이 옳다고 생각하는 일에는 포기를 모르시는 분 아닙니까? 제가 하는 일이 사람을 보는 것이라 말 몇 마디 섞어보면 대충 그분의 성격과 인품을 짐작할 수 있습니다."

"잘 알면서 뭐가 문제라는 것이오?"

"요즘 처자들은 공명정대하고 고지식할 정도로 올바른 남자를 별로 좋아하지 않습니다. 옳고 그름에 상관없이 자기편을 들어주는 남자를 선호하지요. 게다가 황 대협님은 명예나 권력을 이용하여 부를 쌓지 않고 청렴한 삶을 살고 계시지 않습니까?"

"그야 기본이지요."

"최악입니다, 최악. 더 이상 뭐라 말씀드릴 것이 없습니다. 제 능력으로는 도저히 마땅한 처자를 찾을 수 없군요."
"아니, 도대체 요즘 처자들은……."
발끈하려던 수검의 눈에 이채가 번득였다. 대규모의 인원이 다가오는 인기척을 느낀 것이다.
"황 대협님?"
"알고 있다. 일단 마차를 멈추고 사태를 주시해 보자꾸나."
두두두두두두.
지축을 울리는 말발굽 소리가 점점 가까이 들렸다. 뿌연 흙먼지를 나부끼고 다가오는 인원수는 근 백을 헤아렸다.
"이보시오, 매파."
"예, 황 대협님."
"이제 무슨 죄를 짓고 쫓기는지 말할 때가 된 것 같소."
그들의 목표는 황조령 일행이 분명했다. 육안으로 확인할 수 있는 거리에 접어들자 더욱 속력을 높여 달려왔던 것이다.
"이 늙은이는 정말 국법을 어기는 짓은 하지 않았습니다."
"죄를 짓지 않았는데 어찌 관군에게 쫓기는 것이오?"
"……!"
수검은 꺼림칙한 반응을 보였다. 무림인에게 있어 관군이야말로 가장 난해한 상대였던 것이다.
"하늘에 맹세코 결코 도의에 어긋난 짓은 하지 않았습니다. 구태여 죄를 말하라 하신다면 중신을 한번 잘못 선 죄밖에 없습니다."

"대단한 집안에게 밉보인 모양이구려."
"그렇습니다. 황실 쪽에도 연이 있는 아주 위세가 대단한 집안이지요."
"화, 황실!"
수검은 식겁해 마지않았다. 황실과 연이 있는 집안이라면 꺼림칙한 정도가 아니다. 되도록이면 건드리지 않는 것이 최선인 것이다.
"이 늙은이를 넘겨줄 생각이십니까?"
다른 사람이라면 당연히 그렇게 했을 것이다. 그러나 황조령은 상대가 어떠한 배경을 가졌건 미리 굴복할 사내가 아니었다.
"무슨 잘못을 저질렀는지 확인하고 결정할 것이오."
"감사합니다."
매파에게는 축복이었지만 수검에게는 불행이었다.
"황 대협님, 황실과 연이 있는 집안이라 하지 않습니까?"
"그게 무슨 상관이더냐? 상대가 누구이든 상관없이 우리는 강호의 도를 지키면 되는 것이다."
"예……."
수검은 어쩔 수 없는 승복하는 모습이었다. 가장 위험한 순간이라 여겨졌던 사왕진과의 대결 때보다 더한 위기라 할 수 있었기 때문이다.
그리고 마침내 사납게 질주해 오던 관군이 지척까지 다다랐다.

"모두 멈추라!"

관군을 이끄는 수장의 명령과 함께 맨 앞서 달려오던 기마병들이 일제히 멈춰 섰다. 얼마나 훈련을 잘 받았는지 짐작이 가는 일사불란한 동작이었다.

수검은 바싹 긴장했지만 관군은 다짜고짜 덤벼들지는 않았다. 말에서 내린 인솔대장이 성큼성큼 다가오며 물었다. 삼십대 후반에 장수다운 기백이 느껴지는 사내였다.

"그대들은 관군의 일을 방해했다. 무림인인가?"

황조령이 마차에서 내리며 대답했다.

"그렇소이다. 힘없는 노파가 칼을 든 장정에게 쫓기기에 도움을 주었소."

"고의로 방해한 것 같지는 않으니 더 이상 문제 삼지 않겠소. 간악한 죄를 저지른 노파를 넘기고 어서 가던 길을 가시오."

"미안하지만 이 노파가 무슨 죄를 저질렀는지 알아야 넘기든 말든 할 것 아니겠소."

"지금 내 호의를 거절하는 것이오? 무도의 길을 걷는 비슷한 입장이라 선처를 베푸는 것이오. 범죄자를 도운 죄로 처벌받을 수도 있음을 모른단 말이오."

"그러니 말을 해보시오. 이 노파가 무슨 간악한 죄를 지었소이까?"

"……"

인솔대장은 말문이 막혔다. 매파가 무슨 죄를 지었는지 그도 몰랐기 때문이다. 윗선에서의 명령을 받고 부랴부랴 출동했던 것이다.

"관의 명을 거역하는 것이오?"

"정당한 관의 명을 거역할 생각은 없소. 환갑이 넘은 노파가 무슨 악질적인 죄를 저질렀는지 알고 싶은 것뿐이오."

"국법을 집행하는데 있어 일일이 설명할 필요는 없다고 생각하는데……."

"그러면 나도 넘겨줄 생각이 없소이다."

"그 말에 대해 책임을 질 수 있겠소이까?"

인솔대장이 인상을 찌푸린 순간 관군들이 기민하게 움직였다.

척척척척척…….

신속히 황조령 일행을 포위함과 동시에 날선 병장기를 겨누었다. 관의 명을 따르지 않으면 곧바로 무력을 쓰겠다는 압박이었다.

수검은 검을 뽑아 들고 재빨리 황조령을 막아섰다. 그 누구라도 황조령을 공격하는 놈이 있다면 곧바로 반격을 가할 태세였다.

세상 무서울 것 없던 백화선 역시 긴장한 기색이 역력했다. 독을 숨겨놓은 소매 자락을 만지작거리며 치열한 접전이 벌어질 상황을 대비했다.

황조령은 자신의 앞을 막아선 수검을 물렸다. 그리고는 겹겹이 포위당한 채 주변 상황을 찬찬히 둘러본 다음 대답했다.

"말에 대한 책임을 지는 것은 무림인의 기본이라 할 수 있소. 그 대가가 얼마나 혹독할지 잘 알고 있으나 물러설 생각은 추호도 없소이다. 덤비시오."

황조령은 진심장을 양손으로 내려 잡고 버티고 섰다. 붕대를 감을 반쪽 얼굴에 다리까지 불편한 몸이었다. 그러나 흔들림없는 눈빛으로 관군을 바라보는 모습은 태산을 연상케 했을 정도였다.

인솔대장은 강한 의문이 들었다.

그냥 매파만 넘겨주면 될 것을, 왜 목숨 걸고 관과 맞서려는 것일까?

목숨을 걸 정도로 매파와 가까운 사이는 아닌 것이 확실했다. 그냥 무모한 놈이구나, 치부하기에는 그 기백이 심상치 않았다. 절름발이사내에 대해 그가 알고 있는 것은 무림이라는 것뿐이었다.

"귀하의 별호가 어찌 되시오?"

그는 궁금함을 참지 못하고 물었다. 거부할 수 없는 위엄이 느껴지는 것으로 보건대 명문정파의 유명한 인물일 것이라는 확신이 섰다. 그런 인물 정도가 되어야 이 황당한 대치 상태를 설명할 수 있었던 것이다.

이에 황조령은 차분한 음성으로 입을 열었다.

"남들이 나를 무적신검 황 대장이라 부르더이다."

"……!"

인솔대장의 눈이 부릅떠졌다. 무예를 배우는 사람으로서 어찌 그 이름을 모를 수 있단 말인가! 그가 예상했던 것보다 훨씬 더 대단한 인물이었던 것이다.
"저, 정말이십니까? 귀하께서 정녕……."
황조령은 그냥 고개만 끄덕였다. 자신이 정말 무적신검 황 대장이 맞다고 말을 첨부하거나 괜히 무게를 잡는 행동 또한 보이지 않았다. 그 담담한 모습에 인솔대장은 더욱 확신을 가졌다.
"얼굴의 상처와 다리는……."
"진양교주와 결전을 벌이다 이리되었소."
"오~!"
인솔대장은 감격에 겨운 모습이었다. 무적신검 황 대장과 모용관의 대결이 어땠을지 홀로 상상하는 듯했다. 무적신검 황 대장이 이런 몸이 될 정도라면 그 싸움이 얼마나 치열했을지 가히 짐작이 가고도 남았다. 그의 수하들이 지켜보고 있다는 것도 까먹은 반응이었다.
반면 황조령은 아무런 표정변화 없이 현실적인 문제를 언급했다.
"매파의 일은 어찌할 것이오?"
"……."
순간, 감상에 빠져 있던 인솔대장은 난감한 표정이 되었다. 상부에서 받은 명은 반드시 수행해야 했다. 그러나 존경에 마지않는 황조령과 싸울 수는 없는 노릇이었다.
이는 공과 사를 분명히 하는 것과는 달랐다. 엄밀히 따지면 부정은 자신이 저지르고 있고 황조령은 이를 막는 입장인 것이다.

고심의 고심 끝에 그가 입을 열었다.

"저는 상부의 명을 어길 수 없고, 그렇다고 황 대장님과 싸우고 싶은 마음 또한 없습니다. 해서 제가 한 가지 제안을 드리고 싶습니다."

"말해보시오."

"일단은 저 노파를 넘겨주십시오."

황조령은 마차 뒤에서 벌벌 떨고 있는 매파를 돌아보았다. 그와 눈이 마주친 매파는 간절한 표정으로 고개를 저었다. 제발 그렇게 하지 말아달라는 애원이 담겨 있었다.

황조령은 다시 인솔대장에게 눈길을 주며 물었다.

"그다음은 어쩌자는 것이오?"

"황 대장님 일행 분도 저희와 함께 가시지요. 최고의 귀빈으로 정중히 모시겠습니다."

"무슨 의미인지 대충은 알 것 같소이다."

"노파의 안전은 최대한 보장하겠습니다. 이것이 제가 할 수 있는 최선입니다. 윗선에서 도망친 노파를 잡아오라는 명령을 받았을 뿐, 저 노파가 무슨 죄를 짓고 쫓기는지의 사정은 저도 알지 못합니다."

황조령 또한 그가 최선을 다하고 있음을 느끼고 있었다. 백전백승을 달성한 황조령의 머리로도 이보다 나은 방도가 떠오르지 않았다. 인솔대장이 말하는 윗선, 그를 만나 해결을 보는 방법밖에 없었다.
"걱정 말고 관군을 따르도록 하시오. 억울한 죽음을 당하지 않게 나 또한 최선을 다할 것이오."
"예……."
매파는 힘없이 관군을 향해 걸어갔다. 최선을 다하겠다는 황조령의 말을 믿는 수밖에 없었다.
"수검아, 매파가 두려움에 떨지 않도록 관청까지 함께 걷도록 하여라."
"알겠습니다."
수검은 말고삐를 놓고 관군들에 포위되어 끌려가는 매파에게 다가갔다.
"함께 걸어도 되겠습니까?"
"그러하게나."
인솔대장에게 정중히 양해를 구하고는 잔뜩 위축되어 있는 매파 곁에 바싹 붙어 걸었다. 수검이 함께하자 매파는 상당히 기운을 얻은 모습이었다.
"신경 써주셔서 감사합니다."
"그 말은 우리 황 대장님께 하시오. 관군과 맞짱 뜨려할 줄은 나도 몰랐으니 말이오."
"지당하신 말씀입니다. 무적신검 황 대장님께는 따로 감사와 고마움을 전할 생각입니다."
"굳이 말로 할 필요가 뭐 있겠소?"
"예?"

"황 대장님께 괜찮은 처자 하나 소개시켜 주시오. 그러면 한 방에 그 고마움이 해결되는 것이오."

"……."

매파는 조용히 수검의 시선을 외면했다. 지치지도 않으냐는 반응이었다.

"뭐, 뭐요? 싫다는 것이오? 그쪽이 아직까지 목숨이 붙어 있는 게 누구 덕분인데?"

"공과 사는 확실히 구분해야지요. 사심없는 중신을 섰기에 최고의 매파라는 신임을 얻을 수 있었던 겁니다. 아니 할 말로, 제가 권력가의 입김에 굴복했다면 이리 험한 꼴도 당하지 않았을 겁니다."

"우아~ 참……."

수검은 할 말을 잃었다는 반응이었다. 그러나 그리 기분 나쁜 마음은 아니었다. 최고의 위치에 오른 사람들의 지키는 고집이라고 해야 할까, 답답한 정도로 원칙을 지키는 것은 황조령과 비슷한 면이 있었던 것이다.

"내가 졌소. 다시는 중신을 서 달라 입도 뺑긋 안 할 것이니, 한 가지만 물어봅시다."

매파는 조용히 고개를 끄덕였다.

"중신 잘못 서서 밉보인 곳이 대체 어디요? 황실과도 인연이 있다는 집안 말이오."

"엄밀히 따지면 제가 중신을 잘못 선 게 아닙니다. 나름대로 적당한 혼처를 소개시켜 드렸는데, 그쪽에서 상당히 불쾌하게 받아들인 모양입니다."

"그러니까 그 대단한 집안이 어디냔 말이오?"

"강남의 제갈세가라 불리는데, 황제께서 총애하시는 후궁인 제갈 부인의 팔촌 되는 집안입니다."

속된 말로 황제의 사돈의 팔촌이라는 것이다.

"예전에는 그저 그런 집안이었는데, 제갈 부인께서 황제의 총애를 받으면서 그 입지가 달라졌지요. 중앙에 대한 영향력도 한층 커졌고, 이 지역에서는 무소불위의 권력을 휘두르고 있습니다."

"또 무소불위네······."

수검은 맥 빠지는 소리로 중얼거렸다. 이번에도 보통 상대가 아니라는 푸념이었다.

第五章
강남의 제갈세가

권세가의 대저택들이 모여 있는 부촌. 그중에서도 강남의 제갈세가는 눈에 띌 정도로 웅장하고 화려했다.
 속된 말로 요즘 한창 잘나간다는 집안이 바로 강남의 제갈세가였다. 나는 새도 떨어뜨리고 무소불위의 권력을 휘두른다는 그 집안에도 고민은 있었다. 정확히 말하면 현 제갈세가 가주인 제갈성천의 개인적인 욕심이라 할 수 있었다.
 "버릇없는 매파를 잡았다는 기별이 왔다고?"
 "그렇습니다, 가주님. 방금 관에서 전령을 보내왔습니다."
 제갈세가의 서기인 조참(曹參)이 공손히 대답했다. 이에 제갈성천은 의자에서 몸을 일으키며 물었다.
 "하면 관으로 보낸 책사가 그년을 만났겠군."

"예."

"험한 꼴을 봤으니 정신을 차렸겠지. 그래 이제는 제대로 중신을 서겠다고 하더냐?"

조참은 잠시 머뭇거리는 기색을 보이며 입을 열었다.

"송구합니다, 가주님. 책사가 감옥에 갇힌 매파는 만났는데, 별 소득이 없는 듯합니다."

"뭐시라?"

"목이 달아나는 한이 있어도 자신의 원칙에 위배되는 중신을 설 수 없다고 하였답니다."

"그년이 주제도 모르고 그런 막말을 하더냐! 더 이상 기다릴 것 없다. 당장 매파의 목을 쳐라 명하여라. 아니지……."

제갈성천은 곧바로 명을 바꿨다.

"본가를 모독한 년을 편히 죽게 할 수는 없지. 눈을 뽑고, 양 귀를 자르고, 혀를 지지는 고문을 한 뒤에 갈가리 찢어 죽인 다음, 시신은 산짐승의 먹이로 주라 명하여라. 그래야 다음에 물색한 매파가 감히 내 뜻을 거스르지 못하겠지. 뭐 하는 것이냐?"

제갈성천이 격분하여 말을 하는 동안 조참은 난감한 표정만 짓고 있었다.

"딴생각을 하고 있었더냐?"

"아, 아닙니다. 가주님께서 명을 내리는데 어찌 그럴 수 있겠습니까?"

"하면 내 말을 모두 들었을 거 아닌가. 서둘러 관에 내 명을 전하지 않고 뭐 하는 것이더냐?"
 "그게 말입니다……."
 조참은 어렵사리 입을 열었다.
 "매파에 관한 일에 문제가 좀 생겼습니다."
 "문제라니?"
 제갈성천은 의아한 표정으로 반문했다. 문제가 생겼다는 것 자체에 의구심을 갖는 건 아니다. 어떤 일이든 문제는 발생할 수 있다. 그러나 강남 제갈세가의 뜻이라면 어떤 예상치 못한 문제도 곧바로 해결되었던 것이다.
 "그년이 혀를 깨물고 먼저 자결이라도 했단 것이냐?"
 "그게 아니라… 매파가 무슨 잘못을 저질러 하옥된 것이냐고 의문을 제기하는 인물이 나타났습니다."
 "하면 그놈도 함께 처형하라 명하라."
 제갈성천은 뭐가 문제냐는 투로 말했다. 이에 조참은 더욱 난감한 표정이 되었다.
 "송구스럽게도 그런 명이 통할 자가 아닙니다."
 "뭐라?"
 제갈성천은 깜짝 놀랐다. 예전이라면 모를까, 권력의 핵심 세력으로 떠오른 이후, 조참이 안 된다고 말한 것은 처음이기 때문이었다.
 "대체 그리 대단한 인물이 누구더냐?"
 제갈성천은 궁금해서 미치겠다는 표정이었다. 아무리 생각해 보아도 그런 인물이 떠오르지 않았던 것이다.

"가주님께서도 들어본 적이 있으실 겁니다. 무림 역사상 가장 패도적이었던 모용관을 꺾은 무적신검 황 대장입니다."

"무적신검… 황 대장!"

확실히 알고 있는 이름이었다. 그가 이처럼 경악하는 반응을 보이는 것은 황조령보다 그의 숙적이었던 모용관을 잘 알기 때문이었다.

과거 강남은 진양교의 세가 강했던 지역이었다.

물자가 풍부하고 중앙 권력에 버금가는 권세가들이 많은 지역이라 진양교도 특별히 신경을 쓰지 않을 수 없었던 것이다.

모용관은 힘으로 그들을 누르지 않았다. 친분을 돈독히 하며 그들의 지원을 얻어냈다고 알려져 있었다. 그러나 이는 진양교 입장에서 알려진 사실이었다.

그 당시 권세가들은 모용관의 부탁을 거절하지 못했다. 경천동지할 무공과 보기만 해도 간담이 서늘해지는 그의 모습에 거절할 엄두도 내지 못한 것이다.

제갈세가도 마찬가지였다. 친목 도모의 명목으로 모용관이 직접 찾아왔을 때 제갈성천은 숨이 멎는 줄 알았다.

광기가 엿보이는 호안의 눈빛과 장대한 체구에서 느껴지는 압박감은 공포 그 자체였다. 집채만 한 호랑이와 산길에서 딱 마주친 심정이었다.

제갈성천 역시 모용관의 제안을 거절하지 못했다. 모용관의 위세에 기가 질려 그가 원하는 모든 것의 지원을 약속했다. 자발적이라기보다는 반강제적인 것이었고 이는 다른 권세가들도 비슷했다.

 모용관이 고맙다며 어깨를 두드려 줬을 때 많은 권세가들은 무시당한다는 느낌까지 받았다. 칼을 든 날강도에게 당하는 것이나 다름없었던 것이다. 때문에 진양교의 세가 기울고 무림맹이 득세하자 강남에서 제일 먼저 진양교를 배신했던 것이다.

 "그자가 무적신검 황 대장이 확실하더냐? 소문에 듣자하니 강호를 등진 지가 꽤 되었다고 하던데?"

 "확실한 것 같습니다. 관으로 보낸 책사가 여러 경로를 통해 확인하였다 합니다."

 "그리 대단한 인물이 왜 매파의 일에 관여하는 것이냐?"

 "운이 없다고 하는 게 좋을 듯싶습니다. 도망친 매파를 잡기 위해 관의 고수들을 쓰지 않았습니까. 그때 우연히 매파를 구해준 인물이 황 대장이라 합니다. 신과 협을 중시하는 외곬적인 무림인이라 결코 쉽게 물러나진 않을 겁니다."

 잠시 생각에 잠겨 있던 제갈성천이 조심스럽게 물었다.

 "무적신검 황 대장 말이다······. 바라보는 것조차 힘들만큼 엄청난 기백을 풍기더냐? 모용관을 꺾었으니 그보다 더 하면 더 했지 못하지는 않을 것 아니더냐."

 "황 대장은 모용관처럼 패도적인 인물이 아닙니다. 겉모습만 보면 범인과 다름없습니다. 아니, 모용관과의 사투 때문에 생긴 얼굴 상처와 다리 부상 때문에 안쓰럽게 보이기까지 한다는 책사의 전언이 있었습니다."

"그래?"

반색하는 제갈성천에게 조참이 추가적인 설명을 했다. 제갈세가의 가주가 강호에 대한 지식이 부족했기 때문이었다.

"하나 이는 겉모습일 뿐입니다. 적이라 여기는 자들에게는 철저히 응징하는 성격입니다. 진양교도들은 황 대장이 나타난다는 전조만 듣고도 벌벌 떨었다고 합니다."

"해서 자네의 판단은 뭔가? 그 버릇없는 매파를 살려줘야 한다는 것인가?"

"득과 실을 따지자면 그렇습니다. 황 대장을 제거하려 한다면 그 피해는 실로 막대할 것입니다.

"모용관 때처럼 무림인이라는 것들에게 또 굴복하라는 것이더냐?"

"굴복이 아닙니다. 양보하는 것이지요. 가주님께서 선처를 베푸신다면 황 대장 또한 그냥 넘길 위인이 아닙니다. 그와의 관계를 돈독히 하신다면 여러모로 도움이 될 것입니다."

"어찌 됐든 모양새는 내가 굴복한 것이고, 나를 시기하는 놈들이 비아냥거리며 난리를 칠 텐데……."

"그 정도는 감수하셔야 합니다."

제갈성천은 한동안 말이 없었다. 오른손으로 턱을 매만지면서 짧은 거리를 왔다 갔다 했다. 그가 어려운 결정을 내릴 때 보이는 습관이었고, 요 몇 년간은 좀처럼 볼 수 없던 모습이었다.

걸음을 멈춘 제갈성천이 물었다.

"황 대장을 굴복시키려면 어찌하면 되는가? 아니면 막대한 재물을 주어 회유하는 방법도 있을 것이고 말이야."

"그를 회유하거나 굴복시키는 것은 불가능합니다. 재물보다는 신의와 명예를 중시하고 불굴의 상징이라 여겨지는 인물이 바로 무적신검 황 대장입니다. 그와 맞서려 한다면… 모든 전력을 다하여 반드시 죽여야 합니다."

"그러기 위해선 좀 전에 말했던 것처럼 막대한 희생을 감수해야겠지?"

"그렇습니다. 시기하는 무리들의 험담을 막기 위해 막대한 희생을 감수할 것인지, 그들의 험담을 감수하고 실리는 택할지는 가주님의 몫입니다."

"어렵군, 어려워……."

제갈성천은 쉽사리 결정을 내리지 못했다. 다시 짧은 거리를 왔다 갔다 하며 고민의 고민을 거듭했다.

관군의 최고 귀빈으로 초대된 황조령.

강호를 은퇴했기에 야인이나 다름없는 그를 대하는 반응은 정말로 뜨거웠다. 관군의 수장이 직접 연회를 베풀었고, 수많은 권력가들이 찾아와 그를 뵙기를 청했다.

오랜만에 받아보는 열렬한 환대였지만 황조령은 썩 기분이 좋지 않았다. 이 모든 것이 자신의 숙적이었던 모용관의 덕을 보는 상황이기 때문이었다.

"그 무시무시한 모용관의 목을 따다니요. 정말 대단하십니다. 저는 그와 눈도 마주치지 못하고 손발이 오그라드는 경험까지 했습니다."

"안 보길 잘하셨습니다. 저는 그와 눈이 마주치는 순간 다리가 풀려서 그대로 주저앉았습니다. 저승사자를 보는 듯한 착각이 들지 뭡니까?"

"저희 집에는 사나운 개를 길렀는데 말입니다. 호랑이와도 싸우던 놈인데, 모용관을 보자마자 깨갱하면서 마루 밑으로 숨어들지 뭡니까?"

"한마디로 인간이 아니었지요. 그 말 많던 우리 마누라가 입도 벙끗 못하는 건 처음이었습니다."

"껄껄껄껄… 모용관 그자가 엄청나긴 엄청났지요. 그렇지 않습니까, 황 대장님?"

"아, 예……."

황조령은 억지웃음을 지으며 대답했다. 대부분이 모용관에 대한 이야기였다. 황조령은 왠지 모를 소외감을 떨칠 수 없었던 것이다.

주인공이 누구인지 모를 연회가 끝나고 황조령은 숙소로 들어섰다. 창가 옆 탁자에 앉아 기다리고 있던 백화선이 물었다.

"연회는 재미있었나요?"

진짜 재미없었다. 그러나 성대한 연회를 베풀어준 성의를 생각하면 사실대로 말할 수 없었다.

"그럭저럭……."

"재미없었구나."

황조령은 그에 대한 대꾸를 피하며 말을 돌렸다.
 "여기는 무슨 일이더냐? 피곤하다며 연회에도 나오지 않더니 말이다."
 "물어볼 게 있어서요."
 "빨리 물어보고 네 숙소로 건너가거라."
 "좋아요, 빨리 물어보고 빨리 건너가지요. 이제부터 어찌하실 건가요, 형부?"
 "뭘 말이냐?"
 "매파가 밉보인 제갈세가 말이에요. 강남을 쥐락펴락하는 엄청난 실세라고 하던데요?"
 "실세든 허세든 무슨 상관이더냐. 나는 내 신념대로 행동할 것이다. 그리 불안하면 먼저 떠나거라."
 "멍청한 것인지, 아니면 머리가 비상한 것인지……."
 황조령은 눈살을 찌푸리며 노려보았다. 멍청하다는 말을 들어 화가 난 것은 아니다. 애매하게 돌려 말하지 말고 확실하게 물어보란 의미였다.
 "제 나름대로 알아봤는데요. 제갈세가의 가주는 형부와의 마찰을 피하려 할 것이에요."
 "왜 그렇게 생각하느냐?"
 "이 지역은 모용관의 기억이 유독 강하게 남아 있더라고요. 헤어나기 힘든 공포의 상징으로 말이에요."
 "그래서?"
 "그 무시무시한 공포의 상징을 제압한 사람이 누구지요? 바로 형부예요. 아직도 모용관에 대한 기억이 생생히 남아 있는 그들에게 형부는 영웅 중의 영웅이란 말이지요. 그런 사람에게 누가 감히 도전할 수 있겠어요?"

"……."

"제갈세가의 가주인 제갈성천 또한 마찬가지예요. 지금이야 세상 무서운 것 없이 잘나간다고 해도 사람의 기억은 묘하고 복잡한 것이거든요. 형부를 상대하려 할 때마다 모용관의 기억이 발목을 잡을 거예요. 한 가지 기분 나쁜 것이 있다면 죽은 모용관의 덕을 본다는 것이지요."

"과연 그럴까?"

백화선은 확신에 찬 음성으로 대답했다.

"당연하지요. 강아지 때부터 맞은 개는 덩치가 커졌다고 해도 절대 주인을 물지 못해요. 두려움이 기억이 남아 있기 때문이지요."

"사람과 개는 다르다. 어떤 면에서는 개보다 사람이 멍청하기도 하지. 사람은 욕심이 많은 존재거든."

"무슨 말씀이지요?"

"내 예상이 맞는다면 제갈가주 그 사람은 반드시 나를 쓰러뜨리려 할 것이다. 그래서 자신이 다진 입지를 더욱 견고히 하려 하겠지."

"제갈가주가 그 정도로 멍청한 짓을 할까요? 자칫하면 그동안 쌓아온 입지마저 흔들릴 수도 있는데요."

"권력에도 졸부가 있다. 황제 폐하의 총애를 받은 제갈 부인

덕분에 득세한 제갈가주가 그런 자라 할 수 있지. 돈벼락을 맞은 졸부가 제대로 돈을 사용하지 못하는 것처럼, 갑자기 권력을 쥐게 된 자 또한 그 권력을 주체하지 못하게 된다."

"그런 예상을 하고도 여기 있는 거예요? 매파야 어찌 됐든 황급히 여기를 떠야지요."

"떠나고 싶으면 그리하여라."

"형부는요?"

"나는 매파의 일이 해결될 때까지 남을 것이다."

황조령의 의지는 확실해 보였다. 그 누가 만류한다고 해도 소용없음을 백화선도 잘 알고 있었다.

"네, 맘대로 하세요."

자리에서 일어난 백화선이 문으로 향했다.

"지금 떠날 것이냐?"

"아니요. 형부가 얼마나 멍청한 짓을 했는지 언니에게 고자질하려면 끝까지 남아야지요."

"괜한 호기 부릴 것 없다. 이번 싸움을 복잡하고 위험스럽다. 너까지 보호해 줄 여력이 없느니라."

"걱정 마세요. 제 몸 하나 간수할 실력은 되고요. 도움이 되었으면 되었지 절대 피해는 주지 않을 거예요. 편히 주무세요, 형부."

황조령은 숙소를 빠져나가는 백화선의 뒷모습을 보며 피식 웃었다. 정말 피해를 주지 않고 도움이 될지는 두고 볼 일이었다.

다음날 아침.

황조령과 제갈성천의 본격적인 기 싸움이 시작되었다.

제갈성천은 관을 압박하여 죄인인 매파를 자신의 사가로 넘기라고 종용했고, 황조령은 이를 만류했다. 양쪽의 압박 사이에서 관의 수장은 고민했다. 압박의 강도는 당연히 현 권력의 실세인 제갈세가 쪽이 컸다. 그러나 모든 일을 공평하게 처리해야 하는 관의 입장에서 황조령의 이의 제기 또한 무시할 수 없는 노릇이었다.

나라의 녹을 먹는 관리의 입장과 권력의 실세에 밉보이지 않으려는 실득 사이에서 관의 수장은 고민했다. 그러나 마침내 관의 수장의 내린 결단은 실득 쪽으로 기울었다. 황조령이야 지나가는 바람이나 마찬가지였고 제갈세가는 그가 부임하는 기간 동안 눈치를 봐야 했기 때문이었다.

결국 매파는 죽음이 기다리는 제갈세가로 보내지는 신세가 되었다. 자포자기한 상태의 매파가 관군들에 끌려 제갈세가로 호송당한 직후, 백화선은 착잡한 표정의 황조령에게 빈정거리듯 말했다.

"이거 싸움이 너무 싱겁게 끝났네요."

"……"

"뭐, 차라리 잘된 일 아닌가요? 떠오르는 권력 실세와 싸워봐야 좋을 일 없고, 형부는 불쌍한 매파를 도우려 애를 썼다는 평판을 들을 거니 말이에요. 이렇게 끝나는 게 여러모로 이득인 거지요."
"누가 끝났다고 하더냐?"
"예?"
백화선은 깜짝 놀라 반문했다. 이에 황조령은 착잡한 모습에서 벗어나 진중한 어투로 대답했다.
"이번 싸움은 이제부터 시작이다."
"서, 설마……."
"그 설마가 맞을 것이다. 관이 끼어 있는 것은 나로써도 부담스러운 일이었다. 그러나 매파가 제갈세가로 옮겨지면 이야기가 달라지지. 그때부터는 제갈가주와 나, 둘만의 문제가 되는 것이다."
무슨 의미인지 백화선은 단박에 알아차렸다.
"제갈세가로 쳐들어가 매파를 빼내올 참인가요?"
"당연하지 않더냐? 그자가 순순히 내놓을 것 같지는 않으니 말이다."
"이건 정말 미친 짓이라고요. 그런 일을 했다가는 제갈가주가 모든 힘을 동원해 형부를 죽이려고 할 거예요."
"그런 각오도 없이 권력의 실세와 싸울 수 있겠느냐? 나는 이만 가야겠다. 수검이가 먼저 준비하고 있을 것이다."
"혀, 형부!"
황조령을 발걸음을 멈추지 않고 대답했다.
"그만 사천으로 돌아가거라. 나와 함께 한다면 너도 공범자가 되는 것이다."

"아이~ 정말……."

백화선은 순간적으로 갈등했다. 그녀의 예상보다 일이 더 커졌기 때문이었다.

"혀, 형부, 같이 가요. 형부~!"

그녀는 결국 황조령을 따랐다. 위험하긴 하지만 혼자서 사천으로 가는 것보다 낫다는 판단 때문이었다.

긴장감이 넘치는 제갈세가.

궁궐처럼 넓은 마당에는 백 명이 넘는 사병들이 무장한 채 진을 치고 있었다. 관에서 오는 매파를 인도받기 위함이었다.

오후의 태양이 점점 강해지는 시간.

그늘진 의자에 부채질을 받으며 앉아 있던 제갈성천이 조참을 바라보며 물었다.

"너무 많은 인원을 동원한 것 아닌가?"

"제 생각에는 부족함 느낌입니다만……."

비스듬히 앉아 있던 제갈성천이 상체를 바로 세웠다.

"자네는 황 대장이란 작자가 매파를 데려갈 것이라 생각하는가? 이 많은 인원이 지키고 있는데 말이다."

"죄송하지만 그렇습니다."

"그럴 것이면 여기로 데려오는 중간에서 시행하지 않겠느냐? 매파를 호위해 오는 인원은 채 열 명도 되지 않는다고 들었다."

"황 대장은 관과 얽히는 것을 꺼려할 겁니다. 무림과 관은 서로의 일에 관여치 않는다는 불문율 때문입니다."

"하면 관에 명해서 처형했으면 됐을 것을……."

"이는 가주님께서 반대하셨습니다. 본가를 모독한 매파를 쉽게 죽일 수 없다고 말입니다. 또한 그리한다고 순순히 보고 있을 황 대장이 아닙니다. 무슨 수를 쓰든지 이를 막았을 것이고, 관의 수장 또한 그 명을 수행하기는……."

"그만."

제갈성천은 귀찮다는 듯 조참의 말을 끊었다.

"그런 말은 어제 종일 들었다. 중요한 것은 황 대장 그자가 나와 정말 맞서려고 하느냐는 것이지. 내 생각에는 포기할 것이다. 무림지존까지 올랐던 노파 하나 때문에 나와 맞서려 하겠는가?"

이는 조참이 제갈성천에게 하고 싶은 말이었다. 그깟 매파 하나 죽여서 무슨 이득이란 말인가? 이 때문에 무림지존까지 올랐던 무적신검 황 대장과 적이 될 수도 있는 상황이었다.

"그리 어두운 표정 짓지 말게. 황 대장이 쳐들어온다는 것은 자네의 기우일 뿐이야."

"네, 가주님……."

조참은 나직이 고개를 수이며 대답했다. 이번에는 그의 예감이 틀리기를 바라는 그때였다.

"관에서 보낸 죄인이 도착했습니다."

무장한 관군들이 밧줄에 묶인 매파를 데려왔다. 간단한 인수인계 절차를 마치고, 사병은 거칠게 매파를 끌고 와 제갈성

강남의 제갈세가 141

천 앞에 무릎 꿇렸다.
"네 이년, 여러모로 나를 골치 아프게 만드는구나."
"……"
매파는 꾹 다문 입을 하고 고개를 들었다.
"끝까지 내 청을 거부하겠다. 나 역시 마음이 변했다. 네년이 무슨 짓을 하든 죽음을 면치 못할 것이다."
제갈성천은 의자 등받이에 등을 기대며 조참에게 눈길을 주었다. 고개를 끄덕인 조참은 이내 사병들을 향해 다시 눈길을 주었다.
곧이어 뚜벅뚜벅 엄청난 덩치의 사병이 매파를 향해 다가갔다. 산적인지 사병인지 헛갈릴 정도로 험상 굳은 인상에 엄청나게 큰 참마도까지 들고 있었다.
오들오들 떠는 매파 옆에 선 그는 제갈성천을 향해 꾸벅 고개를 숙였다.
"도살자 왕충이라 합니다."
이에 대한 화답은 조참이 대신했다.
"무척이나 칼을 험하게 다루는 자라 들었다. 소문만큼 실력이 있는지 지켜보겠다."
"실망시켜 드리지 않겠습니다. 제 칼에 곱게 죽어간 놈은 없었습니다. 제발 죽여달라며 괴로움에 몸부림치다가 비참히 생을 마감하지요."
조참이 고개를 끄덕이는 순간, 왕충이 움직이기 시작했다. 그는 단숨에 매파를 죽이는 것이 아니었다. 그녀가 최대한 괴로움을 느끼다가 죽도록 고용되었다.
 "흐흐흐흐… 지옥의 고통을 맛보게 해주마."
 왕충은 머리 위에서 참마도를 빙글빙글 돌리며 매파의 주위를 맴돌았다. 이 또한 매파에게 고통을 주기 위한 행동이었다. 언제 어느 방향에서 칼날이 날아올 줄 모르는 공포감에 매파의 얼굴은 완전히 사색이 되었다.
 "주름진 얼굴부터 손을 봐주마!"
 후앙~!
 걸음을 멈춘 왕충이 매파의 얼굴을 향해 참마도를 내려치는 순간이었다.
 "멈춰라~!"
 차앙~!
 우렁찬 외침과 병장기 부딪치는 쇳소리가 동시에 울려 퍼졌다. 왕충이 검을 휘두르는 순간 방해꾼이 끼어든 것이다.
 검이 막힌 왕충이 방해꾼에게 물었다.
 "네놈은 매파를 데려온 관군이 아니더냐?"
 "네놈의 눈에는 내가 관군으로 보이냐?"
 방해꾼은 관군이 쓰는 투구를 벗어 던졌다. 그러자 험악한 인상의 왕충 못지않은 얼굴이 드러났다. 체격 또한 장대했으며 무엇보다 눈빛이 살아 있었다. 순식간에 사병들에 둘러싸인 상태에서도 번뜩이는 살기가 느껴졌다.
 예상치 못한 방해꾼의 출현에 제갈성천도 당황했다. 황급히 의자에서 몸을 일으킨 제갈성천이 조참에게 물었다.

"저, 저자가 바로 무적신검 황 대장인가?"
"아닙니다. 황 대장은 다리를 저는 불구의 몸입니다."
"하면 대체 누구란 말이냐?"
"아마도 황 대장을 수행하는 호위무사 같습니다. 제가 확인해 볼 것이니 앉아 계십시오."
조참이 매파를 가로막고 있는 방해꾼에게 다가갔다.
"네놈의 정체가 무엇이냐?"
"내 이름은 수검. 무적신검 황 대장님의 오른팔이라 할 수 있는 몸이시다!"
"무, 무적신검 황 대장!"
"마, 마, 말도 안 돼~!"
여기저기서 비명과 같은 탄성이 튀어나왔다. 사병들 중에는 돈으로 급히 고용된 낭인 무사도 많았던 것이다. 그들 역시 검으로 먹고사는 처지인지라 무적신검 황 대장이 어떤 인물이지 잘 알고 있었다.
조참은 웅성거림이 잦아들기를 기다렸다가 입을 열었다.
"무적신검 황 대장님을 모르는 사람은 없을 것이다. 네놈이 누구의 수하인지는 중요치 않다. 이곳이 어딘지 알고서 행패를 부리는 것이더냐?"
"모른다."
"……?"
"여기가 어디인지는 중요치 않다. 나는 죄없는 노인의 죽음을 막으라는 황 대장님의 명을 받고 여기에 온 것이다."

"……."

수검의 막무가내식 대답에 조참은 잠시 할 말을 잃었다. 이내 정신을 차린 조참이 준엄한 음성으로 호통쳤다.

"네 이놈! 여기가 바로 나는 새도 떨어뜨린다는 강남의 제갈세가다. 네놈 같은 무리가 설칠 곳이 아니란 말이다!"

"헉! 저, 정말이요!"

수검은 기겁하는 반응을 보였다. 정말 몰랐던 것인가, 아니면 알고 있으면서 연기를 하는 것인가? 조참이 이에 상관없이 호통을 이어갔다.

"뭐 하는 것이냐? 이제라도 알았으면 썩 물러가라!"

"아, 알겠습니다. 정말 죄송하게 됐습니다."

뜻밖에 수검은 면목없다는 표정으로 뒤돌아섰다. 기세 좋게 왕충의 참마도를 막았던 상황이 무색해지는 순간이었다. 그런데 정말 순순히 물러나는 것인가? 아니다.

"갑시다."

수검은 매파와 함께 제갈세가를 나가려 했다. 조참이 이를 보고만 있을 리 만무했다.

"무엇하는 것이냐?"

"가라 해서 가는 것 아닙니까?"

수검은 왜 이랬다 저랬다 하느냐는 투로 반문했다. 제갈세가의 위세에 겁먹은 것이 아니라 철저히 무시하는 행동이었다.

"감히 제갈세가를 능멸하는 것이냐?"

"누가 누구를 능멸했다는 것이오? 내 말하지 않았소. 나는 죄없는 노인의 죽음을 막으라는 명령을 받았다고 말이오. 하면 그 명성과 위세가 자자한 천하의 제갈세가가 그런 짓을 한다는 것이오?"

"......"

조참은 지그시 입술을 깨물었다. 무식하게 힘만 셀 것 같은 수검의 말재주에 놀아났기 때문이었다. 그와 동시에 더 이상의 대화가 무의미함을 깨달았다.

"네놈은 강남의 제갈세가를 모욕하는 대역죄를 지었다. 당장 저놈의 목을 쳐라!"

"......"

조참은 목청 높여 소리쳤지만 주위의 반응은 너무도 조용했다. 사병들은 무적신검 황 대장의 위명 때문에 함부로 덤벼들지 못했다.

"저놈은 무적신검 황 대장이 아니다. 단지 그의 수하일 뿐이다. 모든 것은 내가 책임질 것이니 당장 저놈을 처단하라!"

그때서야 사병들이 움직이기 시작했다. 그러나 상대가 상대인만큼 무척이나 조심스러웠다. 엄청난 함성을 지르며 달려나가지 못하고 서로의 눈치를 보면서 조금조금 수검을 향해 다가갔다.

"슬금슬금 기어오지 말고 한꺼번에 덤비라고!"

스캉!

수검은 또 하나의 검을 빼 들었다. 머릿수 차이를 극복하기 위해 쌍검을 쓰려는 것이다. 수검이 공격 자세를 취하고 노려보자 사병들은 더욱 위축되었다.

할 수만 있다면 벗어나고 싶었다. 그러나 돈 받은 만큼 일을 해야 하는 것이 이 바닥의 생리였고, 제갈세가는 가장 큰 물주였다.

모든 책임은 제갈세가에서 진다고 했으니 후환에 대한 걱정은 덜 수 있었다. 죽이 되든 밥이 되든, 이판사판의 심정으로 뛰어들려는 순간이었다.

"멈추어라!"

엄청난 높이의 솟을대문 너머에서 준엄한 외침 소리가 들려왔다. 또 다른 방해꾼이 등장한 것이다.

불길한 느낌에 빠진 사병들이 주춤하는 그때, 수검의 쩌렁쩌렁한 음성이 울려 퍼졌다.

"모두 모두 물럿거라! 무적신검 황 대장님 행차시다!"

"……!"

아니나 다를까, 사병들이 가장 두려워하는 존재가 등장한 것이다. 반쯤 얼어붙은 사병들은 대문 쪽으로 시선이 고정된 상태였다. 무적신검 황 대장에 대한 호기심과 두려움이 복합된 표정이었다.

끼이익…….

마침내 거대한 문이 열리고 백화선을 동반한 황조령이 제갈세가 안으로 들어섰다. 그의 얼굴이 반쪽이고 다리가 불편하다 하여 얕보거나 안도하는 기색은 없었다. 모용관에 대한 기억만큼 황조령에 대한 두려움도 강했다.

절룩절룩…….

황조령이 진심장을 의지하여 다가오자 사병들은 검을 든 채 뒷걸음쳤다. 그러나 마냥 뒤로 물러서는 것도 한계는 있었다. 제갈성천이 있는 계단에 가로막히자 뱃머리에 갈라지는 물결처럼 양편으로 갈라졌다.

황조령은 아무런 충돌 없이 제갈성천이 있는 계단 밑까지 다다를 수 있었다.

"제갈가주님께 인사 여쭙겠습니다. 소인은 용아촌에 사는 황조령이라 하옵니다."

황조령은 예의 바르게 인사를 했다. 이에 제갈성천은 바로 옆에 서 있는 조참에게 눈길을 주었다. 지금 인사를 하는 사람이 무적신검 황 대장이 맞느냐는 의미였다.

조참이 고개를 끄덕이자 제갈성천이 입을 열었다.

"미안하지만 안녕하지 못하오. 보시다시피 그대의 수하가 이런 난리를 쳤으니 말이오."

제갈성천은 거만할 정도로 당당히 대답했다. 모용관 때와는 판이하게 달랐다. 그 당시와는 비교도 할 수 없을 만큼 출세(?)를 했고, 황조령의 모습 또한 오금이 저릴 정도로 위협적이지 않았기 때문이다.

"그 점에 대해서는 진심으로 사과드리겠습니다. 원래부터 막무가내인 놈은 아닌데, 사정이 다급하니 무례를 저질렀나 봅니다."

"저 버릇없는 매파 년 때문에 말이오?"

제갈가주는 수검의 등 뒤에 숨어 있는 매파에게 곱지 않은 눈길을 보내며 말했다.

"그렇습니다. 덧붙여 청을 드릴 것이 있는데, 너그러이 자비를 베푸시어 풀어주시기를 바라겠습니다. 살날이 얼마 남지 않은 노파입니다."

"내 정말 궁금한 것이 있는데……."

제갈성천은 자세를 고쳐 잡으며 운을 뗐다. 황조령이 고개를 끄덕이자 한층 격양된 음성으로 말했다.

"대체 저 늙은이와 어떤 사이오?"

"수상한 무리에게 쫓기는 것을 구해준 적이 있습니다."

"단지 그뿐이오?"

"그렇습니다. 약한 자를 돕는 것은 무림인의 기본적인 사명입니다. 이에는 정사마가 따로 없으며, 한번 도움을 줬으면 끝까지 책임을 져야 하는 것 또한 당연한 도리입니다."

"역시 소문대로 진정한 무림인의 마음 자세가 느껴지는 분이군요."

말은 이리했지만 제갈성천의 속마음은 전혀 달랐다. 이상은 이상일 뿐 아니던가? 좋은 게 좋은 거라고 적당히 타협하고 때로는 적당히 굴복할 줄도 알아야 세상 살기 편했다. 이처럼 외곬적인 인간은 처음이라는 반응이었다.

"좋게 생각해 주셔서 감사합니다. 그리 골치 아프게 살면 피곤하지 않느냐는 핀잔도 많이 듣고 있습니다."

"허허허… 누가 그런 소리를……."

제갈성천의 웃음에는 겸연쩍음이 묻어났다. 그 역시 방금 전 비슷한 생각을 했던 것이다.

"실제 많은 사람들이 그리 생각하고 있을 겁니다. 한데 제갈가주께서는 대인이시라 좋게 보아주시는 겁니다. 제갈세가가 이리 번창한 것도 제갈가주님의 호방하고 너그러운 대인기질 덕이 아닌가 생각합니다."

"허허허, 무림지존까지 올랐던 황 대장의 칭찬을 들으니 몸 둘 바를 모르겠습니다."

"저야말로 그 명성이 자자한 제갈가주님을 뵙게 되어 영광입니다."

사병들은 조마조마한 마음으로 그들의 대화를 경청했다. 제발 대화로 잘 풀기를 간절히 바랐다. 일단은 화기애애한 모습이라 안심이었지만 괜찮은 분위기는 오래가지 못했다.

"제갈가주님의 성품을 믿고 부탁드립니다. 여기 있는 불쌍한 노파를 풀어주십시오."

"……."

제갈성천의 표정이 대번에 굳어졌다. 곧이어 그는 못마땅한 기색을 내보이며 대답했다.

"그리는 못하겠습니다. 저 늙은이는 백번 죽어 마땅한 년입니다."

황조령도 한층 낮아진 음성으로 대꾸했다.

"어떤 죄를 지었기에 백번 죽어 마땅한 겁니까?"

"본가를 능멸하였습니다."

"어떻게 능멸했다는 것인지요."

"내부적인 일입니다. 그런 것까지 구차하게 설명할 필요는 없다고 생각됩니다만……."

"사람의 목숨이 달린 일에 구차함이 있을 수 있겠습니까?"

"목숨도 목숨 나름이지요. 저런 것은 내 집에서 키우는 개보다 천한 년입니다."

"그리 생각하신다면… 대인이라고 했던 것은 취소입니다. 제갈가주 그대는 내가 생각했던 것보다 더욱 형편없는 인간이다."

"그, 그, 그대?"

갑자기 돌변한 황조령의 태도에 제갈성천은 당황함을 금치 못했다.

"내가 못할 말을 했는가? 사람의 목숨을 우습게 여기는 자에게 어떤 말이 통하겠는가. 그대는 높이 있을수록 사람들에게 폐가 되는 인간이다!"

"뭐, 뭐, 뭐시라!"

사태는 사병들이 생각하는 최악으로 치달았다. 제갈성천은 극도로 흥분한 얼굴로 황조령을 노려보았다.

"이런 무뢰한 경우가 어디 있더냐! 여기가 제갈세가임을 잊었단 말이냐!"

"해서 어찌할 것이오?"

황조령은 태산처럼 버티고 선 상태에서 물었다. 제갈성천은 지지 않으려는 듯 황조령의 두 눈을 똑바로 쳐다보며 말했다.
 "무림인이라 주제도 모르고 설치는 것들. 나에게는 그따위 놈들 하나둘 처리하는 것은 일도 아니다."
 "그리 대단하신 위인이 모용관에게는 왜 그리 고분고분하였더냐?"
 "……!"
 "살기를 풍기는 모용관은 무섭고 그를 이긴 나는 우습게 보이는가! 나 또한 모용관처럼 해야 말이 통하겠는가 말이다!"
 번쩍!
 부릅뜬 황조령의 두 눈에 광채가 번득였다. 진양교도들을 섬멸할 때 보이던 바로 그 눈빛이었다. 무공의 무 자도 모르는 사람이 감당할 수 있을 리 만무했다.
 "헉……."
 제갈성천은 순간적으로 숨이 턱 막혔다. 모용관을 대했을 때와 비슷한 경험이었다.
 "가주님, 괜찮으십니까!"
 조참의 외침을 듣고 제갈성천은 정신을 차릴 수 있었다.
 "나, 나는 괜찮다. 어서 저 버릇없는 황 대장이란 작자와 늙은이 모두를 처리하라 명하여라."
 "가, 가주님… 꼭 그리하여야겠습니까?"
 조참은 만류하는 듯한 행동을 보였다. 그 모습에 제갈가주는 더욱 화가 났다.
 "제갈세가에 반하는 놈은 그 누구도 용서할 수 없다. 뭐 하는 것이냐? 어서 명을 전하여라!"

"알겠습니다, 가주님… 이제부터는 제가 처리할 것이니 편히 앉아 계십시오."

조참은 흥분을 주체 못하는 제갈성천을 자리에 앉힌 다음 사병들을 향해 외쳤다.

"저기 서 있는 자는 무적신검 황 대장이 아니다. 강남 최고의 가문으로 인정받는 제갈세가에서 난동을 피우는 파렴치한 일 뿐이다. 지금부터 벌어지는 일에 대해서는 제갈세가가 모든 책임을 질 것이다. 지금 당장 저 불한당 같은 놈을 처리하라! 큰 공을 세우는 자에게는 가주님께서 직접 큰 상을 내릴 것이다!"

"……."

조참의 연설(?)은 훌륭했지만 사병들은 좀처럼 움직이지 않았다. 황조령에게 칼을 겨누기는 했지만 엉덩이는 반쯤 빼고 있는 엉거주춤한 자세였다. 이에 황조령이 사병들을 쭉 한번 돌아보며 말했다.

"이보게들……."

"예!"

"예?"

깜짝 놀라 엉겁결에 대답하는 숫자가 꽤나 되었다.

"언제까지 이리 서 있어야 하는가? 검으로 돈을 버는 일을 하면 돈값은 해야 하지 않겠는가?"

"……."

"어서 덤비게나. 한 가지 경고하자면 나는 무슨 일을 하든 대충하는 꼴을 못 본다네. 이는 나를 해치려는 무리에게도 예외없이 적용되지. 책임감을 가지고 혼신의 힘을 다해 달려드는 자비를 베풀 것이지만, 돈이나 챙겨 가면 된다는 마음으로 대충대충 칼을 휘두르는 놈들은 참혹한 결과를 맞이하게 될 것이다."

"……!"

"알아들었으면… 덤벼라!"

황조령이 진심장을 겨누며 외치는 순간,

"우와아아~!"

사병들은 제갈세가가 떠나갈 듯한 함성을 지르며 덤벼들었다. 대충 칼을 휘두른다면 참혹한 결과를 맞게 될 것이라는 황조령의 경고가 톡톡히 효과를 보았다. 황조령과 눈도 마주치지 못했던 사병들을 사력을 다하여 덤벼들었다.

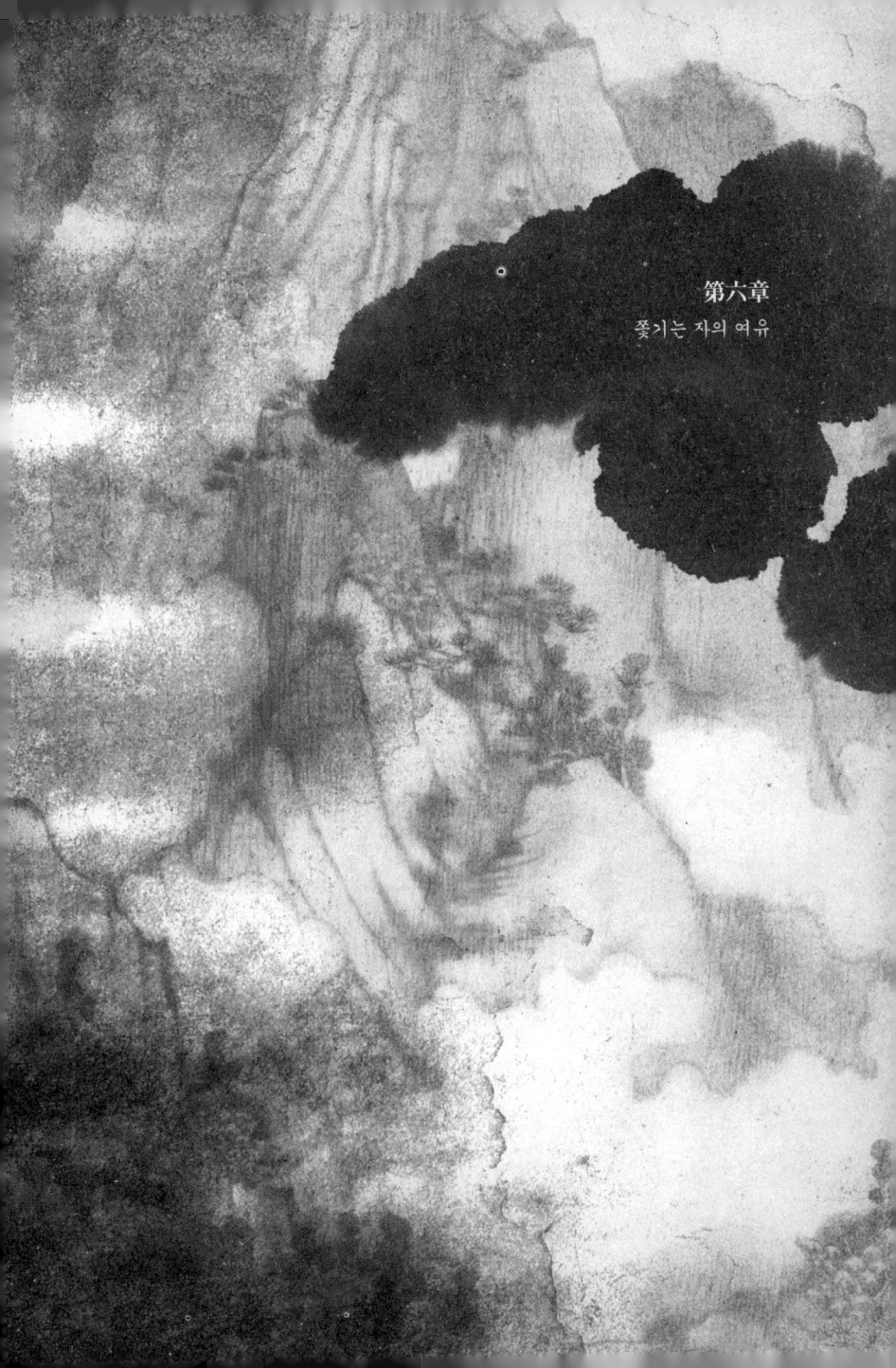

# 第六章

쫓기는 자의 여유

제갈성천의 얼굴엔 땀이 주룩주룩 흘렸다.

강렬한 태양이 내리쬐는 날씨 때문이 아니다. 그는 엄청난 크기의 양산이 만들어낸 그늘 밑에 앉아 있었고, 하인들은 연신 부채질을 하고 있었다. 그의 사병들이 쓰러질 때마다 흘리는 식은땀이었다.

"이, 이건 대체……."

싸움의 양상은 제갈성천의 예상과는 판이하게 달랐다. 단 세 명이 백 명이 넘는 사병들을 압도했다.

"무적신검 황 대장이라 그렇다 치고……."

썩어도 준치 아니던가. 모용관을 처치한 그의 무공 실력은 어느 정도 예상했었다.

툭툭툭툭.

황조령은 가볍게 지팡이를 휘둘러 사병들을 제압했다. 수준 차이가 너무도 확실한 대결이었다. 그러나 예상을 벗어난 일은 그다음부터였다.

"후딱후딱 덤벼라!"

황황황황황황~!

수검의 쌍검은 눈이 어지러울 정도로 현란했다. 거기에 엄청난 힘까지 더해지니 어떻게 막을 방법이 없었다. 당황함을 극복 못한 사병들은 추풍낙엽처럼 쓰러졌다. 다시 일어나지 못할 정도로 완전히 뻗게 만든 숫자는 황조령보다 수검이 더 많았다.

여기에 결정적으로 백화선도 한몫 했다.

"호호호. 어떠냐? 손발이 떨리고 눈이 자꾸 침침하지?"

상대의 대답을 들을 필요도 없었다. 백화선에게 검을 겨누고 있는 사병은 손과 발은 심하게 떨렸고 자꾸만 눈을 깜박거렸다.

"너는 독에 중독되었다. 내가 셋을 세면 피를 토하며 쓰러질 것이다. 못 믿겠다는 표정인데? 한번 시험해 볼까? 하나……."

백화선은 세 개를 펴서 올린 손가락 중 하나를 접었다.

"둘~"

증상이 심해지는 사병의 손은 더욱더 심하게 떨렸다.

"셋!"

백화선은 기세 좋게 마지막 손가락을 접었다.

"⋯⋯?"

하나 독에 중독된 사병은 여전히 서 있었다. 급속도로 증상도 완화되어 손과 발의 떨림도 사라졌다.

"이년이 누구를 놀리고⋯⋯."

기세등등해진 사병이 한발 내딛는 순간이었다.

휘청!

"⋯⋯!"

그는 만취한 사람마냥 몸을 제대로 가누지 못했다. 그리고는 곧바로,

"크악~!"

진한 선혈을 뿜고 땅바닥에 고꾸라졌다. 백화선을 팔짱을 끼고 땅에 쓰러져 있는 사병을 바라보았다.

"쳇! 약을 좀 덜 썼나? 발작 시간이 길어졌네. 다음 놈에게는 어떤 독을 시험할까나~"

그녀는 곧바로 다음 목표를 향해 달려갔다. 무척이나 해맑은 표정과 달리 가장 악랄한 수법으로 사병들을 제압했다.

다급함을 느낀 제갈성천이 조참을 찾았다.

"어찌하면 좋단 말인가?"

그의 말대로 더 많은 사병들을 모아야 했다. 지금의 인원수로는 한 시진도 버티기 힘들었다.

"걱정 마십시오. 황 대장은 가주님을 결단코 해치지 못할 것입니다."

"어찌 그리 단언하는가? 저리도 살기가 등등한데?"

"황 대장은 가주님께서 황실과 연관되어 있음을 잘 알고 있습니다. 어떤 이유에서든 가주님을 해하게 되면 황실과 무림은 불편해질 수밖에 없습니다. 황 대장의 성격상 강호에 폐가 되는 일은 결코 하지 않을 것입니다."

"내 목숨은 보장된다는 것이로군."

제갈성천은 그제야 안도하는 모습을 보였다. 그가 예상했던 최악의 상황은 면한 것이다.

"그나저나… 괜히 벌통을 건드린 꼴인가?"

제갈성천은 한층 안정을 찾은 모습이었다. 그러나 조참과 대화를 나누는 동안에도 그의 사병들은 줄줄이 나가떨어지고 있었다.

"벌통 중에서도 가장 위험하고 독한 벌통을 건드리셨습니다. 무슨 일이 있어도 황 대장을 처리해야 합니다. 그는 제갈세가가 중앙 세력으로 진출하는데 있어 가장 큰 걸림돌이 될 것입니다."

"그래야지. 당연히 그래야지. 오늘 당한 수모는 몇 배로 쳐서 돌려줘야지. 황 대장의 실력이 예상보다 뛰어나긴 하지만 무슨 문제인가? 나한테는 자네가 있는데? 그 좋은 머리로 황 대장을 처리할 방도를 찾아보게나."

"심려 마십시오. 결코 실망시켜 드리지 않겠습니다."

제갈성천과 조참이 대화를 마치는 것과 거의 동시에 제갈세가에 벌어진 대결도 끝났다. 황조령 일행의 완벽한 승리였다. 제갈세가에서 고용한 사병들은 한 사람도 남김없이 모두 쓰러졌다.
 황조령은 수검과 백화선을 대동하고 제갈성천을 향해 다가갔다. 이에 조참은 재빨리 귓속말을 전했다.
 '절대 위축된 모습을 보이지 마십시오, 가주님. 제가 말씀드렸듯 황 대장은 가주님을 해하지 못합니다.'
 제갈성천은 바로 옆에 있는 조참만 알 수 있게 짧게 고개를 끄덕였다. 그리고는 위엄을 잃지 않은 자세로 다가오는 황조령 일행을 지켜보았다.
 계단 앞에서 황조령이 멈춰 서자 제갈성천이 먼저 입을 열었다.
 "정말 대단하시오, 황 대장. 그 많은 인원을 이리도 빨리 처리하다니, 역시나 경천동지할 실력이구려."
 순간 황조령의 눈살이 살짝 찌푸려졌다. 그의 예상과는 다른 반응이라는 의미였다.
 "하나 이번 것은 시작에 불가하오. 저 늙은이를 데리고 강남을 빠져나갈 수 있을 것 같소이까? 다음번에는 확실히 끝장을 내드리리다."
 "다음번?"
 어이없다는 투로 대꾸한 황조령이 계단을 오르기 시작했다.
 "다음번이라는 게 있을 것 같소이까. 지금 그대의 목을 꺾어 놓으면 모든 것이 해결되는 것인데……."
 황조령은 섬뜩한 살기를 피우며 계단을 올랐다.
 "그, 그랬다가는 네놈도 무사하지 못할 것이다. 황후 마마께서 가만히 있을 성싶은가!"
"목숨이 아깝다 여겼다면 여기까지 오지도 않았소. 진정한 무림인은 자신의 목숨에 연연하지 않으며, 내 맘만 먹으면 어디라도 숨어 지낼 수 있소이다."
"뭐, 뭐라……."
제갈성천이 티가 날 정도로 당황하는 기색을 보이자 조참이 재빨리 속삭였다.
'제가 했던 말을 잊지 마십시오. 황 대장은 결코 가주님을 해하지 못합니다.'
제갈성천은 요동치는 심장을 진정시켰다. 그리고는 계단을 다 올라선 황조령의 얼굴을 똑바로 응시하며 말했다.
"어디 내 목을 꺾고 싶으면 꺾어보시오. 나 역시 목숨에 연연하는 사람은 아니외다."
황조령은 살기를 펄펄 풍겼지만 제갈성천은 꿈적도 하지 않았다. 목숨은 보전할 수 있다는 조참을 말을 믿은 것이다. 결국 황조령이 돌아섰다.
"현명하게 생각하시오. 이번 싸움은 아무에게도 도움이 되지 않을 것이오."
순간 제갈성천은 벅차오르는 감정을 억눌렀다. 모용관을 꺾은 황조령과의 기 싸움에서 승리한 것이나 다름없었다.
"가자꾸나."
황조령은 뒤따라온 백화선과 함께 계단을 내려섰다. 수검은 계단 밑에서 매파를 보호하고 있었다.

"수검아, 서둘러 이곳을 빠져나가야 한다."

"알겠습니다."

황조령 일행은 부리나케 문 쪽으로 발길을 독촉했다. 황급히 도망치는 모양새나 다름없었다. 그 모습을 지켜보던 제갈성천은 참았던 웃음이 터졌다.

"푸하하하! 꽁지 빠지게 도망치는 모습이란. 이번 싸움의 승자는 결국 내가 될 것이다. 그렇지 않으냐?"

조참은 완전히 굳은 표정으로 대답했다.

"그리 쉽지 않을 듯싶습니다, 가주님……."

"왜 갑자기 표정이 어두워진 것이냐? 너의 비상한 머리와 나의 배경이면 충분히 승산이 있다."

"그러니 하는 말입니다. 황 대장은… 제가 예상했던 것보다 훨씬… 크엑~!"

조참은 말을 다 잇지 못하고 검붉은 선혈을 쏟았다.

"이, 이게 어찌 된 일이냐!"

"아마도 도, 독에… 당한 듯싶습니다."

"도, 독이라니? 언제 그런……!"

제갈성천은 뒤통수를 얻어맞은 기분이었다. 기가 막힐 정도로 독을 잘 쓰는 인물이 있긴 했다. 황조령을 따라 계단을 올라왔던 백화선이었다.

"설마……."

황조령은 자신을 위협하기 위해 계단을 올라온 것이 아니었다. 그의 진짜 목적은 제갈세가의 두뇌라 할 수 있는 조참을 중독시키기 위함인 것이다.

벌떡.

제갈성천은 반사적으로 몸을 일으켰다. 절묘한 순간으로 문을 향해 걸어가던 백화선이 고개를 돌렸다.

제갈성천과 눈이 마주치자 그녀는 씽긋 한쪽 눈을 깜박였다.

"……!"

매우 귀여운 모습이었지만 제갈성천은 순간적으로 오싹함을 느꼈다. 그의 불안한 예상이 적중했다. 독에 쓰러진 조참의 말대로 황조령은 예상보다 훨씬 위험한 상대였던 것이다.

달그락달그락.

다급히 제갈세가의 세력권을 벗어나는 상황, 마차에 걸터앉은 백화선이 장난스럽게 물었다.

"제갈가주 그놈이 쫓아올까요, 안 쫓아올까요?"

황조령은 당연히 무시했다. 그러나 백화선의 앙숙이라 할 수 있는 수검은 재빨리 대답했다.

"옵니다, 그놈. 얼굴부터가 집요하게 생기지 않습니까."

대승적으로 손을 잡았으니 잘 지내보자는 화답이었다. 그녀에 잘 보여야 하는 사람은 또 있었다.

"제발 안 쫓아왔으면 좋겠습니다."

급하게 구한 당나귀를 타고 가던 매파가 잘 봐달라는 표정으로 대답했다. 이에 백화선은 흡족한 듯 고개를 끄덕였다. 그녀의 입지가 넓어졌다는 반응이었기 때문이다.
"형부는 어떻게 생각하나요?"
백화선은 고개를 돌린 황조령에게 어서 대답하라는 눈빛을 보냈다. 조참을 중독시키는 공을 세웠으니 그 정도는 말해줄 수 있지 않느냐는 당당한 요구했다.
"반드시 올 것이다. 시기하는 무리들의 웃음거리가 될 수도 있으니 말이다. 어떤 식으로든 나를 굴복시켜 상처받은 자존심을 회복하려 할 것이다."
"참 이해가 안 되는 놈이네? 매파 하나 죽이는 것이 무슨 대수라고 그럴까? 저 또한 감당할 수 없는 피해를 입을 텐데 말이에요."
"권력의 단맛을 아는 사람들을 이해하려 들지 마라. 그들은 이 세상이 자신을 기준으로, 자신만을 위하여 돌아가야 한다고 믿는다. 그것이 틀어지는 상황을 그들은 이해하지도 용납하지도 못한다."
수검이 호의적으로 끼어들었다.
"그냥 쉽게 생각하십시오. 작은 것에 목숨 거는 놈이구나 하고 말이지요. 제가 강호 경험이 얼마 안 됐는데 그런 놈들을 참 많이 봤습니다."
"호호호, 작은 것에 목숨 거는 놈이라… 딱 들어맞는 설명이구나. 그러고 보니 수검이 너도 참 재미있는 놈이구나."
"그럼요, 그럼요. 사람들이 저에 대해 말하기를 말입니다. 적이 되면 가장 골치 아프고 동지가 되면 가장 믿음직하고 재미있는 인물이라 하였습니다."

"호호호, 그 또한 절묘한 표현이다. 이제부터는 동지가 되었으니 잘 지내보자꾸나."

"그럼요, 그럼요. 성심을 다해 사천까지 모시겠습니다."

환한 웃음을 짓던 백화선이 정색을 하고 물었다.

"형부, 이제부터 어쩔 건가요? 이런 속도라면 잡히는 것은 시간문제인데요."

세월아 네월아 움직이는 마차는 도망치는 속도라 절대 믿을 수 없었다. 보통 사람이 걷는 것보다 조금 빠른 속도였다.

"어쩔 수 없지 않으냐. 매파의 상태는 치열한 추격전은 감당할 수 있는 몸이 아니다."

"여러모로 폐를 끼쳐드려 송구스러울 뿐입니다."

매파는 염치없다는 표정으로 연신 고개를 숙였다.

"상관치 마시오. 제갈가주 그자는 언제가 나와 부딪칠 인물이었소. 그대의 의지가 변치 않는 한, 내가 먼저 포기하는 일은 없을 것이오."

"감사합니다, 황 대장님. 그리고 제가 말씀드리고 싶은데 있는데요."

"말해보시오."

"저를 낙양에 있는 승상 부인의 본가까지만 데려다 주십시오. 그 뒤부터는 제가 알아서 하겠습니다."

"승상 부인 댁과 안면이 있는 것이오?"

황조령은 짐짓 놀란 표정으로 반문했다. 승상이란 위치는 중앙 권력의 핵심이라 할 수 있었다. 천자(天子)를 보필하던 최고의 관직이었다. 제갈세가가 아무리 잘나간다 해도 일개 호족에 불과했다.

"그 중신을 섰던 게 바로 접니다. 정확히 말하면 연을 만들어주는 계기가 되었다고 할까요. 당시 승상께서는 몰락한 집안의 가장이었고, 현 부인 되시는 분은 명문가의 외동딸이었습니다. 전혀 어울리지 않은 집안이었지만 저는 과감히 현 승상이신 분을 추천했습니다. 보잘것없는 집안이었지만 그분을 처음 보는 순간, 크게 될 것이라는 느낌이 확 오더군요."

"오~ 그래서요?"

수검이 호기심 가득한 표정으로 독촉했다. 쫓기고 있는 상황임을 까먹은 모양이었다.

"그 당시 승상 부인께는 혼담이 오가던 집안이 있었습니다. 엄청난 권세가였지만 그 자제 분을 보는 순간 크게 실망했습니다. 한마디로 능력없이 야망만 큰 인물이었습니다."

"그래서요, 그래서요?"

"제가 그때 승상 부인의 모시는 하녀와 친분이 있는데 말이지요. 수다를 떨며 했던 말을 승상 부인께 전한 모양입니다. 그 당시 낙양에서는 제가 연을 맺어준 사람들은 모두 잘산다는 소문이 여인네들 사이에서 떠돌았지요."

매파는 잠시 숨을 고른 다음 말을 이었다. 마차에 앉아 있는 황조령 또한 이를 흥미롭게 듣고 있었다.

"갑자기 저를 찾아오셔서 놀랐는데 저는 제 소신껏 말했습니다. 그때 승상 부인께서는 두 공자 분을 직접 찾아가 보는 수고까지 마다하지 않습니다. 그리고는 결국 현 승상을 택하셨지요."

"집안의 반대가 컸을 텐데요?"

"별로요. 흔쾌히 승낙하지는 않았지만 극구 반대하지는 않았습니다. 그러니까 혼사가 이루어진 것 아닙니까? 그 당시만 해도 혼사는 부모님의 뜻에 따라 성사되는 것이 관례였지요. 특히나 여자 측인 경우는 더더욱 그랬지요. 요즘이야 많이 바뀌고 있지만……."

매파가 조용히 입을 다물자 수검이 물었다.

"끝입니까?"

"나머지야 모두 알고 계시지 않습니까? 그때의 가난한 공자님은 지금의 승상이 되셨고요. 야심만 컸던 도련님은 역모 죄에 연루되어 삼대가 몰살당했습니다."

"하면 승상 부인… 아니, 그 가문 전체의 생명의 은인이나 마찬가지 아니오?"

"꼭 그렇지는 않습니다. 저야 두 분의 만남의 연만 이어준 것이고 선택은 승상 부인께서 하셨지요. 거기에 보태 승상 부인의 부모님께서 반대하지 않았기에 가능했던 겁니다. 그분들은 현재의 가진 것보다 미래의 가능성을 보고 지아비와 사위를 결정하셨던 겁니다."

"아주 교훈적인 이야기였소!"

"무슨 교훈까지야… 어쨌거나 그 인연이 있은 덕분에 저도 유명세를 탔고, 명문가의 자제들을 맺어주는 중매쟁이가 되는 되었지요."

"한데 단지 그 인연 때문에 승상 부인 댁에서 당신을 보호해 줄 것이라 생각합니까? 승상 부인 댁이 그리 한가할 리도 없고, 아주 오래전 일 아니오?"

"그 인연 덕분에 승상의 자제 분들과 부인 댁의 형제들까지 모두 제가 중매를 섰습니다."

"호~ 그렇다면 이야기가 달라지지요."

"그런데 말입니다!"

갑자기 매파의 음성이 격양되었다.

"제갈세가에서 저를 부르더니 자신의 딸과 승상 댁의 손자 분과 혼사를 맺으라 강압하지 뭡니까? 제가 이를 거부하고 다른 곳을 소개시켜 주겠다고 하자 이런 사단이 나게 된 겁니다."

"이런 제기랄!"

수검은 극도로 흥분된 반응을 보였다. 이에 먼저 격양된 반응을 보였던 매파가 수검을 달래는 처지가 되었다.

"그리 울분을 느끼실 필요는 없습니다. 제갈가주는 혼인으로 얻어진 권세에 대한 단맛을 톡톡히 본 자입니다. 이번에는 자신의 딸을 이용해 그 권세를 더욱 공고히 하려는 수작이지요. 그리고 요즘은 혼인으로 한몫 잡으려는 사람들이 엄청 늘었으니 그냥 그러려니 하고 편하게 생각하심이……."

"그게 아니라 말이오."

수검은 뚱한 얼굴로 대꾸했다. 도대체 무슨 소리를 하고 있느냐는 표정이었다.

"하면 왜 그리 흥분을……."

"제갈가주, 그놈 말이오! 나이는 우리 황 대장님과 비슷한 것 같은데 벌써 사위를 얻는 것 아니오? 세상에 이리 불공평한 경우가 또 어디 있느냔 말이오! 누구는 그 나이에 벌써 사위를 얻고 누구는 아직도 총각이고. 우리 황 대장님이 그놈보다 못한 게 어디 있다고……."

어처구니없는 울분을 터뜨리던 수검이 획 고개를 돌려 황조령을 바라보았다.

"무림맹에 계실 때 대체 무엇을 했습니까? 그때 좋다고 따라다니는 여자와 혼인만 했다면, 지금쯤 그놈처럼 사위나 며느리를……."

딱!

여지없이 응징을 가하는 황조령이었다. 수검이 황당한 소리를 할 때마다 장난스럽게 맨손이나 진심장을 사용하곤 했는데, 이번에는 그 강도가 달랐다.

"크악! 진짜 아프다……."

벅벅벅벅.

오만상을 찌푸린 수검은 거칠게 머리를 매만졌다. 너무하지 않으냐는 반응이었지만 황조령은 꿈적도 하지 않았다.

"이놈아, 아픈 것도 진짜가 있고 가짜가 있더냐? 농을 해도 분위기를 봐서 해야 할 것 아니더냐."

"아무리 그래도 이번 것은 너무 심하셨습니다. 정말 제대로 맞았습니다요."

"정신 차리라는 의미다. 마차를 세우고, 손님 맞을 차비를 하여라."

"……!"

수검이 머리를 매만지던 손을 멈췄다.

마차가 이동하는 진행 방향, 대규모의 인원이 몰려오는 기척을 감지할 수 있었다.

"황 대장님, 엄청난 숫자 같은데요?"

"숫자가 뭐 그리 대수더냐. 어느 정도의 실력을 가진 놈들인가가 문제지."

황조령이 마차에서 내렸다. 곧이어 마찬 옆에 걸터앉아 있던 백화선도 사뿐히 뛰어내렸다.

"형부가 누군지 알고도 덤비려하다니, 이런 경우에는 두 부류 중에 하나지요. 형부를 꺾고 명성을 얻으려는 엄청난 실력자거나, 돈만 주면 무엇이든 하는 허섭스레기이거나."

황조령 또한 비슷한 생각이었다. 전자일 가능성이 있기에 마차에서 내려선 것이다.

얼만 지나지 않아 넓은 대로를 점령하고 다가오는 행렬이 보였다. 각종 병장기로 무장한 상태였고 그 숫자는 제갈세가에 상대했던 사병들보다 많았다.

황조령 일행을 발견하고 그들도 행렬을 멈췄다. 곧바로 우두머리로 보이는 거한이 육중한 철퇴를 들고 다가왔다.

"어떤 놈이 무적신검 황 대장이란 놈이냐!"

천둥처럼 쩌렁쩌렁한 음성이었다. 그 순간 황조령은 마차에 도로 올랐다.

"적당히 처리하여라."

"알겠습니다."

재고의 여지가 없었다. 별 볼일 없는 실력에 돈만 주면 무엇이든 하는 무리였던 것이다.

"도와줄까?"

수검은 백화선의 도움을 거절하지 않았다.

"그러면야 감사하지요."

백화선이 나서자마자 그들의 관심사가 바뀌었다.

"이게 웬 떡이야?"

그들은 백화선의 환상적인 외모에 완전히 넋을 잃었다. 누구를 잡으러 이곳에 왔는지 목적조차 상실했다. 몇 사람만 처치하면 천하의 미녀를 가질 수 있다는 생각뿐이었다.

"저 여자는 잡는 사람이 임자다!"

"우와아아~!"

놈들이 돈 다음으로 밝히는 게 여자였다. 누군가의 외침 소리와 함께 놈들은 혈안이 되어 백화선에게 달려들었다.

"호호호호, 나 잡아봐라~"

이에 화답이라도 하듯 백화선은 묘한 콧소리를 내며 수풀 속으로 도망쳤다. 그 환상적인 뒤태에 놈들은 더욱더 흥분하여 난리였다.

"우와아아아~"

백화선에 홀린 놈들은 모두 숲속으로 사라졌다. 엄청나게 북적거렸던 대로에는 백화선이 빠진 황조령 일행만 남게 되었다.

"뭐냐?"

수검은 어이없다는 반응을 보였다. 이리 어처구니없는 경우는 강호출도 이후 처음이었다. 아마도 놈들은 백화선부터 잡고 나머지를 처리해도 늦지 않는다는 생각인 모양이었다. 아니면 정말로 백화선에게 홀렸을 수도 있었다.

잠시 후, 단체로 발정 난 개떼처럼 우르르 몰려간 숲속에선 처참한 비명이 울려 퍼졌다.

"크악~!"

"끄아아악~!"

구미호에 홀린 사내들의 말로가 이러할 것이다. 수검은 일말의 동정심이 느껴지는지 천천히 고개를 가로저었다. 전설의 구미호보다 더 무섭고 악랄하다는 소문난 여인이 바로 무림소마녀 백화선이었던 것이다.

　　　　　*　　　*　　　*

제갈세가의 별채.

침대에 누워 있던 조참이 천천히 눈을 떴다.

순간, 확 얼굴을 들이밀며 반색하는 이가 있었다.

"드디어 정신을 차린 것이냐!"
진심으로 반색하고 있는 제갈성천이었다.
"가주님……."
"그래, 몸은 좀 어떠하냐?"
"그보다… 황 대장은 어찌 되었습니까?"
"지금 추격하고 있는 중이다. 내 그놈과는 반드시 사생결단을 낼 것이야."
조참은 혼미한 기운이 남아 있는지 잠시 정신을 추스른 다음 입을 열었다.
"제가 쓰러지고 얼마나 지났습니까?"
"나흘이 지났다. 황 대장과 같이 있던 계집년이 독을 쓴 모양이다. 어찌나 복잡한 독인지 강남 최고의 의원도 혀를 내두를 정도였다. 그래도 다행이지 않으냐? 영영 깨어나지 못할 수도 있다고 했는데 말이다."
조참은 제갈성천의 듣는 둥 마는 둥했다. 그의 말이 끝나기를 기다렸다가 물었다.
"나흘이 지났는데 아직도 추격 중입니까?"
"임 책사에게 이번 일을 맡겼는데 역부족인 모양이다. 실력이 있는 놈들은 무적신검 황 대장이란 말만 듣고도 손사래를 치고, 하겠다고 하는 놈들은 실력이 미천하니 말이다."
"아무런 소득도 없는 것이지요. 그들은 체력이 약한 노파와 함께 움직여야 합니다. 추격을 당하는 입장에서는 커다란 짐이지요. 실력이 미천한 놈들이었다고 해도 황 대장의 호위무사나 독을 쓰는 여인에게 부상을 입혔다는 등의 자그만 성과는 있을 것 아닙니까?"

제갈성천은 한숨을 내쉬며 대답했다.

"나도 답답해 미칠 지경이다. 그리 많은 돈을 썼는데도 아무런 성과도 없었다. 놈들은 나를 비웃듯이 유유자적하게 낙양으로 향하는 중이다."

"지, 지금 낙양이라 하셨습니까?"

조참은 다급한 음성으로 반문했다.

"보고에 의하면 그렇다고 한다. 한데, 안 좋은 것이냐?"

"길한 징조는 아닙니다. 매파는 승상 부인의 본가에 몸을 의탁할 모양입니다."

"푸하하하하, 그건 염려할 것 없다. 그분들은 매파 따위에게 신경 쓰실 정도로 한가하지 않다."

"하오나……"

조참은 뭐라 말을 하려다 입을 다물었다. 제갈성천의 생각이 옳다는 반응은 아니다. 더 이상 말해봤자 소용없음을 간파한 것이다.

"너는 다른 것엔 신경 쓸 필요없다. 어찌하면 황 대장을 잡을 수 있을지만 생각하여라."

"알겠습니다, 가주님."

"그리고 나 또한 네가 깨어날 때까지 기다리기만 한 것은 아니다. 여러 경로를 통해 도움을 청해둔 상태다."

"어디다 도움을 청하셨단 말입니까?"

"무림맹이다."

"예?"

조참은 당황함을 넘어 황당하다는 반응이었다.

"현 강호의 최고 세력이 무림맹 아니더냐? 게다가 무림맹주인 자경 부인은 후궁이신 팔촌 누님과도 인연이 깊은 분이고……."

조참은 답답함을 참지 못하고 중간에 말을 끊는 무례까지 범했다.

"자경 부인은 황 대장과 각별한 사이입니다. 세상이 두 쪽 나도 황 대장을 해칠 일에 도움을 주지 않을 겁니다. 외려 가주님을 만류하려 들 것이 분명합니다."

"내가 그 정도로 생각이 없겠느냐? 내가 도움을 청한 쪽은 여주승이다. 그가 무림맹의 실권을 휘두르고 있으며 황 대장과는 앙숙이라도 들었다. 덧붙여 말하면 나처럼 황실과도 인연이 있고……."

"더더욱 아니 될 일입니다!"

조참은 번쩍 머리까지 들고 격양된 반응을 보였다. 그리고는 이내 베개 위로 머리를 떨어뜨리며 거칠게 숨을 몰아쉬었다. 아직 완전히 회복하지 못한 상태에서 무리를 한 것이다.

"왜 그리 흥분하는 것이냐? 내가 실수라도 한 것이냐?"

정상적인 호흡은 찾은 조참이 차분한 음성으로 대답했다.

"여주승은 황 대장보다 더 위험한 자입니다. 혹을 떼려다 되레 더 붙이는 경우가 벌어질 수도 있습니다. 최대한 멀리하고 경계하야 할 인물이 바로 여주승입니다."

"하면 어찌해야 한단 말이냐? 황 대장만 한 고수는 무림맹 밖에 없지 않으냐?"

"실력도 있고 돈을 위해서라면 무슨 짓이든 하는 인물을 찾아야 합니다."

"그런 사람이 있겠느냐? 대부분은 황 대장이란 말만 들어도 식겁하기 일쑤던데?"

"강호는 넓은 세상입니다. 구석구석 찾아보면… 분명 마땅한 인물이 나타날 겁니다……."

힘들게 말을 마친 조참은 잠에 빠져들었다. 혼수상태에서 깨어나자마자 너무 무리한 탓이다. 제갈성천은 조참을 깨우지 않았다. 그가 말을 꺼냈다면 이미 점해둔 인물이나 집단이 있다는 의미였기 때문이다.

\* \* \*

황조령 일행의 행보는 제갈세가의 추격에서 벗어나는 것이 아니라 더위를 피해서 놀러 다니는 피서에 가까웠다.

제갈세가에서 보내는 추격자들은 안중에도 없었다. 밤에는 잠 잘 것 다 자고, 아침에 일어나 조금 걷는 속도를 높이는가 싶다가, 햇볕이 따가운 오후가 되면 시원한 물과 그늘이 있는 곳으로 찾아들어 가 휴식을 취했다.

"형부, 우리 정말 쫓기는 거 맞아요?"

차가운 계곡물에 발을 담그고 있은 백화선이 물었다. 피서나 다름없는 여정이 싫지는 않지만 조금은 걱정이 되는 모양이었다.

"쫓는 자와 쫓기는 자, 어느 쪽이 더 힘들 것 같으냐? 똑같은 장소, 똑같은 거리를 이동하지만 쫓기는 입장이 더욱 힘들게 느껴진다. 이는 서둘러 도망쳐야 한다는 압박감에 잠도 못 자고, 먹을 것도 못 먹고, 쉬어야 할 때 제대로 쉬지도 못하기 때문이다. 우리야 어차피 속력을 내어 도망치지 못하는 상황이지 않으냐? 최상의 몸 상태를 유지하며 추격대와 맞서는 것이 지금으로서는 최선이다."

"뭐, 형부가 알아서 하겠지요."

백화선이 잠시 멈췄던 물장구를 다시 치려던 그때, 깊은 곳에서 낚시를 하고 있던 수검의 음성이 들려왔다.

"아싸! 대박입니다!"

대나무 낚싯대가 활처럼 휘었다. 그 두꺼운 낚싯대가 팽팽히 휘어질 정도라면 엄청 크고 힘이 좋은 놈이었다. 물론 힘에서야 천하장사인 수검이 훨씬 앞섰지만 마구잡이로 당겼다가는 줄이 끊어질 수도 있었다. 기술이 필요했다. 일단은 밀고 당기면서 물고기의 힘을 빼놓고, 결정적인 순간 낚싯대를 확 잡아당겼다.

펄떡~!

거친 물보라와 함께 어른 팔뚝만 한 물고기가 물 밖으로 튀어 올랐다.

"엄청난 월척입니다~!"

수검을 잽싸게 허공에서 펄떡거리는 물고기를 양손으로 잡아챘다. 엄청 힘이 좋은 놈이었지만 수검의 손에서는 꼼짝 마라였다.

곧바로 수검이 매파를 향해 뛰어갔다.

"물, 물, 물, 물은 다 끓여놨지요!"

"예, 물론이지요."

매파는 나뭇가지를 모아 솥단지에 물을 끓이고 있었다.

"뚜껑, 뚜껑, 뚜껑!"

물고기를 품에 안은 수검이 뛰어오자 매파는 재빨리 뚜껑을 열었다.

화악~

하얀 수증기가 진하게 피어올랐다. 알맞게 물이 끓었다는 것이다.

첨벙~!

수검은 지체없이 잡아온 물고기를 솥 안에 넣었다. 그리고 매파는 물고기가 뛰어오르지 못하도록 잽싸게 뚜껑을 닫았다. 한두 번 해본 솜씨가 아닌지 호흡이 척척 맞았다. 이제는 물고기가 푹 익길 기다리는 일만 남았다.

잠시 후, 푸짐한 점심상이 차려졌다.

수검이 솜씨를 발휘했으니 맛은 보장된 것이나 진배없었다. 도란도란 둘러앉은 황조령과 매파, 백화선은 수검이 어죽(魚粥)을 떠주기를 기다리고 있었다.

"이것은 우리 황 대장님 거."

역시나 제일 맛있는 부분은 황조령의 몫이었다. 이에 대해 불만을 갖는 사람은 없었다.

"이것은 우리 아가씨 거⋯⋯."

가장 달라진 것은 백화선에게 돌아가는 몫이었다. 예전에는 맛없고 먹기 힘든 부분만 골라 줬었다. 그러나 이제는 황조령에 버금갈 만큼 푸짐하고 맛있는 부분이 배분되었다. 수검과 백화선이 손을 잡고 난 뒤 일어난 변화였다.

매파의 몫은 따로 없었다. 수검은 솥단지를 매파 앞에 내려놓았다.

"자, 먹읍시다."

"잘 먹겠습니다."

둘은 솥째로 어죽을 떠먹었다. 화기애애한 분위기의 식사는 정말 피서를 온 것이나 다름없었는데, 그때였다.

"까아아악~!"

첨벙~!

젊은 여자의 비명과 무언가 물에 빠지는 소리가 연이어 들렸다.

"이건 뭐여?"

제일 먼저 수검이 반응했다. 벌떡 몸을 일으킨 수검은 소리가 들려온 곳으로 뛰어갔다. 월척을 잡았던 곳과 얼마 떨어지지 않은 부근에서 허우적거리는 여인이 있었다.

"어푸, 어푸~"

작은 폭포가 있는 절벽 위에서 떨어진 모양이었다.

"조금만 기다리시오!"

풍덩~!

수검은 황급히 물속으로 뛰어들었다. 그리고는 힘차게 헤엄쳐 다가가 그녀를 물 밖으로 끌어내는데 성공했다.

"이, 이것도 월척인가!"

정신없이 구해줄 때는 몰랐는데, 꺼내고 나니 상당한 미녀였다. 게다가 젖은 옷은 몸에 착 달라붙어 매끈한 곡선이 적나라하게 드러났다.

꿀꺽.

수검은 자신도 모르게 마른침까지 삼켰다. 그리고는 이래서는 안 되지 하며 고개를 세차게 흔드는 그때였다.

"수검아, 괜찮은 것이냐?"

황조령이 급히 다가오며 물었다. 갑작스런 사고에 화기애애한 식사가 중단되고 말았던 것이다.

수검은 물에 빠진 여인의 상태를 살펴보고 대답했다.

"물은 좀 많이 먹었지만 괜찮은 것 같습니다."

"다행이구나. 어서 몸부터 덮어주거라."

황조령 역시 옷이 젖어 몸매가 드러나는 상황이 신경 쓰였다. 수검이 마차에서 가져온 요를 덮어주자 그제야 다시 고개를 돌렸다.

"젊은 여인 같은데 이게 어찌 된 일이냐?"

"저도 잘 모르겠습니다. 제가 달려왔을 땐 저기서 벌써 허우

적거리고 있었습니다. 아무래도 저 위에서 떨어진 듯싶습니다."

황조령은 수검이 가리키는 절벽을 바라보았다.

"으음?"

의아한듯 고개를 갸웃하는 황조령이었다. 그리 높지는 않았지만 산세가 무척 험했다. 젊은 처녀가 혼자서 오를 만한 곳이 아니었던 것이다.

곧이어 백화선과 매파도 달려왔다.

"무슨 일이냐? 점박… 아니, 수검아."

"보시다시피지요."

수검은 물에 빠졌던 여인을 가볍게 턱짓했다. 부연 설명은 따로 하지 않았다. 무서울 정도로 눈치가 빠른 그녀인지라 말을 하지 않아도 알 것이라는 판단이었다.

"호호호, 이번에는 사람을 잡은 것이냐? 그것도 말만 한 젊은 처녀를?"

백화선은 장난스럽게 대꾸했고 수검도 이에 화답했다.

"헤헤, 운이 좋았다고 할 수 있지요. 마침 잘되었습니다. 저 여자가 깨어날 때까지 좀 돌봐주십시오. 젖은 옷도 갈아 입혀야 하니 남자보다는 여자가 낫겠지요."

"걱정 말아라."

예전 같으면 상상도 할 수 없는 상황이었다. 백화선에게 젊은 처녀를 부탁할 리 만무했고, 그녀 또한 이를 흔쾌히 수락할 가능성은 없었다. 둘이 화합하면서 얻어지는 이득은 생각보다 많았던 것이다.

"정말 잘 보살펴 줘야 합니다."

"여부가 있겠느냐."

수검은 재차 다짐을 받고 자리를 떴다.

그리고 잠시 후, 기운을 차린 여인이 백화선과 함께 다가왔다. 기척이 느껴져 생각없이 고개를 돌렸던 수검의 입에선 비명이 터졌다.

"크윽, 또 심장이……."

정말 아름다운 여인을 보았을 때 나오는 반응이었다.

"내 옷을 빌려줬는데, 잘 어울리는 것 같으냐?"

끄덕끄덕.

수검은 바보처럼 고개를 끄덕였다. 외모를 제일 먼저 따지는 수검의 기준에 일단은 합격이었다. 황조령에게 빨리 보여주고 싶었지만 잠시 자리를 비웠다. 그러나 호랑이도 제 말하면 오는 상황은 강호에서 더욱 잘 맞아떨어졌다.

주위를 가볍게 산책하던 황조령이 절룩거리며 걸어왔다.

"깨어난 것이냐?"

"네! 그렇습니다~"

수검은 황급히 달려가 황조령을 부축했다. 엄청난 미녀를 조금이라도 빨리 보여주고 싶은 것이다. 그러나 숨 막히는 반응을 보였던 수검과 달리 황조령은 담담했다.

"괜찮은 것이오?"

"예, 구해주셔서 감사합니다."

다소곳한 목소리 또한 맑고 깨끗했다. 은쟁반에 옥구슬이 굴러가는 소리가 바로 이러할 것이었다.
"난 아무것도 한 일이 없소. 감사하려면 옆에 있는 수검이에게 하시오."
그녀가 고개를 돌리자 수검이 손사래를 쳤다.
"아닙니다, 아닙니다. 모든 공은 황 대장님께 있습니다. 저에게 고마워할 필요는 없습니다."
"그럼 두 분 모두께 감사를 드립니다. 이렇게 고운 옷을 빌려주신 아가씨와 여러모로 보살펴 주신 인상 좋은 할머니께도요."
그녀는 황조령과 수검은 물론 백화선과 매파에게도 고마움을 표했다. 수검은 점점 더 그녀가 마음에 들었다. 어정쩡한 분위기가 될 수 있는 것을 재치있게 넘긴 것이다. 본격적으로 신상 조사에 들어갈 찰나 황조령에게 선수를 빼앗겼다.
"어쩌다가 물에 빠진 것이오?"
"……"
그녀는 곧바로 대답을 못하고 머뭇거렸다.
"괜찮으니 말해보시오. 연약한 여자의 몸으로 홀로 험한 계곡을 올랐다가 물속으로 뛰어내릴 리는 없지 않소. 보아하니 수영도 못하는 것 같은데 말이오."
"사실대로 말씀드리면……."
어렵사리 입을 연 그녀가 절벽에서 떨어진 이유를 밝혔다.
"쫓기는 중입니다. 그들을 피해 계곡에 올랐다가 발을 헛디 더 떨어지고 말았습니다. 모든 것이 끝장이라 생각했는데, 이리 큰 도움을 주셔서 뭐라고 감사를 드려야 할지……."

황조령이 고개를 끄덕였다. 그녀가 왜 산속으로 들어왔고, 절벽에서 떨어졌는지 대충 설명이 된 것이다.

"우선은 편히 쉬시오. 그대를 쫓는 무리는 우리가 막아줄 것이오."

황조령는 피곤한 기색이 역력한 그녀를 편히 쉴 수 있게 배했건만 수검이 막아섰다.

"잠깐만요! 동병상련의 처지인 것 같은데… 이름이?"
"중경이 고향인 유시연(柳時然)이라 합니다."
"시연 낭자, 아주 좋은 이름입니다. 한데 방년 나이는……."
"예? 오, 올해… 스물셋 되었습니다."
"당연히 아직 혼례는……."
딱!
"크악, 이번에도 진짜 아프다."
수검을 응징한 황조령이 유시연을 바라보았다.
"어서 가 쉬시오."
"감사합니다. 그런데 소녀를 쫓는 무리는 끈질기고 잔혹하기로 정평이 나 있다고 합니다. 저의 목숨을 구해주신 은인들께……."
"상관없소."
황조령은 유시연의 말을 끊었다.
"우리 또한 쫓기는 처지지만 어찌 더 어려운 사람을 외면할 수 있겠소. 그리고 낭자를 쫓는 무리가 어떤 놈들인지 모르겠지만 절대 우리를 어찌하진 못할 것이오."

"그리 말씀해 주시니 정말 안심이 됩니다."

수검은 끼어들지 않고 지켜보았다. 예상보다 괜찮은 분위기였기 때문이다.

"이만 물러가겠습니다."

"그러시오. 화선아, 시연 낭자를 잘 보호해 드려라."

"맡겨주세요, 형부."

백화선은 흔쾌히 유시연을 데리고 사라졌다. 수검에게도 이미 그런 부탁을 받은 상태였던 것이다.


칠흑처럼 어두운 밤.

황조령 일행은 계곡 근처에서 야영을 했다. 안정이 필요한 유시연 때문에 황조령이 그리 결정하였다.

찌르륵, 찌르륵.

졸졸졸……

고요한 계곡에는 풀벌레의 울음과 계곡물 흐르는 소리만이 은은히 울려 퍼졌다. 그 누구도 쫓긴다는 불안감 없이 평화롭게 잠들어 있는 그때였다.

바스락.

마른 나뭇가지를 밟는 인기척이 들렸다. 자그만 소리인지라 아무도 눈치채지 못했다. 아니면 모두가 피곤하여 알아채지 못했을 가능성도 있었다.

바스락, 바스락······.
수상한 발걸음은 여인들이 잠들어 있는 곳으로 향했다. 희미한 달빛이 구름 속에 갇히는 순간을 노린 것이다. 한 치 앞도 분간할 수 없는 캄캄한 밤이었지만 정체를 알 수 없는 자의 움직임은 신속하고 정확했다. 검은 옷에 검은 두건까지 쓰고 있어 은신 또한 확실했다.
복면인 곤히 잠들어 있는 유시연의 머리맡에 멈춰 섰다. 그리고는 곧바로 품속에서 뭔가를 꺼냈다.
번쩍.
깜깜한 어둠 속에서도 빛을 발할 정도로 날카로운 단검이었다. 복면인은 지체없이 번쩍 치켜든 단검을 내리꽂았다.
퍽!
그러나 복면인의 서슬 퍼런 단검은 맨땅에 박혔다. 유시연이 놀랄 만한 순발력으로 이를 피해낸 것이다.
"누구냐?"
싸늘한 표정의 유시연이 복면인에게 물었다. 기습을 당한 상황에 맞지 않게 아주 작은 음성이었다.
파팟.
복면인은 아무런 대꾸 없이 다시 공격을 감행했다. 민첩한 동작으로 거리를 좁히면서 손에 쥔 단검을 휘둘렀다.
텁!
그러나 이번에도 복면인의 공격은 실패했다. 유신연은 단검을 쥔 복면인의 손목을 낚아채며 말했다.

"대체 뭐 하는 것이냐? 목표가 틀렸단 말이다."

그때서야 복면인은 공격을 멈추고 뒤로 물러섰다. 재빨리 주위를 살펴본 유시연이 물었다.

"어느 소속이며, 누가 보낸 것이냐?"

복면인은 대답 대신 얼굴을 가린 복면을 벗어 던졌다.

화악.

찰랑~

복면을 벗음과 동시에 출렁이는 머릿결이 쏟아졌다. 곧이어 구름 속에 가려졌던 초승달이 나타나면서 어렴풋이 얼굴을 확인할 수 있었다.

"너, 너는!"

유시연은 크게 당황했다. 그녀를 공격했던 사람이 다름 아닌 백화선이었던 것이다.

"어떤 목표가 틀렸을까나?"

"마, 말도 안 돼… 너는 분명 내 옆에 잠들어……!"

백화선이 잠들어 있어야 할 자리에는 덩그러니 이불만 남아 있었다. 유시연이 경악을 금치 못하는 이유는 백화선이 빠져나가는 것을 전혀 인식하지 못했기 때문이었다.

어찌할 줄 모르는 유시연과 달리 백화선은 여유가 넘쳤다.

"우리 목소리 좀 낮출까? 형부나 수검이 깨어났다가는 너는 곧바로 끽!"

괜한 위협이 아니다. 혼자인 백화선도 상대하기 벅차다는 느낌이었다. 거기에 수검과 황조령까지 합세했다가는 정말로 죽은 목숨이나 다름없었다.
"우선은 내 질문에 대답 좀 해야겠어. 정체가 뭐지?"
"······."
"뻔한 사실에 입 다물 필요는 없잖아. 좀 전에 목표가 잘못 됐다고 했으니 우리를 노리는 자객이겠지. 그러면 누가 보냈는지도 뻔하고. 내가 정말 궁금한 것은 그쪽이 소속된 자객단의 이름이야. 어느 간덩이가 부은 곳에서 무적신검 황 대장을 암살하라는 의뢰를 받아들였는지 궁금해 죽겠거든?"
잠시 고민하는 빛을 보이던 유시연이 입을 열었다.
"좋다. 원하는 질문에 사실대로 대답을 해주겠다. 대신 나도 궁금한 것이 있으니 그쪽도 대답해 주는 조건이다. 질문은 번갈아 가며 한 번씩."
"오호, 이 상황에서 거래를 하시겠다? 그래, 나야 손해날 것도 없으니까. 우선은 그쪽부터 대답을?"
"나는 흑룡방 소속의 자객이다. 별칭은 흑거미. 무적신검 황 대장과 그의 일당들을 처리하는 임무를 받았다. 답이 되었나?"
백화선은 고개를 끄덕였다. 다음은 유시연 차례였다.
"내가 자객인 건 어떻게 알았지?"
"에이~ 너무 쉬운 질문이잖아. 척 보는 순간 의심이 갔지. 추격자를 피해 절벽에서 떨어지고, 마침 그때 우리가 있었기에 구해주고. 상황이 너무도 절묘하잖아? 그쪽이 생각해도 너무 진부한 접근법 아닌가?"

"내가 자객인 것은 황 대장도 알고 있나?"
"아니지, 아니지. 이번에는 내가 질문할 차례야."
단호히 고개를 흔든 백화선이 물었다.
"흑룡방에 대한 소문은 나도 좀 알고 있지. 요사이 두각을 나타내고 있는 자객 단체로 금액만 맞으면 염라대왕도 암살할 수 있다고 하지. 지금껏 단 한 번의 실패도 없었다는데, 맞나?"
"맞다. 이번에는 내 차롄가?"
질문에 비해 너무도 짧은 대답이었다. 백화선은 괜히 손해 보는 느낌이었지만 어쩔 수 없었다.
"아까 했던 질문이야. 내가 자객인 것은 황 대장도 알고 있나?"
"의심은 크지만 아직 확신하진 못한 상태라고나 할까? 오후에 나보고 그쪽을 잘 보호해 주라고 했잖아? 그쪽을 쫓는 무리로부터 보호하라는 게 아니었어. 수상한 기미가 보이면 즉각 보고하라는 임무를 주더라고. 무림지존까지 올랐던 사람을 만만히 보면 안 된단 말이지. 이젠 내 차례?"
유시연은 고개를 끄덕이며 백화선의 질문에 대비했다.
"이름은 유시연, 올해 나이 스물셋이라고 했는데… 혼인은 했나?"
"……."
순간 유시연은 말문이 막혔다. 현재의 상황과는 너무도 동떨어진 질문이었고, 수검이 하려다 황조령에게 제지당한 것이기 때문이었다.

"뭐 해? 빨리 대답해야지?"

"혼사 따위는 생각해 본 적도 없다. 매파를 데려다 주는 최종 목적지는 어디지?"

"낙양. 따로 만나는 남자는?"

"없다. 황 대장의 다리는 정말 불편한 것인가?"

"물론, 그렇다고 얕잡아봤다는 큰 코 다칠 거야. 부모님은 무고하시나?"

"천애고아다. 흑룡방주님이 나를 키워주셨지. 수검이란 자의 무공 실력은?"

"측정불가. 고수의 반열에 오른 것만은 확실하지. 혼인을 할 때는 흑룡방주의 허락이 있어야 하나?"

"......"

결국 유시연은 대답을 포기하고 백화선을 노려보았다.

"지금 뭐 하는 짓이지?"

"뭐가?"

"나에 대해 왜 그리 궁금한 거냐고?"

백화선은 묘한 웃음을 지으며 대답했다.

"너무 기분 나빠하지 마. 다 그쪽을 위한 거니까."

"......?"

"우리 형부… 아니, 황 대장님을 어떻게 생각해? 진짜 사내다운 모습이 마음에 들지 않아?"

"지, 지, 지금 무슨 소리를 하는 거지?"

유시연은 당황한 음성으로 반문했다. 백화선의 의도가 심히 불손(?)했기 때문이었다.
"왜, 마음에 안 들어? 나는 둘이 잘됐으면 하는 바람인데?"
"지금 제정신이야? 형부를 나에게 소개시켜 주겠다고?"
"정확히 말하면 형부 될 사람이야. 혼사가 확실히 결정된 것도 아니니까, 너무 부담 갖지 마."
"허!"
유시연은 기가 차다는 반응을 보였다. 아무리 콩가루 집안이라도 이건 아니라는 생각이었다. 그러나 백시연은 무서울 정도로 집요했다.
"솔직히 말해봐, 형부에게 조금 끌리지 않아?"
"황 대장은 제거의 대상일 뿐이다."
"그러다 정드는 경우도 많잖아? 암살의 대상을 사랑한 여자 자객. 남자 또한 그녀가 자신을 죽이려는 자객임을 알면서도 사랑에 빠지게 되지. 결국 둘은 자객단을 피해 사랑의 도피를 한다는 식의 이야기도 있던데."
"우리 흑룡방엔 그런 자객은 없다!"
"그리 화내지 말고 진지하게 생각해 보는 게 좋을 거야?"
"뭐라고?"
백화선의 태도가 위협적으로 변했다.
"형부에게 관심이 없다면 살려둘 이유가 없거든. 만약 내 뜻에 따른다면 그쪽은 자객이 아니라고 형부에게 말할 거야. 그러면 충실히 자객의 임무도 수행할 수 있잖아."
"이건 도대체……."

"참고로 도망칠 생각은 아예 포기하는 게 좋을 거야. 내가 그쪽에게 독을 써놨거든. 손톱 끝이 붉게 변하는 게 그 증거야. 특이하게도 낮보다 밤에 더 잘 보이지."

"……!"

자신의 손을 살펴본 유시연은 깜짝 놀랐다. 정말 손톱 밑에 붉은빛이 감돌았던 것이다.

"자, 이제 선택해 보실까? 우리 형부와 잘해볼 테냐, 아니면 비참히 죽어 처녀 귀신이 될 것이냐."

유시연에겐 선택의 여지가 없었다.

"도대체 뭐가 뭔지 모르겠지만 살아남는 게 중요하겠지."

"아주 현명한 선택이야."

"한 가지 확인할 게 있는데… 내 임무는 계속 수행해도 되는 거지?"

"물론, 우리 형부와 사랑에 빠지든 죽여 버리든 상관없어. 어느 쪽이든 목숨 걸고 잘해보라고."

"아직도 뭐가 뭔지……."

이로써 한 명이 또 늘어난 황조령 일행은 더욱더 복잡한 관계가 형성되었다.

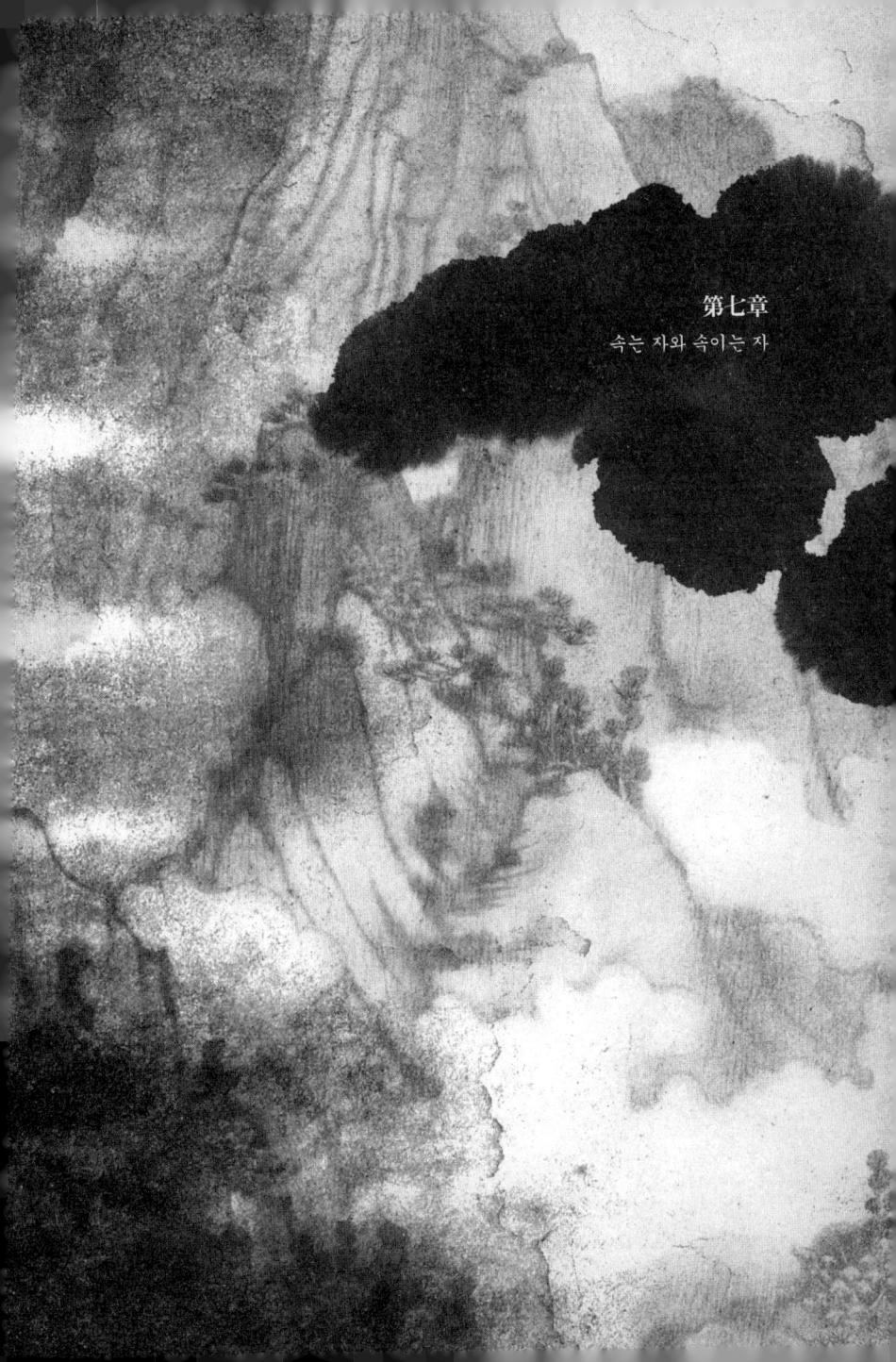

# 第七章
속는 자와 속이는 자

흑룡방의 최고 자객 유시연.

황조령과 나란히 마차 위에 앉아 있는 그녀의 마음은 혼란 그 자체였다.

'세상에 자신의 형부를 딴 여자에게 사귀어라 협박하는 인간이 있을 줄이야……'

그뿐만이 아니었다. 황조령의 최측근이자 호위무사인 수검의 견제가 있을 줄 알았는데 이 또한 빗나갔다. 수검 또한 황조령과 유시연이 잘되기를 적극 지지하는 모습이었다.

유시연과 황조령이 나란히 마차를 타고 가는 상황 또한 그들의 합작품이었다. 백화선은 기꺼이 자신의 지정석을 양보했고, 수검은 난색을 표하는 황조령을 설득했다. 게다가 매파는 두 분이 참 잘 어울린다는 농을 던져 백화선과 수검을 기쁘게 했다.
'다들 제정신이 아니야. 특히나 저 둘!'
유시연은 작당모의 하듯 수군거리며 걷는 수검과 백화선의 뒷모습을 노려보았다. 뒤통수가 따가움을 느꼈는지 수검이 뒤돌아보았다.
순간, 유시연은 그녀 특유의 미소를 지어 보였다. 웃는 건지 우는 건지 약간 헷갈리는 미소였다. 그녀와 눈이 마주친 수검은 바보 같은 웃음을 지으며 고개를 돌렸다.
'무서울 정도로 감이 좋은 놈이다!'
유시연은 내심 안도의 한숨을 내쉬었다. 자신도 모르게 드러냈던 미미한 살기를 수검이 느낀 것이기 때문이었다.
곧이어 백화선도 고개를 돌렸다. 그리고는 가볍게 눈을 찡긋했다. 호의적인 뜻이 아님을 유시연은 직감할 수 있었다. 그렇게 아무 말 없이 있지 말고 적극적으로 황조령에게 공세를 펼치라는 주문이었다. 약점이 잡힌 상태인지라 따르는 시늉이라도 해야 했다.
"황 대장님?"
졸고 있는 듯 앉아 있던 황조령이 눈을 뜨며 대답했다.
"무슨 일이오?"
"궁금한 것이 있습니다."
"말해보시오."
황조령은 최대한 짧게 대답했다.

"수검 무사님이나 화선 동생, 매파 모두 황 대장님이라 부르고, 소녀 역시 그리 칭하고 있는데… 혹시나 모용관을 꺾었던 무적신검 황 대장님이 맞으신지요?"

"맞소."

역시나 짧은 대답이었다.

"정말 그러셨군요. 과묵하고 침착하신 모습이 처음 보는 순간부터 범상치 않다 느꼈습니다."

"이제 과거의 일일 뿐이오. 나도 낭자와 똑같이 쫓기는 신세라오."

"너무 겸손하신 말씀입니다. 천하의 그 누가 황 대장님의 목숨을 노리겠습니까? 황 대장님의 명성만 듣고도 줄행랑을 놓기 바쁠 겁니다."

"강호라는 세상은 그리 만만치 않소. 돈이라면 무슨 짓거리든 하며, 나를 잡고 명성을 얻고 싶어하는 무리가 얼마든지 있을 수 있소."

"그, 그럴 리가요……."

괜히 찔린 유시연이 황조령의 시선을 외면하는 때였다.

"참, 낭자에게 사과할 일이 있소."

갑자기 황조령이 정색을 하며 말했다. 이에 유시연은 의아한 표정이 되었다. 모두가 그녀의 계략이었지만 자신의 목숨도 구해주고 악랄한 추격자로부터 보호해 주는 입장 아닌가. 아무리 생각해도 황조령이 자신에게 미안해할 일 따위는 없었던 것이다.

속는 자와 속이는 자 199

"사과라니요?"
"내 잠시 시연 낭자를 의심했었소."
"……!"
유시연의 눈이 커졌다. 어젯밤 백화선을 통해 들었지만 그래도 뜨끔함을 감출 수 없었다.
"너무도 절묘한 우연이라 제갈세가에서 고용한 자객이 아닌지 했었소. 내 경험상 그런 경우의 열 중 아홉은 의도적으로 접근하려는 것이었기 때문이오."
"예……."
유시연은 놀란 가슴을 쓸어내렸다. 몇 번이나 성공했던 계획이었다. 자기 딴에는 완벽하다 판단했는데 완전히 오판이었다. 다른 목표에는 통했을지는 몰라도 황조령에겐 허점투성이에 불과했던 것이다.
"그러나 화선이에게 물어보고 내가 실수했음을 깨달았소. 그렇지 않아도 힘든 상황일 텐데, 괜한 의심을 하여 미안하오."
"아, 아닙니다. 개의치 마십시오."
피도 눈물도 없는 살수라고 불리는 그녀였다. 목표의 심장에 비수를 꽂아도 일말의 가책도 느끼지 않던 그녀였지만 진심에서 우러나는 황조령의 사과를 듣자 묘한 느낌이 들었다.
이는 그녀의 손에 죽어갔던 인물들의 성품과 무관치 않았다. 그 대부분이 천벌을 받아야 한다고 욕을 먹던 인간망종이었다. 세상의 존경을 받는 목표는 그녀로서도 처음이었던 것이다.

"황 대장님?"

수검이 갑자기 마차를 멈추고 물었다.

"무슨 일이냐?"

"날도 더워지기 시작하는데 잠시 쉬어가지요."

'벌써 쉰단 말인가?'

유시연은 이해를 하지 못했다. 명색이 쫓기는 처지인데 얼마나 이동을 했다고 멈춘단 말인가? 그녀는 황조령이 거절할 것이라 생각했지만 또 틀렸다.

"그러자꾸나. 그늘진 곳이 있는지 찾아보아라."

"예, 알겠습니다."

'이런 말도 안 되는! 그토록 우리 흑룡방이 우습게 보인단 말인가!'

어이없다는 느낌은 이내 호승심으로 변했다. 쫓기고 있다는 긴장감을 눈곱만큼도 찾아 볼 수 없었던 것이다.

세찬 바람이 들이치는 대나무 숲.

쏴아아아, 쏴아아아······.

대나무 잎들이 부딪쳐 내는 소리는 시원하게 파도치는 바닷가에 있는 듯, 그 소리만 들어도 청량감이 느껴질 정도였다.

"설거지는 제가 할 것이니 모두 쉬십시오."

수검은 솥과 밥그릇을 챙겨서 몸을 일으켰다.

"제가 도와드리겠습니다."

매파는 서둘러 수검을 따랐고, 백화선은 그대로 하늘을 향해 벌렁 드러누웠다.

"아~ 바람이 정말 시원하다. 한숨 자도 되겠지요, 형부."

"맘대로 하려무나."

황조령은 성의없이 대답했다. 처음에는 다 큰 처녀가 무슨 짓이냐며 꾸짖기도 했지만 이제는 거의 포기한 반응이었다.

"어머나? 까마귀가 빙글빙글 돌고 있네?"

"……!"

유시연의 눈에 이채가 번뜩였다. 재빨리 주위를 살펴본 그녀는 조용히 몸을 일으켰다.

"어디 가시는 것이오?"

"예? 그, 그게……."

엉거주춤한 상태의 유시연은 곧바로 대답을 못했다. 난감해 하는 그녀를 도와준 것은 백화선이었다.

"형부, 참 눈치없다."

"무슨 소리냐?"

"여자가 아무 말도 없이 조용히 사라지려 한다. 그 이유는 뻔하지 않나요?"

"뭐가 뻔하다는 것이냐?"

"그걸 또 제 입을 말해야 하는 거예요? 오줌 누러 가는 거잖아요, 오줌. 아니면 더 큰 것일 수도 있고."

"……."

"……."

황조령과 유시연의 얼굴이 동시에 붉어졌다. 너무도 민망한 상황이라 서로 어쩔 줄 모르는 모습이었다.
 "시연 언니, 빨리 안 가요? 급한 것 같던데?"
 귀까지 붉어져서 도망치듯 뛰어가는 유시연을 향해 백화선이 소리쳤다.
 "큰 거면 조금 멀리 가요. 내 코가 좀 예민해서요."
 '이런 마귀 같은 년!'
 유시연은 입술을 꽉 깨물었다. 백화선의 손에 놀아나는 듯한 기분을 떨칠 수 없었기 때문이다.
 잠시 후, 유시연은 황조령이 있는 장소에서 꽤나 멀어져 있었다. 정말 큰 것(?) 때문은 아니다. 그녀는 인위적으로 부러진 나뭇가지의 흔적을 따라가는 중이었다.
 대나무 숲이 끝나가는 부근에서 유시연이 멈춰 섰다. 더 이상의 부러진 나뭇가지의 흔적이 없었던 것이다. 누군가를 찾듯 주변을 두리번거리는 그때였다.
 "반갑군, 흑거미."
 유시연은 소리 나는 쪽으로 고개를 돌렸다. 연약한 대나무 가지 위에 서 있는 사내가 있었다. 여인보다도 더 길고 풍성한 머리에 깃털 장식이 된 옷을 입고 있었고, 왼쪽 어깨에는 까마귀도 한 마리 앉아 있었다.
 유시연은 차가운 음성으로 대꾸했다.
 "흑오(黑鳥), 눈에 띄는 짓 하지 말고 내려와라."
 "별로 반갑지 않은 모양이군."

흑오는 겸연쩍은 표정으로 땅에 내려섰다. 그리고는 긴 머리를 양손으로 빗어 올리며 유시연에게 다가왔다.
"오랜만이군, 흑거미."
호의적인 모습을 보이는 흑오의 비해 유시연의 반응은 냉담했다.
"그리 오랜만은 아닐 텐데?"
"그렇게 화사하게 차려입은 모습 말이야. 미인계로 황 대장을 처리할 생각인가?"
"내가 무슨 작전을 쓰든 네놈이 상관할 바 아닐 텐데."
"후후후후, 농이 통하지 않은 건 여전하군."
"농이나 하려고 나를 불렀나? 황 대장 일행의 이목을 속이고 빠져나오는 게 쉬운 일인지 알아?"
"그리 노려보지 말라고. 농이 아니라 방주님의 명을 전달하기 위해 불렀으니까."
"……!"
유시연의 얼굴이 굳어졌다.
흑룡방주가 명을 내렸다는 것은 방파 차원의 대대적인 작전을 개시한다는 의미였다.
"갑자기 왜 그런 명이 내려왔지? 아직 내 작전은 끝난 것이 아닌데? 무사히 일행으로 합류했으니 기회를 봐서……."
"네 실력을 못 믿어서가 아니니까 걱정 말라고. 의뢰인의 독촉이 심한 모양이야. 모든 인원을 투입해서 단번에 끝내야 한다 하시더라고. 그러니까 나까지 여기에 있는 것이지"

"너무 성급한 판단 아니신가? 황 대장은 그리 만만한 상대가 아니야. 무공 수위가 예전보다 떨어질 것이라는 우리의 예상이 틀릴 수도 있다고. 게다가 수검이란 호위무사의 무공 수위는 아직도 판단을 내리지 못했고, 마귀 같은 년의 정체 또한 아직 파악하지 못했다니까?"

"아까도 말했지만 이미 방주님께서 결정하셨다. 너는 그냥 따르기만 하면 되는 거야."

"……."

유시연은 반박을 못했다. 방주의 명령은 절대적이었다. 의문을 갖지 말고 따라야 했던 것이다. 유시연이 수긍하는 모습을 보이자 흑오가 작전을 설명했다.

"여기서 이십 리쯤 떨어진 곳에 구도사(求道寺)란 사찰이 있다. 입구 쪽만 봉쇄하면 빠져나오기 힘든 지형이지. 그곳에서 황 대장과 그의 일당을 처리할 거야."

"그 위험한 곳으로 황 대장이 들어가려 할까? 경치 좋고 시원한 곳에선 무조건 쉬는 듯 보이지만, 아니야. 황 대장 일행이 쉬어가던 곳은 모두 탈출로가 확실한 장소뿐이었어."

"그게 바로 네 임무야. 어떤 수를 쓰든지 황 대장 일행을 구도사로 유인하라는 것이 방주님의 명이다."

결코 쉽지 않은 임무였다. 그러나 방주의 명이 내려진 이상 반드시 이를 수행해야 했다.

"알았으니까, 이제 돌아가라. 내가 너무 지체하면 의심받을 위험이 있어."

곧바로 뒤돌아서는 유시연에게 흑오가 말했다.
"마지막으로 개인적인 충고 하나 하지."
"하지 마."
유시연은 뒤도 돌아보지 않고 대답했다. 흑오가 그동안 했던 충고 중에 도움이 된 것은 없었다. 말도 안 되는 소리만 하여 짜증만 나게 했던 것이다.
"동료로서 걱정이 되어 하는 것이니까, 들어두라고."
"하지 말라고 했다."
유시연의 음성은 한층 낮아졌다. 절대 말하지 말라는 경고였지만 흑오는 이를 무시했다. 그녀가 듣든 말든 충고를 하기 시작했다.
"황 대장에게 너무 마음 주지 않는 게 좋을 거야. 목표에 대한 감정을 배제하는 게 자객의 철칙이잖아. 그러다 결국 너만 상처받게 되는 거라고."
빠직!
유시연의 얼굴이 일그러졌다.
"뭐야, 이놈까지……."
그렇지 않아도 백화선과 수검의 등쌀에 죽을 맛이었다. 여기에 동료라는 놈까지 염장을 지르고 있었다. 그냥 무시하고 싶었지만 발길이 떨어지지 않았다. 이 문제만은 반드시 따지고 넘어가야 했다.
"왜 그런 충고를 하는 거지?"
뒤돌아선 유시연이 최대한 표정 관리를 하며 물었다.

"그걸 몰라서 묻나?"
"모르니까 묻는 거지."
유시연은 폭발 직전이었다. 제대로 설명하지 않으면 가만두지 않을 분위기였다.
"황 대장과 나란히 마차에 앉아 오면서 무척이나 행복해 보이는 것 같던데? 모르는 사람이 보면 부부나 연인 사이인 줄 알겠더라고."
"그만……."
무엇 때문에 그런 오해를 했는지 짐작이 갔다. 그렇다고 백화선에게 약점을 잡힌 사실을 말할 수도 없는 노릇이었다.
"물론 아니라고 부인하고 싶겠지. 그러나 사람의 감정이 뜻대로 되는 건 아니더라고."
"그만하라 했다."
"송충이는 솔잎을 먹어야 한다는 명언도 있잖아. 무림지존에까지 올랐던 황 대장과 네가 어울리기나 하겠냐고. 경험에서 하는 말이니까, 내 충고 똑똑히……."
"그만하라고 했지!"
슈앙~!
짜증이 폭발한 유시연이 암기를 날렸다. 그러나 어느새 흑오는 사라지고, 그가 있던 자리에는 깃털 몇 개만 나부끼고 있었다.

터벅, 터벅…….

유시연은 힘없이 걸었다. 황조령과 자신의 묘한 관계도 그렇고, 새롭게 내려진 방주의 명령 때문에 머리가 터지기 직전이었다. 아무리 머리를 짜내도 황조령 일행을 구도사로 유인할 방도가 떠오르지 않았다.
"얼마나 큰 거였기에 이리도 오래 걸렸지?"
커다란 바위에 기대어 그녀를 기다리고 있던 백화선이 빈정거리는 투로 물었다.
"신경 꺼."
유시연은 차갑게 대꾸하며 백화선을 지나쳤다. 다른 일행들이 있을 때는 언니 동생 하며 친하게 지냈지만, 둘만 있으면 싸늘한 냉기가 흘렀다.
"동료 자객이라도 만나고 온 건가?"
유시연은 다시 돌아와 백화선을 노려보며 말했다.
"임무는 계속해도 좋다고 하지 않았나?"
"물론 그랬지."
"그러면 내가 대답할 의무는 없잖아."
"조심해서 행동하라는 충고야. 그쪽이 자객인 게 밝혀지면 여러모로 골치 아프거든. 특히나 수검이 알면 끝장이라 할 수 있지. 형부의 목숨을 노리고 접근한 자객을 그냥 용서해 줄까?"
턱도 없는 소리였다. 수검의 성격이라면 그 자리에서 목을 치고도 남았다.
"내 일은 내가 알아서 할 테니까, 걱정 마. 그런데 해독약은 언제 줄 거지?"
"그쪽이 형부와 가깝게 되거나, 형부를 암살하는데 성공하거나, 아마도 둘 중에 하나겠지."
"정말 황 대장을 죽여도 되는 건가?"
"물론. 그런데 나 같으면 후자보다는 전자에 더욱 치중할거야. 우리 형부를 암살한다는 것은 죽었다 깨어나도 불가능하니까. 아무튼 잘해봐."
톡톡.
백화선은 유시연의 어깨를 두드려 주며 지나쳤다. 기운 내라는 의미였지만 유시연의 기분은 속된 말로 더러웠다.
'두고 보자, 마귀 년……'
유시연은 속으로 화를 삭였다. 구도사로 유인하는데 성공만 하면 황조령뿐 아니라 백화선까지 함께 처리할 수 있기 때문이었다.

지루하게 이어지는 산길.
말고삐를 쥐고 걷는 수검은 크게 하품을 하고, 당나귀에 타고 있는 백화선과 매파는 꾸벅꾸벅 졸았다. 마차 위의 황조령 또한 무척이나 무료한 모습이었다. 이리저리 목과 어깨를 돌리면서 쏟아지는 잠을 쫓았다.
반면 유시연은 초조함과 불안함에 신경이 바짝 곤두서 있었다. 구도사가 점점 가까워지기 때문이었다.
"황 대장님?"

"무슨 일이오, 시연 낭자."

"모두가 무료하여 힘든 모습인데, 잠시 쉬었다 가는 게 어떻습니까?"

황조령이 대답하기 전에 수검이 먼저 말했다.

"저는 찬성입니다."

"저도요, 형부."

백화선도 거들었다. 거기에 매파는 까딱까딱 졸고 있었다. 자칫하면 나귀에서 떨어질 수도 있는 상황인 것이다.

"그리하자꾸나. 수검아, 쉴 만한 곳을 찾아보아라."

"저쪽에 절이 보이는데요?"

유시연은 긴장했다. 황조령이 구도사가 위치한 지형을 유심히 살펴봤기 때문이다.

"안되겠구나. 다른 곳을 찾아보아라."

유시연의 바람은 이루어지지 않았다. 황조령은 극히 부정적인 반응을 보였다.

"사실 고기도 못 먹는 곳은 그렇죠?"

수검도 꺼리는 눈치고 백화선도 마찬가지였다.

"난 이상하게 절이 싫더라. 죄를 많이 지어서 그런가?"

모두 부정적이니 구도사로 유인하는 것은 불가능하다 봐도 무방했다.

"조금만 더 가면 괜찮을 곳이 나올 겁니다."

수검은 계속 마차를 몰았다. 이러다 구도사를 그냥 지나칠 위기였다.

'이러면 안 되는데!'

유시연은 속이 바싹바싹 탔다. 이대로 지나치게 되면 되돌릴 방법이 없었다. 무슨 수를 쓰든지 황조령 일행을 구사도로 향하게 만들어야 했다.

'고전적인 수법이지만 어쩔 수 없어!'

마차를 이끄는 수검이 구도사로 향하는 샛길을 지나치기 직전이었다.

"아! 가, 갑자기 머리가……."

유시연은 머리를 부여잡고 괴로워했다.

"어찌 된 일이오?"

황조령이 묻자 그녀는 더욱 괴로운 표정을 지었다.

"머, 머리가 깨질 것 같아요. 가, 갑자기 오한도 들고……."

유시연은 심하게 몸까지 떨어댔다.

"수검아!"

"예!"

다급히 뛰어 온 수검이 유시연을 살폈다.

"어떤 것이냐?"

"그, 글쎄요. 맥이 불규칙적이긴 한데, 왜 그런지는 모르겠습니다. 증상을 들으니 독충에 물렸을 수도 있고, 괴질일 수도 있고요. 일단은 안정을 취하는 것이 시급합니다."

유시연은 희망을 발견했다. 잘만 하면 고전적인 방법이 통할 것도 같았다.

"소, 소녀는 괜찮습니다. 어, 어서 가던 길을 가시지요."

그러면서 유시연은 풀썩 쓰러졌다. 폐를 끼치지 않겠다는 모습이 황조령에겐 상당한 압박이었다.

"일단은 절로 옮겨야겠다."

성공이다!

유시연은 속으로 쾌재를 불렀다. 그러나 구도사 안으로 들어설 때까지는 안도할 수 없었다.

"괜, 괜찮습니다, 황 대장님……."

"아니요. 무리하지 마시오."

황조령은 억지로 몸을 일으키려는 유시연을 만류했다.

"화선아, 시연 낭자를 부축해 주어라."

"예, 형부."

유시연은 백화선의 부축을 받으며 마차에서 내려섰다. 구도사로 이어진 길이 협소하여 마차가 들어갈 수 없었던 것이다.

"걸을 수 있겠소?"

"예… 가능할 것 같습니다."

"수검아, 너는 매파와 함께 남아 입구를 지키고 있어라. 탈출로가 이곳뿐이니, 수상한 무리가 나타나면 즉각 알려야 한다."

"걱정 말고 다녀오십시오."

수검은 결연한 표정으로 입구를 막아 지키고 섰고, 황조령은 나머지 인원들과 함께 구도사로 올랐다.

"괜찮소, 낭자?"

"예, 버틸 만합니다……."

유시연은 억지웃음을 지어 보이는 연기를 했다. 기뻐 춤이라도 추고 싶은 마음을 감추느라 상당히 힘들었다. 마침내 구도사라 쓰여 있는 현판이 눈에 들어오자 그녀의 심장은 두 근 반 세 근 반 뛰었다. 몇 발자국만 더 가면 성공적으로 임무를 완수할 수 있었는데…….

'연기 실력이 상당하던데?'

그녀는 부축하고 가던 백화선이 속삭였다.

유시연은 앞서 가는 황조령을 살핀 다음 대답했다. 당연히 속삭이는 음성이었다..

'다 된 밥에 재 뿌릴 생각인가?'

'아니, 칭찬을 하고 싶어서. 상당히 고전적인 방법이긴 했지만 훌륭히 성공했잖아. 특히나…….'

백화선은 유시연의 목소리를 흉내 내며 말을 이었다.

'소, 소녀는 괜찮습니다. 어, 어서 가던 길을 가시지요. 그 소리를 듣는 순간 손발이 오그라드는 줄 알았어.'

'……'

유시연은 아무런 대꾸도 못했다. 그런 말을 한 당사자 또한 민망해 죽는 줄 알았던 것이다. 다행히 결과가 좋아서 참아낼 수 있었다.

"화선아, 시연 낭자는 괜찮은 것이냐?"

그녀들이 지체하자 앞서 가던 황조령이 물었다.

"괜찮아요. 숨차 하는 것 같아서 잠시 쉬었어요. 시연 언니, 어서 올라가요."

속는 자와 속이는 자

"그래, 고맙다……."

유시연은 이를 가는 듯한 음성으로 대꾸했다. 그녀가 아픈 상태임을 감안하면 그리 티가 나게 느껴지지는 않았다.

마침내 황조령 일행이 구도사 안으로 들어섰다.

때마침 지나가던 스님이 그들을 발견하고 다가왔다.

"어인 일이십니까, 보살님."

"죄송합니다. 일행 중 갑자기 탈이 난 사람이 있어 들르게 되었습니다. 잠시 쉬어갈 수 있을까요."

스님은 황조령 뒤편에 있는 여인들을 바라보았다. 백화선의 부축을 받고 있는 유시연은 척 보기에도 상태가 좋지 않았다.

"나무관세음보살. 서둘러 저를 따르시지요."

"감사합니다."

황조령은 발길을 재촉하는 스님의 뒤를 따랐다. 유시연의 상태가 괜찮은지 연신 뒤돌아보며 걷던 스님은 아담한 별채에 멈춰 섰다.

"우선은 이곳에서 쉬게 하십시오. 주지 스님께 말씀드려 의술에 정통한 스님을 모셔오겠습니다."

"여러모로 신세 지게 되었습니다."

"개의치 마십시오. 나무관세음보살……."

합장을 한 스님이 황급히 별채를 떠났다. 그와 동시에 황조령은 백화선에게 눈짓했다. 서둘러 안으로 데려가라는 의미였다.

털컹.

백화선은 문을 열고 유시연을 방 안으로 데리고 들어갔다. 황조령은 남녀가 유별한지라 안으로 들어가지 않고 툇마루에 걸터앉았다.
　"쿵……."
　문이 닫히자마자 두 여인의 분위기가 변했다.
　"알아서 이불 깔고 누워. 머리도 싸맬 건가?"
　유시연은 백화선을 쏘아보고는 알아서 이불 깔고 누웠다. 그리고는 구도사에세 보낸 의술이 정통한 스님이 올 때까지 한마디도 하지 않았다.
　"보살님, 들어가도 되겠습니까."
　"예."
　백시연이 문을 열어주자 보따리를 든 스님이 들어섰다.
　"아미타불……. 밖에 계신 시주님께 대충 이야기는 들었습니다. 진맥을 할 것이니 보살님께서는 밖으로 나가 계시지요."
　"왜요?"
　백화선은 어이없는 듯 반문했다. 자기가 있으면 뭐가 문제냐는 표정이었다.
　"소승이 좀 예민한 편이라, 누가 옆에 있으면 진맥을 볼 수 없습니다. 특히나 보살님처럼 남자의 심기를 흩뜨리는 외모를 가진 경우에는 더욱 그렇지요. 아미타불……."
　"알겠어요."
　백화선은 혼쾌히 수긍했다. 아름다운 자신의 외모 때문이라니 그리 기분 나쁘지는 않았다. 스님은 화선이 나가는 것을 확인한 다음 스님은 표정을 바꾸며 말했다.
"훌륭히 임무를 수행했군."
흑룡방의 동료인 모양인데, 유시연은 단번에 그를 알아보지 못했다.
"누구?"
"……!"
순간 스님이 얼굴은 처참하게 구겨졌다. 어찌 몰라 볼 수 있느냐는 반응이었다.
"정말 몰라?"
"대체 누구냐니까?"
"흑오다, 흑오! 흑룡방 최고의 살수이며, 너에게 충고 한번 잘못했다가 암기 맞을 뻔한 그 흑오 말이다!"
"뭐, 뭐라!"
유시연은 더 놀라는 표정이었다. 그가 흑오인 줄은 상상도 못했다는 반응이었다.
"변장술이 대단한데?"
"변장 아니거든. 머리만 민 것뿐이다."
"머, 머리만……."
흑오는 말을 할 때마다 버릇처럼 길고 탐스런 머리카락을 매만지던, 여인네보다도 머릿결에 더욱 신경 쓰던 인물이었다. 단지 머리를 삭발했을 뿐이지만 분위기가 확 바뀌어 알아보지 못한 것이다. 이는 대다수의 강호인들이 황조령과 무적신검 황 대장을 쉽게 연결시키지 못하는 것과 비슷한 상황이라 할 수 있었다.

"어쨌든 훌륭히 임무를 수행했다. 방주님께서도 무척 흡족해하시고 계시다."

"방주님께서도 여기 계신가?"

"그렇다. 이곳의 주지 스님이 바로 방주님이다. 덧붙여 말하면 이 사찰에 있는 모든 사람들이 흑룡방의 식구들이지."

"전부 다?"

"그렇다. 스님들은 물론 공양을 드리러 온 아낙이나 앳돼 보이는 동자승까지 모두가 우리 흑룡방의 자객이다."

"엄청난 작전이군."

"내가 말했잖아. 모든 인원을 투입해서 단번에 잡는다고 말이야. 그래야 우리의 피해도 줄일 수 있는 거지."

고개를 끄덕이던 유시연이 한층 낮아진 음성으로 물었다.

"작전 개시는 언제야?"

"그건 방주님께서 황 대장을 만나고 결정하실 거다. 상대가 상대이니만큼 신중에 신중을 기해야지. 어쨌든 너는 계속 황 대장 일행을 붙들어놓는 역할을 해야 한다."

유시연이 고개를 끄덕이자 흑오는 자리에서 일어섰다. 그리고는 밖으로 나가려다 잠시 멈췄다.

"나가기 전에 할 말이 있는데……."

"하지 마."

유시연은 단호히 거절했다. 또 무슨 헛소리로 속을 뒤집어

놓을지 경계했다.
"이번에는 칭찬인데."
"그래도 하지 마."
유시연이 노려본다고 말하지 않을 흑오가 아니었다. 암기가 날아오는 상황에서도 할 말 다하던 그였다.
"이번 임무 정말 훌륭하게 잘해냈다. 만약 실패했다면 내가 너를 죽였을 거다."
그의 말은 진심이었다. 이번 작전을 위하여 애지중지하던 머리까지 밀지 않았던가. 유시연이 실패했다면 삭발 투혼은 아무런 가치도 없게 되는 것이다.
잠시 후, 흑오는 황조령과 함께 주지 스님으로 위장한 흑룡방주의 처소로 향했다. 흑오가 주지 스님께서 뵙기를 청한다고 말할 필요가 없었다. 황조령이 먼저 감사의 인사를 드리겠다고 먼저 부탁했던 것이다.
"안으로 드시지요."
"고맙습니다."
황조령은 주지 스님이 있는 처소로 들어섰다.
온화한 표정의 노인이 가부좌를 틀고 기다리고 있었다. 피도 눈물도 없는 자객단의 두목이라고는 상상할 수 없는 인상이었다.
"앉으시지요, 시주님."
"감사합니다."
황조령은 진심장을 놓고 주지 스님을 마주 보며 앉았다.

"아프다던 동료 분의 상태는 어떻습니까?"

"보내주신 스님의 말로는 심신의 안정이 필요하다고 하더군요. 심한 정신적 압박 때문에 몸에 이상이 생긴 것이라 합니다."

"그렇다면 완쾌할 때까지 편히 쉬다 가십시오."

"감사합니다. 그리고 소인은 한때 무림맹에 몸담고 있었던 무적신검 황 대장이라 합니다."

웬일로 황조령은 자신의 진짜 신분을 먼저 밝혔다.

"무림인이셨군요. 아미타불······."

주지 스님은 무림사에 대해 관심이 없는 듯했다. 황조령의 화려한 이력을 알았다면 이리 심심한 반응을 보이지 않았을 것이다.

"하여 미리 말씀드릴 것이 있습니다. 저희는 지금 쫓기는 몸입니다. 이 사찰에서 불미스러운 사태가 일어날 수도 있습니다. 주지 스님께서 원하신다면 지체없이 떠나도록 하겠습니다."

"아미타불······."

지그시 눈을 감았던 주지 스님이 대답했다.

"이것도 인연인 게지요. 불가에 몸을 담고 있는 제가 어찌 도움을 필요로 하는 중생을 내칠 수 있겠습니까. 충분히 쉬어 가도록 하십시오."

"감사합니다, 주지 스님. 만약 불미스러운 사태가 발생하면 이곳에는 최대한 피해가 없도록 하겠습니다."

속는 자와 속이는 자

"아미타불……."
"이만 물러가겠습니다."
황조령은 공손히 합장하며 주지 스님의 처소를 나왔다.
"형부."
문 밖에는 백화선이 기다리고 있었다.
"무슨 일이냐? 시연 낭자를 돌보지 않고."
"제가 그 언니의 몸종이라도 되나요?"
"아프지 않느냐. 한시라도 빨리 회복할 수 있게 잘 챙겨주어야 한다."
"걱정 마세요. 지금 편안히 자고 있으니까요."
"그렇다면 다행이고."
"시간도 남는데 산책이라도 할까요?"
백화선은 황조령의 불편한 다리 쪽을 부축하며 말했다. 이에 황조령은 껄끄러운 반응을 보였다.
"왜 이리 붙는 것이냐?"
"어머나? 처제가 형부 팔짱도 못 끼나요?"
"우리가 그리 친한 형부 처제 사이는 아니지 않더냐? 어쨌든 언제라도 살갑게 지내고 싶다면 환영이다. 그런데 산보를 좋아하는지는 몰랐구나."
황조령과 백화선은 사찰 주위를 걸었다. 시간이 많이 남아돌기에 한참이나 구도사 구석구석을 걸어다녔다. 그리고는 얼추 유시연이 깨어날 시간이 되자 별채 쪽으로 발길을 돌렸는데……

"형부, 조금 이상하지 않아요?"

백화선이 갑자기 멈춰 서며 물었다.

"무엇이 말이더냐?"

"저를 바라보는 스님들의 시선 말이에요. 수양하는 스님들 치고는 너무 음흉한 것 같은데요? 귀여워 보이는 동자승까지도 말이에요."

황조령은 피식 웃으며 대답했다.

"참 대단하구나. 그런 것도 느낄 수 있다니."

"형부는 수상한 거 못 느꼈어요?"

"냄새가 난다."

"냄새요?"

황조령은 굳어진 표정으로 대답했다.

"피 냄새 말이다. 죽이는 것이 목적인 전장에서만 맡을 수 있는 냄새다. 주지 스님은 물론 동자승과 공양하러 왔다는 젊은 여인까지, 이 사찰에 있는 모든 사람에게서 맡을 수 있었다."

"정말 그런 냄새가 나요?"

황조령은 피식 웃을 뿐 대답을 하지 않았다. 이에 백화선은 상당히 맥 빠진 투로 말했다.

"그렇다면 형부도 이게 함정인 줄 알고 있었어요?"

"당연하지 않더냐? 내가 만약 적이라도 이곳을 택했을 것이다."

"그런데 왜 함정으로 들어온 거예요?"

"어쩔 수 없지 않느냐? 시연 낭자의 몸이 좋지 않으니 말이다."

"예~?"

백화선은 어처구니없는 표정으로 말했다.

"정말 그 여자가 아프다고 생각하세요? 상당히 실망인데요."

"뭐가 실망이라는 것이냐?"

"역시나 세상에는 완벽한 사람이 없나 보네요. 철두철미한 형부도 시연이라는 여자의 어설픈 연기에 속아 넘어가니 말이에요. 여자를 너무 믿는 거 아니에요?"

"나는 그 여자를 믿은 게 아니다."

"……?"

"널 믿었다. 그녀를 감시하라고 했는데, 수상하지 않다고 말한 건 네가 아니더냐?"

"흠… 그랬나요?"

"이렇게 된 이상 예서 승부를 볼 것이다. 그래도 그녀와 함께였기에 여기까지 편히 오지 않았더냐? 이렇듯 한꺼번에 상대할 수 있으니 수고를 던 셈이고 말이다."

"형부 진짜 무섭다."

이는 진심이었다. 황조령은 백화선의 예상보다 한 수, 아니, 몇 수 앞을 더 내다보는 인물이었던 것이다.

"오늘 밤은 힘들 것이니 미리 자두어라."

"제가 좀 대범한 편이지만 자객들이 득실거리는 곳에서 어떻게 잠이 오겠어요?"
 "어둠 속에서만 살아왔던 인물들은 자신도 모르게 태양을 두려워하게 된다. 놈들이 노리는 시간은 깊은 밤이 될 것이다."
 "그럼 형부나 주무세요. 저는 아직 그 정도로 대범하질 못해서요."
 "혹시라도 말이다. 물론 그럴 리야 없겠지만 나에게 무슨 일이 생기게 되면 곧장 탈출을 해야 한다. 사천까지는 힘들 것이니 강남에 있는 가까운 무림맹 지부로 가거라. 그리고 여 군사에게 도움을 청하면 된다."
 "여주승이요? 그놈은 형부하고 원수잖아요. 그런 놈이 흔쾌히 도우려 하겠어요? 차라리 무림맹주인 자경 부인에게 도움을 청하는 게 낫지 않을까요?"
 "네 말대로 여 군사와 나는 숙적이나 다름없다. 한데 네가 가져가는 소식은 그가 가장 바라던 것이다. 그리 경사스런 소식을 가져온 널 소홀히 하겠느냐? 나의 마지막 유지라고 하면 흔쾌히 청을 들어줄 것이다."
 "그런데 왜 자경 부인은 싫다는 거예요?"
 "내 스스로 약속한 것이 있다. 맹주님께 사사로이 개인적인 부탁을 드리지 않겠다고 말이다. 내가 맹주님께 부탁하는 경우는 맹주님과 내게 모두 이로운 것일 때에 가능하다."
 "참 복잡하게 사시네요. 여하튼, 그럴 리야 없겠지만 만약 그런 일이 벌어진다면 형부의 말대로 하지요."

"그래, 이리 말을 잘 들으면 얼마나 귀엽고 좋으냐?"

백화선은 황조령의 칭찬이 못마땅한 기색이었다.

"미리 못 박아두겠는데요. 저는 절대로 고분고분하고 말 잘 듣는 처제가 될 생각이 없어요. 그런 걸 바랐다면 일찌감치 꿈 깨세요. 이번만 예외예요."

"그래, 알았으니 들어가 쉬어라."

"형부도 편히 주무세요."

황조령은 한꺼번에 많은 것을 바라지 않았다. 예외라고 선언한 단 한 번의 모습에 무척이나 흡족해하는 표정이었다.

第八章
구도사의 혈투

고요한 사찰의 깊은 밤.

달무리진 하늘이 수상하다 싶더니 부슬부슬 비가 내리기 시작했다. 마침내 황조령의 예상대로 흑룡방이 움직이기 시작했다.

사삭, 사삭, 사사삭.

스님으로 위장했던 자객들은 기민하게 황조령이 잠들어 있는 숙소로 향했다. 그 많은 인원이 일사불란하게 움직이는 모습은 장관이라고 할 수 있었다.

그들은 극히 짧은 시간에 황조령의 숙소를 겹겹이 포위했다. 뛰어들 준비까지 모두 마쳤지만 곧바로 실행에 옮기지는 않았다. 흑룡방주의 명령이 떨어지지 않았기 때문이었다.

한참을 기다려도 흑룡방주의 최종 명령은 떨어지지 않았다. 속전속결을 원칙으로 하는 자객들에겐 의아한 일이 아닐 수 없었다.

흑오와 함께 무리의 가장 뒤쪽에 있는 흑룡방주는 가만히 뒷짐만 지고 있을 뿐이었다.

"방주님?"

참다못한 흑오가 조심스럽게 입을 열었다. 이에 흑룡방주는 뒷짐 진 풀며 말했다.

"무슨 뜻인지 잘 알고 있다. 속전속결로 일을 끝내야 하건만… 왠지 불안하구나."

"무슨 말씀이신지요?"

흑오는 황망한 표정으로 물었다. 흑룡방주가 불안하다고 말하는 것을 처음 들었던 것이다.

"황 대장, 그자… 도무지 그 속을 알 수 없었다. 내 그동안 수많은 인간 군상을 봐왔기에, 몇 마디만 나눠보면 그놈이 어떤 감정인지, 무슨 생각을 하고 있는지 대충은 알 수 있었다. 그러나 황 대장은 달랐다. 전혀 그 속을 예측할 수 없었고, 외려 내 속마음을 들키는 게 아닌지 불안감을 느껴야 했다."

흑오는 아무런 대꾸 없이 흑룡방주의 말을 듣기만 했다.

"어찌 보면 당연한 일이겠지. 모용관을 꺾고 무림지존의 위치까지 올랐던 인물이니 말이야. 아무튼 이번 일을 결코 쉽지 않을 것이다. 어떠한 변수가 생겨도 당황하지 마라. 내가 아는 그는 엄청난 무공고수인 것은 물론, 심리전의 대가다. 허둥지둥했다가는 우리도 진양교의 꼴을 면치 못할 것이다."

"명심하겠습니다, 방주님."

"무적신검 황 대장, 그를 꺾고 흑룡방의 명성을 만방에 떨칠지 아니면, 처음으로 실패의 쓴잔을 마셔야 할지… 이는 전적으로 우리가 하기 나름에 달린 것이다."

마침내 흑룡방주가 손을 치켜들었다. 그의 손이 내려가면 흑룡방의 존망이 달린 암습이 시작되는 매우 긴장된 순간이었는데……

털컹.

"……!"

갑자기 황조령의 숙소 문이 열렸다. 이는 그 누구도 예상치 못한 일이었다. 암습을 개시하려던 자객들은 물론 손을 들고 있던 흑룡방주까지 그대로 얼어버렸다. 어떠한 변수가 생겨도 당황하지 말라던 그의 충고가 무색해지는 순간이었다.

"이제야 본성을 드러냈는가?"

황조령은 태연하게 말하며 문을 열고 나섰다. 그 여유로움에 자객들은 더욱더 당황했다. 덤벼야 할지 말아야 할지 흑룡방주의 손은 움직일 생각을 하지 않았다.

"덤빌 텐가 말 텐가? 밤은 그리 길지 않다네."

아랫입술을 지그시 깨문 흑룡방주가 수하들에게 명령했다.

"모두 물러서라."

암습은 상대가 방심하고 있을 때 효과가 있었다. 상대가 만반의 준비를 하고 있는데 무리하여 암습을 감행할 필요가 없었다.

양편으로 물러서는 수하들 사이로 흑룡방주가 천천히 앞으로 나아갔다.

"역시나 무적신검 황 대장님이군요."

"그런 말은 최근에 너무 많이 들었다네. 우선은 그쪽이 누군지부터 알고 싶은데?"

"소인은 흑룡방주 고동호(高東湖)라 합니다. 황 대장님과 동향인 산동 출신이지요."

"흑룡방? 못 들어본 이름이군."

"저희 흑룡방은 황 대장님이 강호를 떠난 이후 명성을 얻기 시작했습니다."

"명성? 대체 어떤 명성을 쌓았는가? 돈을 받고 사람을 죽이는 것도 명성이라 할 수 있는가!"

황조령의 호통에도 흑룡방주는 당당함을 잃지 않았다.

"저희는 무고한 사람을 해친 적이 없습니다. 물론 전혀라고는 할 수 없겠지만, 그 대부분이 천벌을 받을 놈이거나 극악한 범죄자였습니다."

"하면, 내 죄는 무엇인가?"

"그야 저는 모르지요. 알 필요도 없고요. 극악한 죄를 지었기에 그 엄청난 현상금이 걸린 게 아니겠습니까? 저희는 현상금이 걸린 범죄자를 추살하는 것뿐입니다."

"현상금?"

"모르셨습니까? 지금 황 대장님의 목에는 상상도 못할 금액이 걸려 있습니다."

"제갈세가의 짓이로군."

흑룡방주는 그에 대한 대답을 하지 않았다. 너무도 뻔한 사실이기 때문이었다.

"마지막으로 황 대장님께 제안합니다."

"제안?"

황조령의 인상이 구겨졌다. 감히 주제도 모르게 제안을 하느냐는 의미가 아니었다. 그 내용이 뭔지 불을 보듯 훤했던 것이다.

"지금이라도 늦지 않았으니 항복하시지요. 그러면 황 대장님과 일행 분들의 목숨은 보장하겠습니다."

역시나 황조령의 예상대로였다.

"내가 왜 그래야 하지?"

"백전백승의 신화를 창조하신 분이니 잘 아실 것 아닙니까? 황 대장님은 절대 이곳을 빠져나갈 수 없습니다. 단 한 곳의 출구는 저희가 벌써 봉쇄했습니다."

"왜 그리 생각하는가?"

"예?"

흑룡방주는 의아한 표정으로 반문했다. 무슨 뜻으로 하는 말인지 그 의미가 불분명했던 것이다.

"고립된 것은 내가 아니라 그쪽이라 생각지 않는가? 이곳과 이어지는 유일한 길은 내 수하인 수검이 막고 있다. 아무도 내

허락 없이 이곳을 빠져나갈 수 없다."

"……!"

흑룡방주의 심장이 철렁 내려앉았다. 정말로 자신들이 거꾸로 고립되었다고 믿는 것은 아니다. 그런 느낌을 갖게 만드는 황조령의 기백에 기가 질린 것이다.

"더 이상의 대화는 불필요하겠군요. 제가 했던 제안은 거절한 것으로 알겠습니다."

흑룡방주는 서둘러 대화를 중단했다. 대화를 이어갈수록 수하들의 불안감만 가중되었기 때문이다. 이에 황조령은 진심장에 감춰진 검을 빼어 들며 말했다.

스릉.

"이제 남은 것은 한 가지뿐이로군. 그대들이 죽거나 내가 죽거나."

황조령의 음성은 담담했다. 그러나 흑룡방의 자객들이 느끼는 압박감은 이루 말할 수 없었다. 그들이 상대해야 할 인물이 누구인지 새삼 절감한 것이다.

고요한 달빛 아래 황조령과 흑룡방의 대치 상태는 꽤나 오래 지속되었다. 흑룡방주는 한참 동안이나 공격 명령을 내리지 않았다.

"갑자기 내 목에 걸린 현상금에 대한 욕심이 사라진 것인가? 아니면 암습만을 일삼는 무리라 정면 대결은 시도해 볼 용기조차 없는 것인가?"

꿈틀.

흑룡방주를 자극하기 위함이라면 제대로 맥을 짚었다. 더럽고 은밀한 일만 해야 했던 그는 떳떳이 강호에서 존중받는 무림인에 대한 시기와 질투심이 있었다.
"쳐라!"
"존명!"
흑룡방주의 외침과 함께 본격적인 대결이 시작되었다. 흑룡방 자객들은 신속히 황조령을 향해 뛰어들었다. 은밀함을 요하는 상황이 아니었지만 그들의 몸에는 신출귀몰하게 움직이는 행동이 배어 있었다.
서걱, 서걱!
황조령의 검에 베이는 상황에서도 비명조차 지르지 않고 쓰러졌다.
황조령 또한 굳게 입을 다물고 진심장을 휘둘렀다. 때문에 그들의 대결은 시끄럽지 않게 조용히 진행되었다. 그러나 그 처절함만큼은 여느 칼싸움과 다름없었다.
파팟!
황조령이 진심장을 휘두를 때마다 피가 치솟고, 고통에 일그러진 자객들이 줄줄이 쓰러졌다. 누가 보기에도 역부족이었다. 그들이 단순한 공격으로는 무림지존까지 올랐던 황조령의 옷깃조차 스칠 수 없었다.
"방주님?"
흑오가 다급한 표정으로 말했다. 더 이상 보고만 있을 수는 없다는 의미였다.

"조금만 기다려라. 황 대장의 힘을 더 빼놔야 한다."

흑룡문주의 작전은 간단했다. 실력이 떨어지는 수하들로 하여금 황조령을 지치게 만들고, 적당한 시점에 실력있는 수하들을 투입할 예정이었다. 잔인하다 여겨질 수도 있지만 어쩔 수 없었다. 이것이 하수가 고수를 잡을 수 있는 유일한 방법이었다.

그런데 실력있는 수하들이 투입하는 시점이 점점 늦어졌다. 황조령은 지친 기색이 보이지 않았다. 아니면 무표정한 표정으로 피곤함을 감추고 있는 것인가?

흑룡문주는 확신이 서지 않았다. 한 가지 확실한 것은 흑룡방의 피해가 그의 예상을 뛰어넘을 것이라는 불안한 예감뿐이었다. 다리를 저는 불구의 몸으로도 저런 실력인데, 멀쩡한 몸상태의 황조령을 상대했다면?

생각만으로도 등골이 오싹해졌다.

"방주님?"

흑오의 독촉이 이어졌다. 흑룡방주 역시 더 이상 지체할 수 없음을 알고 있었다.

"가거라."

"존명!"

마침내 흑룡방주의 명령이 떨어졌다. 기다림에 속이 탔던 흑오는 지체없이 뛰어들었다. 특별히 가려 뽑은 살수대와 함께였다. 흑오는 다른 자객들과 달리 상당히 시끄러운 인물이었다.

"황 대장! 네놈의 목을 접수하마!"

흑오는 쌍단검을 빼 들었다. 깃털이 무성한 옷을 입고 뛰어드는 모습은 독수리가 발톱을 드러내고 먹잇감을 덮치는 것과 흡사했다.

창, 창!

흑오의 공격은 황조령의 진심장에 가로막혔다. 흑오는 황조령의 반격을 의식하여 허공으로 몸을 띄웠다. 황조령은 흑오를 쫓을 수 없었다. 곧이어 뛰어든 살수대의 공세를 감당해야 했기 때문이다.

착.

멋들어지게 땅에 내려앉은 흑오는 의아한 기색을 보였다.

'예상보다 황 대장의 내공이 약하다. 모용관과의 사투 때문에 내공에 이상이 생겼다는 소문이 사실이었나?'

함부로 단정 지을 수는 없었다. 많은 인원수를 상대하기에 내력을 아낄 수도 있었다.

'그런데 너무 아끼는 거 아니야?'

흑오의 의아함은 증폭되었다. 실력이 떨어지는 수하들과 달리 살수대는 내공의 고수들이 많았다. 그런데도 황조령은 내공보다는 지팡이를 휘두르는 장법으로 그들을 상대했던 것이다.

'분명 뭔가가 있다!'

흑오의 눈은 매섭게 빛났다. 상대의 약점을 잘 파악해 내기로 정평이 난 그였다. 그의 날카로운 눈에 걸리면 그 어떠한 고수도 빠져나가지 못했다. 그 약점을 집요하게 물고 늘어져 끝장을 내고 말았던 것이다.

'확인해 보면 되겠지!'

파팟!

흑오는 재차 뛰어들었다. 불편한 황조령의 다리를 노리고 공격했지만 이번에도 역시나 막히고 말았다.

'후후… 딱 걸렸어!'

공격이 막혔어도 흑오의 얼굴엔 웃음이 번졌다. 난공불락이라 여겨졌던 무적신검 황 대장의 약점을 파악해 낸 것이다.

"들어라!"

흑오는 살수대에 작전을 지시했다.

"지금부터는 내력을 온전히 실은 공격만 감행한다."

살수대는 토를 달지 않았다. 흑오의 명이 떨어지자마자 이를 즉각 실행에 옮겼다.

후앙, 후앙, 후앙, 후앙~!

곧이어 내력이 실린 살수대의 파상적인 공세가 이어졌다. 흑오의 작전이 적중한 모양인지 황조령은 버겁게 그들의 공세를 막아냈다.

"내공을 아끼지 마라! 공격, 공격, 공격!"

흑오는 들뜬 음성으로 소리쳤다. 그동안 수많은 목표를 제거했지만 황조령만큼의 명성을 가진 자는 없었다. 성공만 하면 무림 역사에 길이 남을 것이 분명했다.

"조금만 더 힘을 내라!"

내공은 무한히 쓸 수 있는 힘이 아니었다. 적절히 조절하여 써야 하는데 무리를 하게 되니 당연히 부작용이 나타났다. 급속도로 내공이 저하된 살수대의 민첩성은 눈에 띄게 저하되었다.
 "너희가 힘든 만큼 황 대장도 힘들 것이다. 마지막 내공까지 쥐어짜서 공격하라!"
 흑오는 너무도 당연한 말로 살수대를 독려했다. 직접 움직이지 않고 소리만 치는 이유는 간단했다. 내공을 최대한 끌어올린 상태에서 기회를 노리고 있다가, 결정적인 순간에 최후의 일격을 가할 참이었다.
 흑오가 기다리던 결정적인 기회는 머지않아 찾아왔다. 그는 힘에서 부치는지 잠시 숨을 고르는 황조령의 빈틈을 놓치지 않았다.
 "걸렸구나, 황 대장~!"
 흑오는 사력을 다해 뛰어들었다. 번뜩이는 단검에 혼신을 담았다 해도 과언이 아니었다. 자신의 모든 내공을 실었고, 이 한 수에 흑룡방의 존망이 달렸다는 정신적인 무장도 확고했다.
 "이 싸움에서 죽는 놈은 바로 네놈이다!"
 한 마리 새처럼 날아온 흑오는 자신과 흑룡발의 사활을 걸고 단검을 휘둘렀다.
 쩡~!
 "됐어!"

격검의 순간, 흑오는 자신의 승리를 확신했다. 황조령의 내력은 그의 예상보다 더욱 형편없었는데…….

"……!"

갑자기 흑오의 표정이 굳어졌다.

"뭐지? 이 허전한 느낌은?"

자신의 내력이 한꺼번에 빠져나가는 기분이었다. 곧이어 황조령의 진심장에 부풀어 오르는 기운이 맺혔다. 엄청난 내력이 방출된다는 전조였다.

"피, 피, 피, 피해라~!"

화들짝 놀란 흑호가 잽싸게 몸을 날리며 소리쳤다. 그와 동시에 엄청난 굉음을 동반한 폭발이 일어났다.

퍼퍼퍼펑~!

폭발의 여파는 황조령 주위는 물론 한참이나 떨어진 흑룡방주에게까지 미쳤다.

후아아앙~!

번뜩이는 섬광과 함께 사나운 후폭풍이 흑룡문주를 덮친 것이다.

"이건 대체!"

흑룡문주는 재빨리 몸을 숙였다. 노도처럼 밀려드는 사나운 바람에 앉아서도 몸을 가눌 수도 없을 정도였다. 무림의 어두운 면에서 산전수전 다 겪은 그였지만 이처럼 엄청난 장면은 처음이었다.

흑룡방주는 사나운 바람이 잠잠해지기를 기다렸다가 천천

히 고개를 들었다. 그리고 드러나는 풍경(?)에 그는 넋을 잃고 말았다.

　태풍이 지나간 자리가 이러할까, 태산처럼 버티고 서 있는 황조령 주위로 그의 수하들이 줄줄이 널브러져 있었다. 다행히 그가 아끼는 흑오는 큰 부상을 입지 않았다. 그러나 정신적인 충격이 컸던 모양이다. 깃털 장식된 옷은 너덜너덜해져 깃털 뽑힌 닭 신세나 다름없었고, 초점없는 눈으로 멍하니 황조령을 바라보고 있었다.

　그야말로 초토화였다. 재앙과도 같은 피해에 흑룡방은 완전히 기세가 꺾였다.

　한편, 그 시각 구도사로 이어지는 입구.
　퍼퍼퍼펑~!
　엄청난 폭음을 듣고 수검이 몸을 일으켰다.
　"드디어 시작인 모양이군."
　수검은 이런 일이 발생할 줄 이미 알고 있었다는 반응이다. 그는 쌍검을 챙겨 들고 구도사로 향하기 직전, 수풀 속에 숨어 있는 매파를 돌아보며 말했다.
　"잘 숨어 있어요."
　"물론이지요. 조심해서 다녀오십시오."
　수검은 지체없이 구도사로 향했다. 얼마 지나지 않아 수검을 막아서는 무리가 등장했다.
　"멈춰라!"

본색을 드러낸 흑룡방의 자객들이었다.

"지랄하네!"

수검은 거침없이 쌍검을 휘둘렀다. 순간 당황한 흑룡방의 자객들이 반격을 개시했지만 역부족이었다. 그들은 수검의 파상적인 공세를 감당하지 못하고 줄줄이 나가떨어졌다.

수검은 성큼성큼 구도사를 오르며 소리쳤다.

"숨어 있는 새끼들 다 나와!"

이에 화답이라도 하듯 기회를 노리고 있던 흑룡방 자객들이 기습 공격을 감행했다. 그들의 특기를 제대로 살린 신속 정확한 공격이었다. 그러나 수검의 반사 신경은 그들보다 한 수 위였다.

"뭐여, 이것들은?"

빡, 빡~!

수검은 밑에서부터 뛰어오르는 놈들을 발과 무릎으로 간단히 처리했다.

"아직도 상당수가 숨어 있다는 거 다 안다. 좋은 말로 할 때 튀어나오는 게 나을 거다."

수검은 주위를 두리번거리며 목청을 높이는 그때였다. 수검의 발에 맞고 쓰러졌던 놈이 은밀히 움직였다. 손에 든 검으로 수검을 발목을 그으려고 했는데……

"그리고 비겁한 술수 썼다가는 이 꼴 난다."

우두둑.

수검은 몰래 손을 움직이는 놈의 손목을 밟았다. 그리고는 다시는 검을 쥘 수 없게 완전히 으스러뜨렸다.
 "다시 한 번 경고한다. 숨어도 소용없으니 정정당당히 덤벼라. 그것이 조금이나마 네놈들 신상에 이로울 거다."
 수검은 양쪽으로 쥔 검으로 수풀 속을 헤집으며 전진했다. 수풀 속에 있는 흑룡방 자객들에겐 여간 큰 압박이 아닐 수 없었다.
 파팟!
 압박감을 이기지 못한 한 놈이 뛰쳐나왔다. 이는 수검이 원하던 바였다.
 "여기 한 놈 숨어 있었구만!"
 수검은 검의 면으로 튀어나오는 놈의 얼굴을 내려쳤다. 날을 사용하지는 않았지만 수검의 힘이라면 면이라도 둔기나 다름없는 파괴력이 나왔다.
 쩌억~!
 요란한 소리와 함께 놈은 그대로 뒤로 넘어갔다. 곧바로 다른 곳에 숨어 있던 놈들도 뛰쳐나왔다. 실력의 차이를 머릿수로 메우려 했지만 위험한 발상이었다.
 "그래, 이렇게 나오면 서로가 편하잖아."
 수검은 쉴 새 없이 달려드는 자객들을 처리하며 한 발 한 발 전진했다. 놈들이 스스로 모습을 드러내자 조금은 수월하게 구도사에 오를 수 있었다.
 "오래 기다리셨습니다, 황 대장님!"
 쩌렁쩌렁한 외침과 함께 수검이 구도사 입구에 등장했다.

황조령과 대치 상태에 있던 흑룡방주는 당황함을 감출 수 없었다. 아래쪽에 배치한 수하들은 뭐 하고 있단 말인가? 그에 대한 궁금증은 곧바로 풀렸다.

"수고했다. 입구 쪽을 지키던 놈들은 어찌 되었느냐?"

"모두 처리했습니다."

"……!"

흑룡방주의 눈은 커질 대로 커졌다. 그쪽으로 배치한 인원이 몇인데 전멸했단 말인가! 황조령만 상대하기도 벅찬 상황에서 수검의 등장은 설상가상이나 다름없었다. 이쯤 되면 퇴각도 심각히 고려해 볼 만한 상황이었지만 이도 여의치는 않았다.

"도망칠 생각이란 하덜덜덜 마러."

장대한 체격의 수검이 유일한 탈출구를 가로막고 섰다. 이렇게 되면 황조령이 말했던 대로 흑룡방이 고립된 상황이 되고 말았다.

"방주님, 제가 탈출로는 뚫겠습니다."

흑오가 나서자 흑룡방주는 고개를 가로저었다.

"아직 우리의 작전은 실패한 게 아니다. 황 대장의 처제를 잡으러 간 인원들이 있지 않으냐. 그 계집을 인질로 삼을 것이다."

흑룡방주는 수단과 방법을 가릴 처지가 아니었다. 백화선을 인질로 잡아 방패막이로 쓰거나 탈출을 하는데 이용하겠다는 계획이었다. 그러나 흑룡방주의 마지막 바람은 여실히 무너지고 말았다.
"누구를 인질로 잡는다고?"
 백화선은 너무도 멀쩡하게 걸어왔다. 뿐만 아니라 흑룡방의 유시연을 인질로 잡고 있었다. 흑룡방주의 계획과는 정반대가 된 것이다.
"면목없습니다, 방주님."
 유시연은 참담한 표정으로 입을 열었다. 흑룡방주는 아무런 말도 하지 않았고, 대신 입구를 지키고 있는 수검의 음성이 들려왔다.
"실망입니다, 시연 아가씨."
 수검의 거친 성격에 비하면 얌전한 반응이었다. 과격한 행동을 삼가라는 황조령의 전언 때문에 참는 것이다.
"흑룡방주, 이제 어찌할 것인가?"
 황조령은 절룩거리며 다가서며 물었다. 이에 흑룡방주는 비장한 어조로 대답했다.
"그런 걸 왜 묻습니까? 끝장을 봐야지요."
"수하들을 모두 희생시키고 싶은 것인가?"
"후후후… 희생이라고요? 어차피 모두가 죽은 목숨 아닙니까. 우리 흑룡방은 곱게 목을 바치진 않을 겁니다. 끝까지 싸우다 죽을 것입니다."
 흑룡방주의 의지는 확고했다. 그의 수하들 또한 결연한 표정으로 흑룡방주 곁으로 모여들었다.
"내가 그대들을 모두 죽일 것이라 생각하는가?"

"당연하지 않습니까? 무적신검 황 대장님과 적이 되어 살아남은 사람이 있었습니까?"

황조령은 아니라고 대답하지 못했다. 진양교 타도에 모든 것을 걸었던 시절, 적이라고 판단한 존재에 대해선 용서가 없었다. 끝까지 추격하여 발본색원하였던 것이다. 때문에 황조령과 맞서려 한다면 당연히 목숨을 걸어야 했다.

"그런 내가 강호에 몸담고 있었던 때의 일이다. 지금은 쓸데없는 희생을 원치 않는다."

"그 말을 믿으라는 겁니까? 역시나 심리전의 대가다우십니다. 말 몇 마디로 제 수하들의 마음을 이렇듯 흔들어놓으니 말입니다."

흑룡방주는 이 또한 수하들의 전의를 꺾으려는 황조령의 술수라고 판단했다. 황조령으로서는 답답한 노릇이 아닐 수 없었다.

"나에 대해 반만 알고 있구나. 분명 예전의 나는 적에 대해서는 자비가 없었다. 그러나 적이든 동지든 상관없이 절대적으로 지켜왔던 원칙이 있다. 나는 내가 한 말에 대해서는 반드시 책임을 졌다. 이는 피아의 구분 없이 철칙으로 지켜왔다."

흑오가 혹하는 반응을 보였다.

"방주님, 황 대장이 술수를 쓰는 것은 아닌 듯합니다."

평소라면 감히 적을 두둔하는 듯한 말을 하지 못했을 것이다. 그러나 상황이 상황인지라 참고 있을 수만은 없었다.

흑룡문주는 화를 내지 않았다. 흑오가 자신의 목숨이 아까워 이런 말을 하는 것이 아님을 잘 알기 때문이었다. 깊이 고심하던 흑룡문주가 입을 열었다.
"황.대장님, 무조건 용서해 주겠다는 뜻은 아닐 테지요."
황조령은 고개를 끄덕였다.
"어떤 조건입니까?"
"조건이 아니라 내기라고 하는 것이 좋겠군."
"내기요?"
흑룡방주는 깜짝 놀라 반문했다. 고지식하기로 유명했던 무적신검 황 대장이 내기라니? 그가 확실히 변하기 변한 모양이었다.
"그대는 흑룡방의 봉문을 걸고 나와 승부를 벌여야 한다. 내가 이기면 향후 십 년간 봉문을 해야 하며, 그대가 이긴다면 이번 사태는 없었던 것으로 해주겠다."
흑룡방주는 허탈한 웃음만 지을 뿐이었다. 무적신검 황 대장을 일대일로 어찌 이긴단 말인가? 차라리 그냥 대놓고 봉문을 하라 명하라는 표정이었다.
"무작정 나를 이기라 하는 것은 그대에게 가혹한 것이겠지. 하여 승부를 결정짓는 방법을 달리할 것이다. 수검아."
"예."
수검은 등에 매단 의자를 빼 들며 다가갔다. 그리고는 척, 황조령 옆에 의자를 펴놓고 물러갔다. 황조령이 의자에 앉으며 말했다.

"나를 예서 일어나게 해보게. 그러면 자네가 이기는 것으로 하겠네. 흑룡방이 그동안 힘없는 사람을 해하지 않고 죽어 마땅한 놈들만 암살했다기에 기회를 주는 것이다."

그렇다면 이야기가 달라진다. 흑룡방주는 자신감 넘치는 음성으로 말했다.

"정녕 그리하여도 되겠습니까?"

"물론이다."

황조령은 짧게 대답하며 어깨를 폈다. 결심이 섰으면 어서 덤비라는 의미였다.

"그 제안 받아들이도록 하겠습니다."

스릉…….

흑룡방주는 품속에 감추었던 비수를 빼 들며 다가갔다. 달빛을 받아 번뜩이는 칼날은 서릿발 같은 냉기가 느껴지는 단검이었다.

"아주 귀한 검이군."

"역시나 안목이 높으시군요. 전설의 만년한철로 만든 것입니다. 그 날카로움은 상상을 초월하여 베지 못하는 것이 없다고 하지요. 그것이 설사 전설의 불괴목으로 만든 물건이라고 할지라도 말입니다."

황조령의 눈빛이 달라졌다. 불괴목을 단번에 알아보는 사람은 흔치 않았던 것이다.

"자네의 안목도 보통은 아니군."

"과찬이십니다."

예의상 대답하는 흑룡방주의 얼굴엔 여전히 자신감이 넘쳤다. 그 자신감의 이유를 황조령은 짐작하고 있었다. 흑룡방주가 노리는 것은 황조령이 아니라 의자였다. 의자가 부서지면 황조령은 몸을 일으킬 수밖에 없었던 것이다.
"시간은 동이 틀 때까지라네."
"그 정도면 충분합니다."
흑룡방주는 낮게 자세를 취하며 뛰어들 채비를 마쳤다. 곧이어 황조령이 고개를 끄덕이는 순간, 지체없이 달려들었다. 최고의 살수단체라는 흑룡방의 수장답게 그야말로 신출귀몰한 움직임이었다.

치열한 사투가 벌어졌던 구도사에 동이 텄다.
어둠 속에 가려졌던 그 사투의 현장은 아침 햇살이 비치며 적나라하게 드러났다.
비틀비틀……
지친 기색이 역력하여 몸조차 제대로 가누지 못하던 흑룡방주가 털썩 주저앉았다. 하룻밤 사이에 얼굴이 반쪽이 될 정도로 사력을 다했지만 결국 그 뜻을 이루지 못한 것이다.
"졌습니다."
흑룡방주는 순순히 자신의 패배를 시인했다. 이에 황조령은 의자에서 천천히 몸을 일으키며 말했다.
"약속은 꼭 지키도록 하라."
흑룡방주는 엎드린 상태에서 고개를 끄덕였다. 말도 못할 정도로 지친 상태였고, 수하들을 대할 면목도 없었던 것이다.
"화선아, 그 여인은 이제 놓아주어라."
"잘 가."
백화선은 순순히 말을 따랐다. 백화선의 수중에서 풀려난 유시연은 곧바로 지쳐 쓰러진 흑룡방주에게 뛰어갔다.
"방주님, 괜찮으십니까?"
유시연은 힘없이 고개를 끄덕이는 흑룡방주를 조심조심 일으켜 세웠다. 그리고는 동료들이 있는 곳으로 부축하여 걸어가는 그때, 의자를 가지러온 수검과 눈이 마주쳤다.
"이제부터 뭐 할 거요?"
흑룡방이 봉문을 하게 되면 더 이상 자객질도 못하는 것이다. 잠시 멈춰선 유시연이 대답했다.
"글쎄요. 동료들과 함께 먹고살 방법을 모색해 봐야지요."
"이번 기회에 개과천선할 생각은 없소? 좋은 남자 만나서 시집도 가고 말이오."
유시연은 천천히 고개를 가로저었다. 절대 그럴 마음이 없음을 확인한 그때, 황조령의 음성이 들렸다.
"수검아, 가자꾸나."
"예."
수검은 재빨리 의자를 집어 들고 뛰었다. 황조령은 백화선과 함께 구도사를 내려가고 있었다.
"왜 갑자기 서두르시는 겁니까?"

"제갈세가에서 현상금을 건 모양이다."

"우리가 무슨 대역죄를 지었다고… 한데 얼마나 걸렸답니까?"

"그걸 알아서 뭐 하려느냐? 여하튼 서두르는 것이 좋겠다."

수검은 서둘러 구도사를 내려가는 황조령을 따르며 물었다.

"현상금 좀 걸린 게 뭐가 대숩니까? 어차피 실력도 없는 피라미들이나 덤벼들 텐데요."

현상금을 보고 황 대장을 노릴 명문 정파는 없었다. 제갈세가가 강호를 쥐락펴락하는 무림가도 아니고, 무림인들이 적극적으로 나서야 하는 무림공적과는 차원이 달랐던 것이다.

"그래도 귀찮아지는 것은 사실이다. 이제는 낙양까지 가는 속도를 높여야겠다."

"알겠습니다."

황조령은 구도사에서 내려오자마자 마차에 올랐다. 매파가 옆자리에 타고, 백화선이 나귀 등에 오르자 곧바로 마차를 몰았다. 이전보다 한층 빨라진 속도였기에 이제야 좀 쫓긴다는 분위기가 났다.

황조령 일행이 서둘러 도착한 낙양.

현상금에 눈이 어두워 덤벼드는 무리가 있었지만 특별한 위협은 없었다. 그들 대부분이 삼류 축에도 속하지 못한 별 볼일 없는 왈패들이었다.

흑룡방이 무적신검 황 대장과 결전을 벌이다 봉문당했다는 소문이 떠돌면서 추격전은 끝난 것이나 다름없었다. 어떠한 무림세력도 제갈세가의 부탁을 들어주지 않았고 황조령과 친분이 있던 명문 문파들은 대놓고 제갈세가의 부당한 처사를 비방했다.

아울러 무적신검 황조령을 해하는 무리가 있다면 지옥까지 따라가 응징하겠다는 선포까지 하자 제갈세가의 입지는 더욱 곤란하게 되었다.

엎친 데 덮친 격으로 제갈세가는 승상에게 엄중한 경고까지 받았다. 매파와 승상 부인 본가의 친분은 황조령의 예상까지 뛰어넘었다. 본가에 도착하자 승상의 장인과 장모가 직접 매파를 맞이했다. 매파는 눈물을 흘리며 그동안 벌어졌던 일을 털어놓았고 승상의 장인은 대노하여 이 사실을 승상에게 알린 것이다.

더불어 황조령 일행은 귀빈 대접을 받았다. 승상의 장인은 황조령의 올곧은 성품에 반했다고 해도 과언이 아니었다. 사천으로 떠난다는 황조령을 이런저런 이유를 들어 못 가게 만류할 정도였다.

평화로운 오후.

황조령은 수검과 백화선을 동반하고 저잣거리를 걸었다. 승상의 장인에겐 사흘 뒤 떠나겠다는 말을 한 상태고, 여정에 필요한 물품을 구하기 위해 나선 것이다. 커다란 등짐을 메고 황조령을 따르던 수검이 푸념하듯 말했다.

"제갈가주, 그놈 진짜 독하네요. 승상에게 혼나고도 아직도 항복을 하지 않으니 말입니다."

"항복 또한 전략이 필요한 것이다. 체면 구기지 않고 손을 떼려니 머리가 아픈 것이지."

"항복에 무슨 전략은 전략입니까? 그냥 현상금 철회하고, 황 대장님께 진심으로 잘못했다고 고개 한번 숙이면 될 것 아닙니까요?"

"제갈가주는 절대 자신이 잘못했다는 사과는 하지 않을 것이다."

"하면, 계속 싸우자는 겁니까?"

황조령은 대답지 않고 허름한 상점 앞에 멈춰 섰다. 잡화를 파는 골목 안으로 들어오면서부터 계속 주위를 두리번거리며 걸었는데, 마침내 목적지를 찾은 모양이었다.

"수검아, 너는 잠시 여기서… 아니다."

혼자서 상점 안으로 들어가려 했던 황조령이 마음을 바꿨다.

"너도 따라오너라. 대신 쓸데없는 짓은 하지 말아야 한다."

"여부가 있겠습니까!"

반색하는 수검이 황조령을 따르려는 순간, 돌발 상황이 발생했다. 백화선도 상점 안으로 들어가려는 게 아닌가.

"화선이, 너는 남거라."

"싫은데요?"

백화선은 뚱하니 대답하고는 먼저 상점 안으로 들어섰다. 또다시 말을 듣지 않기 시작한 것이다. 황조령은 설레설레 고개를 저으며 상점 안으로 들어섰다. 말해봐야 소용없는 것도 마찬가지일 게 분명했던 것이다.

상점 안은 조용했다.

허전한 나무 선반 위에는 책 몇 권과 장식품 몇 개만 올려져 있을 뿐, 무엇을 파는 곳인지도 확실치 않았다.

"어서 오십시오, 손님."

황조령 일행을 발견한 점원이 달려왔다. 열서넛 정도로 보이는 소년이었다.

"특별히 찾는 것이라도 있으십니까?"

천천히 상점 안을 배회하던 황조령이 대답했다.

"주인장을 보고 싶은데?"

"……!"

잠시 머뭇거린 점원이 대꾸했다.

"무슨 일로 찾으십니까?"

"몇 가지 물어볼 것이 있다네. 대가는 후하게 쳐준다고 말해주게."

"잠시만 기다려 주십시오."

점원은 주렴이 쳐진 공간으로 사라졌다. 잠시 후, 주렴 사이로 빠끔 고개를 내민 점원이 말했다.

"들어오시랍니다."

황조령은 주렴을 젖히며 안으로 들어섰다. 자그마한 창만 있는 협소한 공간에 백발의 노파가 앉아 있었다. 구부정한 허리에 지팡이까지 짚고 있었다.

"그쪽 몸도 성치 않은 것 같은데, 앉으시오."
점원은 재빨리 의자를 대령했다. 황조령은 백발의 노인과 똑같은 자세로 마주 앉았다.
"물어볼 게 있다고 하시었소?"
"그렇습니다."
"혹시 나를 아시오? 예전에 들어본 듯한 목소린데……."
"가끔 만났던 적이 있을 겁니다."
"이리 가까이 좀 오시오. 요즘은 눈이 침침하여……."
백발노인은 얼굴을 내민 황조령을 뚫어져라 바라보았다. 그러다 이내 고개를 가로저으며 말했다.
"요즘은 기억력도 통……."
황조령을 알아보지 못한 백발노인이 물었다.
"그래, 무엇이 궁금한 것이오?"
"궁금한 것도 있고, 부탁도 있습니다."
"뭐… 두 가지 다 들어나 봅시다."
백발노인은 여유를 잃지 않았다. 구부정한 허리를 의자 등받이에 기대며 편안히 말하라는 미소를 지어 보였다.
"여전히 무림맹과 연통하고 계십니까?"
"……!"
순간 백발노인의 표정이 굳어졌다. 수검과 백화선 또한 흠칫하는 반응이었다. 백발노인이 무림맹의 비밀 연락책임을 알아차린 것이다. 백발노인이 평상시의 인자한 표정을 회복하는 것은 금방이었다.

"다 아시고 온 것 같은데… 이제는 부탁이라 하는 것을 들어봅시다."

황조령은 품속에 있던 서찰을 꺼내어 내밀었다.

"이를 맹주님께 전해주십시오."

백발노인은 황조령이 내민 서찰을 뚫어지게 살핀 다음 대답했다.

"겉봉에 아무것도 적혀 있지 않군요. 맹주님께서는 자기 신분을 감추려는 자의 서찰은 받지 않습니다."

"일부러 적지 않았습니다. 여 군사는 내가 맹주님께 기별을 전하는 것을 무척 꺼려합니다."

"여 군사님께는 비밀로 해달라는 것이군요."

"그렇습니다. 노인께서는 충분히 그럴 수 있는 능력이 있지 않습니까."

"그렇소. 내게는 그리 어려운 일이 아니오. 하나 그대가 신분을 밝히지 않는 한, 맹주님께 이를 전해드릴 수는 없습니다. 신분을 밝힌다고 해도 맹주님께서 모르시는 분이거나 꺼려하시는 분이시라면, 이 또한 전해드리지 않을 겁니다."

"그럴 리는 없을 겁니다."

황조령은 백발노인의 손에 서찰을 쥐어주며 몸을 일으켰다. 억지로 서찰을 맡게 된 백발노인이 물었다.

"대체 뉘시오? 분명 목소리는 귀에 익은데……."

"한때 무림맹의 총대장을 맡았던 사람이오. 노인장과는 천소산 시절부터 인연이 있었지요."

반쯤 감겨있던 백발노인의 눈이 번쩍 떠졌다.
"화, 화, 화, 황 대장님!"
"서찰을 잘 부탁하오."
황조령은 재빨리 상점에서 나왔다. 이런저런 이야기를 나누다 시간을 지체하면 여주승과 연이 있는 무림맹 제자와 마주칠 수도 있기 때문이었다.
황급히 걷는 황조령에게 백화선이 물었다.
"제갈가주 때문인가요?"
"그렇다."
"하~ 이상하네?"
백화선은 과장스런 표정으로 관심을 끌었다.
"뭐가 이상하다는 것이냐?"
"저번에 말했잖아요. 무림맹주님인 자경 부인에게 사사로이 개인적인 부탁을 드리지 않겠다고 말이에요. 제갈가주가 항복하기 직전인데 왜 도움을 청하는 건가요?"
"내 또 말하지 않았더냐? 내가 맹주님께 부탁하는 경우는 맹주님과 나, 모두 이로운 때라고 말이다."
"자경 부인까지 나선다면 제갈가주는 더욱 압박을 받겠지요. 그런데 자경 부인이 얻는 이득은 무엇인데요?"
"사람이다."
"사람이요?"
황조령은 추가적인 설명을 해야 했다. 수검 역시 궁금해 죽는 표정으로 바라봤던 것이다.

"자신의 잘못을 회피하는 방법으로 스스로 꼬리를 잘라내는 것이 있다. 아랫사람에게 모든 잘못을 떠넘기는 것이지. 제갈문주는 예측이 가능한 인물이다."

"아주 고전적인 방법 아닙니까? 하면 누구를……."

"아마도 조참이 될 것이다. 모든 실무를 그가 떠맡았으니 말이다. 허락도 없이 매파와 나를 해하려 했다고 몰아 그를 참수할 것이다."

"완전 토사구팽이군요."

"조참은 매우 뛰어난 지략가다. 그런 인물이 허무하게 죽게 내버려 둘 수는 없지 않느냐. 하여 맹주님께 조참을 구하고 그를 수하로 삼는 게 좋겠다는 뜻을 전했다."

조용히 듣고 있던 백화선이 끼어들었다.

"그래서 서로 이득이라 했군요. 형부는 제갈세가의 압박에서 완전히 벗어날 수 있고, 자경 부인은 머리 좋은 수하를 얻을 수 있으니 말이에요. 더불어 배신당한 조참이 제갈세가를 곱게 볼 리 없지요. 제갈세가는 이제부터 형부보다 조참을 더욱 경계할 거예요. 혹시나 형부와 손잡고 자신을 어찌하지 않을까 노심초사할 것이고요. 그렇게 평생을 살아야 하니 여간 괴로운 게 아닐 테고 말이에요. 그러고 보니 형부는 참 집요하고 잔인한 면이 있어요. 상대가 제일 싫어하는 방법으로 복수를 하니 말이에요."

"어찌 생각하든 상관없다. 이제는 제갈세가를 신경 쓸 필요가 없다는 것이 중요하지. 늦었으니 어서 돌아가자꾸나."

황조령이 승상부인의 본가로 발길을 재촉할 때였다.
"소, 손님, 손님~!"
헐레벌떡 뛰어오는 소년이 있었다. 비밀 연락책인 백발노인이 데리고 있던 점원이었다.
"무슨 일이냐?"
"헉, 헉… 다, 다름이 아니고요……."
숨을 진정시킨 점원은 품속에서 서찰을 꺼내어 내밀었다. 황조령이 맡긴 것을 다시 되돌려주는 것은 아니었다. 봉투의 질이 황조령의 서찰과는 다른 것이었다.
"누가 이것을 나에게 전해주라 하더냐?"
"팔이 한쪽 없으신 조, 조이함 대협입니다. 황 대장님처럼 갑자기 주인님을 찾아와 이를 맡기고 가셨습니다."
황조령은 급히 서찰을 개봉했다.
"……!"
황조령의 눈에 이채가 번득였다. 중요한 내용이 담겨 있는 게 분명했다. 궁금함을 못 참는 수검이 물었다.
"무슨 내용입니까?"
"괴이한 무공을 퍼뜨리는 무리에 대한 중요한 단서를 찾았다고 한다. 최대한 빨리 운남으로 가야겠다."
"그렇다면 당장 떠나야지요."
수검은 격양된 반응을 보였지만 백화선은 뭐가 뭔지 몰랐다.
"형부, 괴이한 무공이라니요?"

"그런 게 있다. 수검과 나는 운남으로 갈 것이니, 너는 사천으로 돌아가 있어라."

"나만 빼고요? 그런 게 어딨어요?"

백화선이 투정을 부렸지만 황조령도 만만치 않았다.

"어허! 이번에는 내 말을 따르거라. 어떤 위험이 기다리고 있을지 모르니 너를 데려갈 수 없다. 사천으로 가거라."

"싫은데요!"

고집 대결이 벌어졌다. 황조령과 백화선은 눈에 힘을 주고 서로를 노려보았다. 이는 무림의 황고집으로 유명한 황가장과 독하기로 소문난 비독문의 싸움이나 다름없었다. 한 치의 양보도 없는 치열한 눈싸움의 승자는……

"쳇!"

백화선이 먼저 시선을 외면하고 말았다. 고집이 세기로 유명한 그녀였지만 황조령을 당해낼 수는 없었던 것이다.

"수검, 너는 먼저 가서 떠날 채비를 하여라."

"알겠습니다."

수검을 보낸 황조령이 백화선에게 말했다.

"양보해 주서 고맙구나. 말썽 부리지 말고 사천에서 얌전히 기다리고 있어라. 몰래 따라올 생각은 말고."

"쳇! 눈치는 빨라서……"

황조령이 삐친 표정을 짓는 백화선의 소매를 끌며 말했다.

"가자꾸나. 이별 선물로 뭐라도 사주마. 비단옷이 좋겠느냐, 노리개 같은 장신구가 좋겠느냐?"
 "둘 다요!"
 "그래그래, 둘 다 사주마."
 황조령은 흔쾌히 승낙했다. 문제가 될 소지가 농후한 백화선만 떼어낼 수 있다면 그 정도 출혈은 기꺼이 감수할 수 있었다.

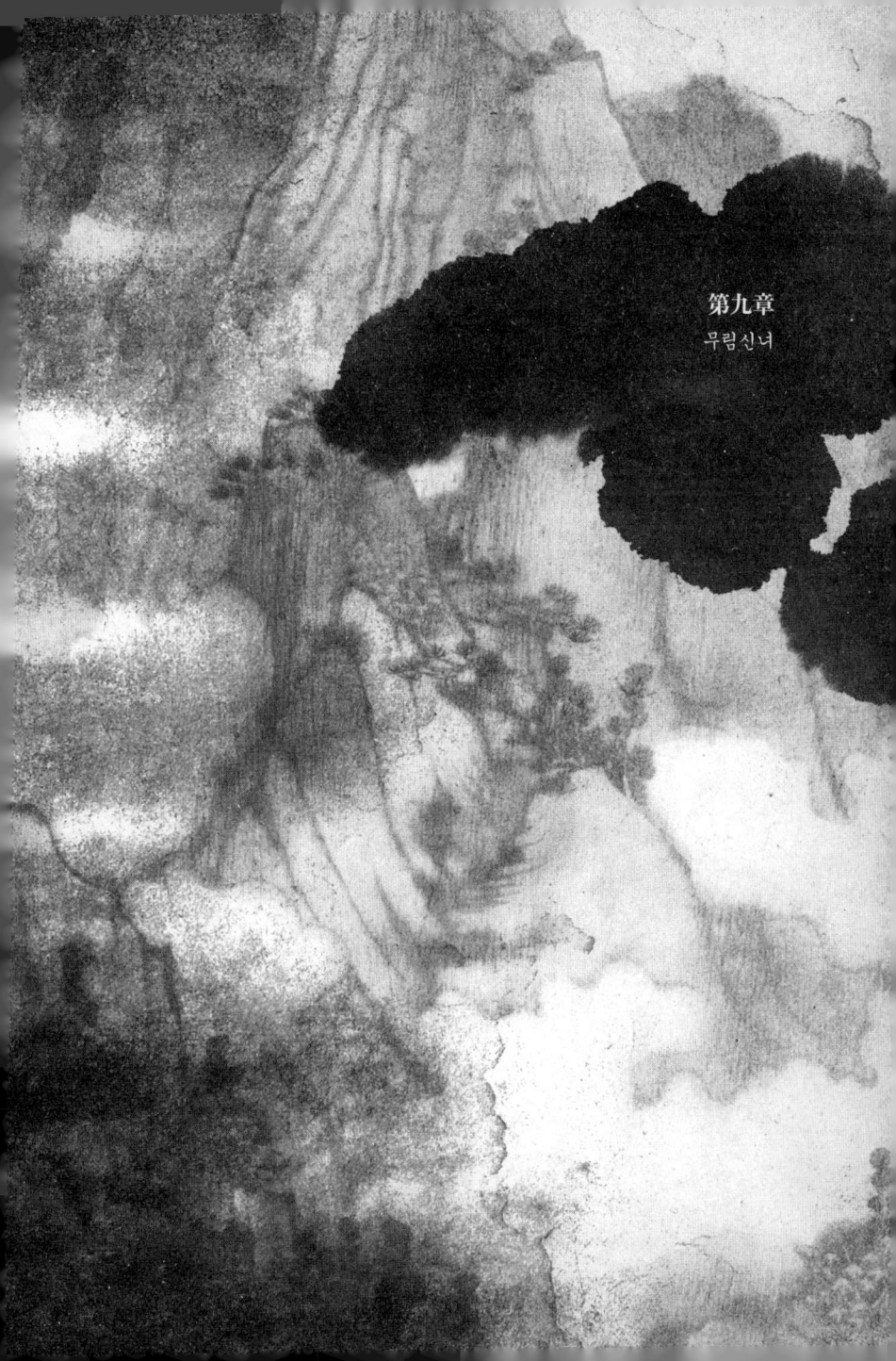

第九章
무림신녀

행군을 하다시피 도착한 운남.

조이함과 합류하기로 한 곳은 장천(長天), 운남 초입에 위치한 한적한 마을이었다. 얼마나 한적한지 마을까지 가는 동안 사람 구경을 할 수가 없었다. 마차를 맡겨두고 도보로 이동하는 중이었다.

"뭔가 이상한데요? 아무리 조용한 마을이라도 이렇듯 사람이 없을 수가 있습니까?"

"글쎄 말이다. 주변 마을들이 워낙 커서 상대적으로 작게 느껴지는 것이다. 전체로 보면 꽤나 규모가 있는 마을인데, 지나가는 개 한 마리도 보이지 않으니 말이다."

황조령과 수검은 의아함 속에 길을 걸었다. 오밤중도 아닌

대낮에 이리도 인적이 없을 리는 없었다.
 "누군가 일부러 통행을 막은 것 아닐까요?"
 황조령은 고개를 끄덕였다. 이러한 경우는 인위적일 가능성이 농후했던 것이다. 문제는 누가 어떠한 의도를 가지고 통행을 막았냐는 것이었다. 고관대작의 행차처럼 위험을 방지하고자 하는 호의적인 의도일 수도 있고, 그 반대로 대놓고 목숨을 노리자는 불손한 의도일 수도 있었다.
 "일단은 조심하는 게 좋겠구나."
 운남의 작은 마을에 고관대작의 행차가 있을 리 만무했다. 그러나 황조령의 의심은 동구 밖으로 접어들면서 풀렸다.
 먼지가 풀풀 날리던 길에는 붉은 꽃이 뿌려져 있었고, 마을 입구에는 수많은 사람들이 운집하여 있었다. 마을 차원의 대대적인 환영의 분위기였다. 황조령이 나타나자 군중들이 웅성거리기 시작했다.
 "조 대협께서 황 대장님의 정체를 밝히셨나 봅니다."
 "그놈이 쓸데없는 짓을 했구나."
 무적신검 황 대장의 명성은 대단했었다. 그가 가는 길마다 무림영웅을 보려는 군중들이 인산인해를 이루었던 것이다. 그러나 황조령은 그때나 지금이나 이러한 환영 자체를 꺼려했었다.
 "모인 성의를 봐서라도 손이라도 한번 흔들어주시지요."
 황조령은 썩 내키지 않는 표정이었다. 그러나 수검의 말대로 성의 표시 정도는 해야 마땅했다.

스윽.

"우와아아~!"

황조령이 손을 들자 난리가 났다. 앞으로 나오려는 사람들이 뒤엉키면서 질서가 완전히 무너졌다.

"저, 저, 저……."

황조령은 안타까운 신음을 발했다. 저러다 큰 사고로 이어질 수도 있기 때문이었다.

"수검아, 모두 물러서라 전하여라."

"알겠습니다."

수검은 곧바로 뛰어갔다. 그리고는 앞으로 넘어질 뻔한 사람들을 일으켜 세우며 소리쳤다.

"자, 자! 모두 물러나시오!"

수검의 등장으로 혼란스런 상황은 수습되었다. 군중들은 다시 질서정연하게 자리를 잡았다. 곧이어 수검의 눈치를 살피며 조심스럽게 묻는 이가 있었다. 깡마른 몸에 병색이 가득한 사내였다. 공교롭게도 이 자리에 모여든 대부분이 성치 않은 몸을 가진 사람들이었다.

"무림신녀님은 언제 오시는 겁니까?"

"누구요?"

수검은 생뚱맞은 표정으로 반문했다. 그런 별호는 처음 들었기 때문이다.

"내공으로 온갖 불치병까지 치유하시는 무림신녀님 말입니다. 두 분은 무림신녀님의 안위를 보호하는 호위무사 분들 아니십니까?"

"아닌데요?"

수검은 정직하게 대답하는 실수를 범하고 말았다. 그 순간 수검과 황조령을 대하는 반응이 달라졌다.

"하면 누구요?"

"나는 수검이라고… 저기 계시는 무적신검……."

군중들은 격양되어 있었다. 수검의 말을 다 듣지도 않고 소리쳤다.

"먼저 치료를 받으려고 별 수작 다하는구만!"

"그러고 보니 저놈은 다리 병신이야!"

"뒤로 가, 뒤로! 여기 다 급한 환자들이야. 누구는 골볐다고 몇 날 며칠 여기서 죽치고 있었는지 알아!"

"저딴 놈들한테 말이 필요없어요. 당장 끌어내요. 당장!"

군중들은 우르르 달려들어 황조령과 수검을 강제로 끌고 가려 했다. 황조령이 봉변을 당하게 생겼는데 참고 있을 수검이 아니었다.

"이것들이 정말~!"

수검은 엄청난 힘으로 달라붙은 사람들을 밀쳤다. 그리고는 본때를 보여줄 요량으로 맨 앞에 있던 사내의 멱살을 잡아 올리며 소리쳤다.

"죽고 싶어!"

보통 사람이라면 흠칫하며 꼬리를 내렸을 것이다. 그러나 생사의 기로에 선 환자들에겐 통하지 않았다.

"그래 죽여라, 새끼야. 병으로 죽으나 맞아 죽으나, 죽는 건 똑같으니 말이다."
"나도 죽여, 나도! 이 괴로운 인생, 하루 빨리 벗어나고 싶단 말이다!"
"죽이라고 하면, 못 할 줄 알고!"
"수검아!"
황조령이 소리쳐 주먹을 휘두르려는 수검을 제지했다.
"이놈들이 우리를 사기꾼 취급하지 않습니까?"
"그렇다고 환자들에게 주먹을 쓰면 되겠느냐?"
황조령은 극도로 흥분한 수검을 만류했지만 이판사판의 군중들은 이마저도 곱게 여기지 않았다.
"저 새끼들 저러면서 자리 차지하고 있어!"
"뒤로 가, 이놈들아! 네놈들만 살겠다고 별짓을 다하는구나! 이 염병할 새끼들아!"
"누가 별짓을 다한다고!"
"그래, 죽여, 죽여~!"
수검과 군중들이 뒤엉켜 난리법석인 그때였다. 흥분한 군중들 사이에서 한 남자가 소리쳤다.
"저기 또 누가 오고 있다!"
"이번에도 사기꾼들 아니야?"
"아니야, 이번에는 진짜인 것 같은데?"
화려한 꽃길이 시작되는 지점, 호위무사를 앞세운 행렬이 등장했다. 호위무사들 뒤에는 가마가 있었는데, 지붕이 없었기에 누가 타고 있는지 대번에 알 수 있었다. 우아한 자태로 앉아 있는 여인이었다.
"무림신녀님이다!"
"진짜다! 이번에는 진짜 무림신녀님이다!"
앞 다투어 나오려는 사람들 때문에 또 소란이 일어났다. 질서가 무너지려는 순간, 맨 앞에 있던 호위무사가 소리쳤다.
"멈추시오!"
흥분한 군중들은 말을 듣지 않았다. 서로 먼저 치료를 받으려는 사람들이 우르르 앞으로 밀려나왔다.
"멈추라고 했소이다! 이에 따르지 않고 움직이는 자는 무림신녀님께서 치료치 않을 것이오!"
그제야 소란이 멈췄다. 군중들은 모든 행동을 중단하고 꼼짝도 하지 않았다. 정말 치료를 받지 못할까 두려웠던 것이다.
무림신녀의 행렬은 마을 입구에서 멈춰야 했다. 구름처럼 몰려든 사람들 때문에 마을 안으로 들어서기 어려웠던 것이다.
"내려주세요."
우아한 자태로 앉아 있던 여인이 말하자 가마꾼들이 조심스레 가마를 내렸다. 그녀가 바로 내공으로 불치병까지 치료한다는 무림신녀가 분명할 터였다.
"더 이상 나아가기 힘드니 여기서 치료를 해야겠군요."
"안 됩니다, 신녀님."
다부진 체격의 호위무사가 단호히 반대했다. 이에 무림신녀는 미소를 잃지 않고 물었다.
"왜 안 된다는 건가요?"
"신녀님을 길바닥에서 치료하게 할 수는 없습니다. 다소 시간이 걸리더라도 저들을 물리고 마을 안으로 드시지요."
"그럴 시간에 한 분이라도 더 치료를 하는 게 낫지 않을까요? 치료를 받게 되면 그 인원이 빠져서 안으로 들어가는 게 수월해질 거예요."
"신녀님의 뜻이 그렇다면 어쩔 수 없지요."
다부진 체격의 호위무사가 눈짓하자 짐꾼들이 천막을 설치했다. 많이 해본 솜씨인지 원뿔 모양의 천막이 완성되는 것은 금방이었다.
"어떤 분부터 치료를 할까요."
무림신녀는 군중들이 앞줄을 바라보았다. 모두가 자신이 맨 처음 치료받기를 갈망하는 분위기였다.
"지팡이를 짚고 계신 분부터 차례대로 들어오세요."
"예?"
공교롭게도 그녀가 맨 처음 지목한 사람은 황조령이었다. 선택받지 못한 군중들이 가만있을 리 만무했다.
"말도 안 됩니다, 신녀님. 저놈은 새치기를 한 놈입니다."
"그렇습니다. 아주 지능적으로 새치기를 한 아주 나쁜 놈입니다."
"조용하시오!"
호위무사가 불만을 터뜨리는 군중들을 조용히 시켰다.

"치료의 순번을 정하는 것은 신녀님이오. 이에 복종치 않겠다면 지금이라도 돌아가시오."

더 이상 불만을 토로하는 사람은 없었다. 그러나 정작 문제는 황조령이었다.

"나는 환자도 아니고……."

황조령이 사양하는 기색을 보이자 수검이 잽싸게 끼어들었다.

"황 대협님! 어서 안으로 드시지요. 어서요."

"수검아?"

수검이 황조령의 등을 떠밀며 속삭였다.

'불치병까지 고친다고 하니 치료를 받아보지요. 어차피 밑져야 본전 아닙니까?'

"그렇다고 해도 다른 사람이 먼저인데……."

"괜찮습니다, 괜찮습니다. 그동안 고지식할 정도로 올곧게 살았으니 새치기 한 번쯤이 무슨 상관입니까. 어서 들어가시지요!"

수검의 거의 강제로 황조령을 천막 안으로 집어넣었다. 곧이어 뒤따라 들어온 무림신녀가 말했다.

"저쪽 의자에 앉으세요."

"예."

황조령은 그녀가 시키는 대로 했다. 마음 한구석에는 불구가 된 다리와 얼굴을 고쳐 보고 싶은 욕심이 있었던 것이다.

"맥부터 볼까요?"

황조령의 맞은편에 앉은 무림신녀는 찬찬히 맥을 짚었다.
"무림인이네요?"
"예."
황조령의 대답은 시큰둥했다. 어느 정도 실력을 갖춘 의원이라면 무림인과 보통 사람을 구분해 낼 수 있었던 것이다.
"참으로 놀랍네요? 그동안 수많은 사람들을 진맥했는데 이처럼 복잡하고 강인한 맥은 처음이에요. 실례가 되지 않는다면 존함을 묻고 싶네요."
"죄송합니다. 사정이 좀 있어서……."
"아! 괜찮아요. 제가 가끔 엉뚱한 것에 호기심을 느끼는 버릇이 있어서요. 맥은 됐고요, 다음은 다리를 볼게요."
곧이어 무림신녀는 불구가 된 황조령의 다리를 살폈다. 이에 황조령은 오랜만에 긴장감을 느꼈다.
정말 고칠 수 있을까?
최고의 의원이라 추앙받던 송 노공도 고치지 못하지 않았던가. 너무 기대를 갖지 않으려 해도 소용없었다. 시간이 지날수록 황조령이 심장은 쿵쾅거리며 뛰었다.
"죄송해요."
그녀의 입에서 부정적인 말이 나오는 순간 황조령의 희망은 깨졌다.
"이것은 저로서도 어찌할 수 없네요."
수검 또한 대단히 실망한 모양이었다. 땅이 꺼지는 듯한 한숨 소리가 황조령 귀에까지 들릴 정도였다.

"누가 치료를 했는지 몰라도 엄청난 실력의 의원일 거예요. 다리를 절단해야 하는 상처였는데, 이렇게까지 호전될 수 있는 것도 기적이라 할 수 있지요. 저 역시 이 이상은 불가능합니다."

"예……."

다리를 고칠 수 없다는 말이 오히려 위로가 되었다. 물심양면으로 자신의 상처를 보살폈던 송 노공의 정성을 새삼 깨달을 수 있었던 것이다.

"도움이 되지 못해 죄송합니다. 이제 얼굴 상처를 볼까요?"

"……!"

순간 황조령은 얼굴 붕대를 풀려는 무림신녀의 손을 반사적으로 막았다. 불치병까지 고친다는 명의였지만, 그녀 역시 여자였기 때문이었다.

"왜, 왜요?"

"이 상처를 보지 않는 게 나을 듯싶습니다."

"그러니까, 왜요?"

"그, 그게 말이지요……."

황조령은 난감했다. 정말 보여줘도 될까? 그녀가 비명이라도 지른다면 엄청난 소란이 일 게 분명했던 것이다.

"괜찮으니, 말해보세요."

무림신녀의 독촉에 황조령은 사실을 털어놓았다.

"제 상처는 여인들이 감당하기 힘듭니다. 양의 기운이 너무 강하기 때문인데… 거의 대부분은 비명을 지르고 토악질을 하거나 심하면 혼절을 할 수도 있습니다."

"그래요~?"

눈이 동그래져서 반문하는 무림신녀는 더욱 호기심을 느끼는 눈치였다.

"이제 얼굴 상처를 봐도 되겠지요?"

안 된다고 하면 큰일 날 분위기였다. 황조령이 고개를 끄덕이자 그녀는 천천히 손을 뻗었다.

수검은 벌써 경계 태세에 들어섰다. 그녀가 소리를 지르며 호위무사들이 뛰어들어올 게 불을 보듯 훤한 상황이었다. 팽팽한 긴장감 속에 그녀의 손이 황조령의 얼굴에 닿았다. 붕대만 풀어내면 저주스러운 상처가 드러나는 것이다.

무림신녀의 손짓을 따라 붕대가 천천히 풀리고 마침내 모든 여인들을 경악케 했던 상처가 드러났다.

"어머나! 정말 지독한 상처네요."

"……!"

"……!"

순간, 황조령과 수검은 동시에 놀랐다. 무림신녀가 놀라는 탄성을 발하기는 했지만 비명을 지르거나 혼절하지는 않았다. 황조령이 상처를 보고도 멀쩡한 두 번째 여인이 나타난 것이다.

"양의 기운이 강하다는 것은 사실이네요. 거기에 사람의 살점을 썩게 하는 맹독까지 침투한 상태고요. 꽤나 오래전 상처 같은데 여전히 강한 기운이 남아 있다니……."

무림신녀는 호기심 넘치는 표정으로 황조령의 얼굴 상처를 살폈다. 그런 그녀를 또 뚫어져라 바라보는 사람이 있었으니,

바로 수검이었다.

이번에야말로 모든 조건이 완벽했다.

가장 중점적으로 보는 외모의 기준은 가뿐히 통과였고, 황조령이 상처를 보고도 멀쩡하지 않은가! 더 이상 볼 것도 없었다. 그녀가 사귀는 남자가 있다면 몰래 처리하고 싶은 충동까지 들었는데…….

"매우 복잡하고 지독한 상처이긴 한데, 다행히 고칠 수 있을 것도 같아요."

"……!"

"……!"

수검과 황조령은 동시에 두 번이나 놀랐다. 이는 전혀 예상치 못한 일이었다. 어떠한 상황에도 침착함을 잃지 않던 황조령이 상당히 흥분한 모습을 보였다.

"정말 고칠 수 있습니까?"

"쉽지는 않겠지만 불가능한 것은 아니에요."

"황 대장님!"

수검은 글썽이는 눈으로 황조령이 손을 잡았다. 그동안 얼굴 상처 때문에 받은 굴욕이 얼마던가. 낙심하는 황조령을 볼 때마다 수검의 마음도 찢어졌던 것이다. 그래도 가장 기쁜 사람은 당사자였다.

"그, 그래……."

황조령은 수검의 손을 맞잡으며 벅차오르는 감정을 억눌렀다. 너무 들떴다가 나중에 일이 잘못되어 크게 낙담할까 두려웠던 것이다. 어느 정도 안정을 찾은 황조령이 무림신녀에게 물었다.
"치료는 언제부터 받을 수 있습니까?"
"글쎄요. 약재를 준비하는 시간도 있고… 다른 분들의 치료도 해야 하고… 본격적인 치료는 열흘 뒤에나 가능할 것 같아요."
"괜찮습니다. 치료만 받을 수 있다면……."
예의상 하는 대답이었다. 하루라도 빨리 치료를 받고 싶은 심정이었다.
"마을 안에 머물고 계세요. 제가 따로 사람을 보낼게요."
"알겠습니다."
황조령이 인사를 하고 일어서는 순간이었다.
"그런데 정확한 호칭이 어찌 되시죠? 처음에는 황 대협님이라 했다가 나중에는 황 대장님이라 했다가……."
그러고 보니 수검이 흥분하여 황 대장이라 부른 적이 있었다. 워낙 경황이 없이 황조령 또한 모르고 지나쳤던 것이다.
"어찌 부르시든 상관없습니다."
"네, 돌아가서 제 연락을 기다리세요. 황 대장님. 이 호칭이 왠지 더 어울리는 것 같아서요."
"예, 그럼……."
황조령은 가볍게 눈인사를 하고 천막을 나섰다. 이성을 회복한 황조령과 달리 수검은 여전히 흥분에 들뜬 상태였다.
"완전 횡재했습니다. 횡재!"

황조령도 이에는 동감했다. 괴이한 무공을 퍼뜨리는 무리를 조사하러 왔다가 망가진 얼굴을 고치게 될 줄은 꿈에도 생각지 못한 것이다.
 "이제는 불행 끝, 행복 시작입니다. 제가 황 대장님 얼굴을 고치면 제일 먼저 뭘 할 줄 아십니까?"
 "이놈아, 너무 앞서가는 거 아니냐? 무림신녀도 쉽지는 않을 것이라 하였다. 기대가 크면 실망도 큰 법이다."
 "에이~ 왜 기분 깨고 그러십니까? 오늘만큼은 충분히 기분 내도 괜찮지 않습니까요?"
 수검의 말도 틀리지는 않다 생각했는지 황조령이 웃음 띤 얼굴로 물었다.
 "그래, 내 얼굴이 고쳐지면 제일 먼저 무엇을 할 것이냐?"
 "복숩니다."
 "복수?"
 잠시 심각한 모습을 보였던 수검이 생각만 해도 좋아 죽는 탄성을 터뜨렸다.
 "하~! 황 대장님 싫다고 퇴짜 놨던 여자들 말입니다. 멀쩡해진 얼굴을 보면 땅을 치며 후회할 것 아닙니까? 지금부터 계획을 짜는 겁니다. 우선은 천하의 미녀부터 꼬시는 겁니다. 왜냐? 그냥 나타나면 심심하지 않습니까. 엄청난 미인과 함께 가면 그녀들의 후회는 두 배가 되는 겁니다."
 수검이 말하는 동안 황조령은 계속 웃고만 있었다. 수검의 생각이 어이없기도 했고, 솔직히 대리만족 비슷한 기분이 들었던 것이다.

"황 대장님이 어찌 생각하든 저는 반드시 실행에 옮길 겁니다. 그게 바로 앞으로 제가 살아갈 이유가 될 것입니다."

황조령이 뚱한 표정으로 물었다.

"한데 복수할 대상이 너무 많지 않더냐?

"헐!"

그러고 보니 그렇다. 복수할 여인이 자그마치 백 명이었고, 전국 각지에 흩어져 있었다. 이를 일일이 찾아다니려면 십 년도 모자랄 것이다.

"윤석아, 복수란 별것 아니다. 내가 아들 딸 낳고 행복하게 살아가면 그게 바로 복수 아니더냐?"

"역시 황 대장님이십니다. 황 대장님이 행복하게 사시는 만큼 그녀들은 후회의 나날을 살게 될 겁니다."

"쓸데없는 상상은 여기까지 하고, 가자꾸나. 이리 사람들이 많으니 묵을 만한 곳이 있을지 모르겠구나."

"없으면 만들어야지요!"

황조령과 수검이 마을 안으로 들어서는 그때였다.

"황 대장님?"

뒤쪽에서 그를 부르는 소리가 있었다.

"이함아?"

호위무사 복장을 한 조이함이 있었다.

"죄송합니다. 제가 마중을 했어야 했는데, 복잡한 일을 처리하느라 늦었습니다."

"그나저나 너는 어찌 된 것이냐?"

황조령은 조이함의 복장을 아래위로 살펴보며 물었다. 조이함은 머리를 긁적이며 대답했다.

"어쩌다가 신녀님의 호위대장을 맡게 되었습니다. 자세한 것은 나중에 말씀드리겠습니다. 마을 중앙에 청남객잔이라고 있습니다. 황 대장님 숙소를 그곳으로 잡아두었으니 거기서 기다리고 계십시오. 늦더라도 찾아뵙겠습니다."

조이함은 주위의 눈치를 살피며 빠르게 말했다. 호위대장을 맡았기에 상당히 바쁜 모습이었다.

"한 가지 물어볼 것이 있다. 무림신녀가 괴이한 무공을 퍼뜨리는 무리와 관련이 있는 것이냐?"

조이함이 대답하려는 찰나, 다급히 그를 찾는 호위무사가 있었다.

"호위대장님, 문제가 생겼습니다. 먼저 받게 해달라고 행패를 부리는 무리가 나타났습니다."

"알았다. 내 곧 갈 것이니 수하들과 함께 먼저 가 있어라."

"예!"

호위무사를 보낸 조이함이 황조령에게 말했다.

"그 또한 나중에 말씀드리겠습니다."

"그래, 바쁜 것 같으니 어서 가보거라."

다급히 뛰어가려던 조이함이 중요한 것을 깜박했다는 표정으로 물었다.

"참! 신녀님께 진료는 받으셨습니까?"

"그래, 다행히 얼굴은 고칠 수 있다고 하더구나. 그러나 아직 확실한 것이 아니라 큰 기대는 갖지 않으려 한다."

"황 대장님, 믿으셔도 됩니다. 보십시오."

조이함은 뒤틀려서 제 기능을 잃었던 팔을 들어 올렸다. 놀랍게도 자연스럽게 쫙 펴졌다. 뿐만 아니라 자유롭게 움직이는 손가락의 움직임은 정상인이나 다름없었다.

"신녀님께 치료를 받고 나왔습니다."

"……!"

"황 대장님도 분명 좋은 일이 있을 겁니다."

조이함은 이내 뒤돌아서 뛰어갔다. 그 뒷모습을 바라보는 황조령의 심장은 마구 뛰었다. 얼굴을 회복할 수 있는 가능성이 한층 높아진 것이다.


늦은 밤.

조이함은 약속대로 황조령의 숙소를 찾았다.

똑똑.

"이함입니다."

"들어오너라."

문을 열고 들어선 조이함은 황조령이 권하는 자리에 앉았다. 침상에 걸터앉아 있는 황조령과 마주 보이는 곳에 의자가 하나 놓여 있었던 것이다.

"어찌 된 일이냐?"

궁금함을 참지 못한 황조령이 본론을 꺼냈다.

"어디서부터 말씀을 드려야 할지……."

"무림신녀가 괴이한 무공을 퍼뜨리는 무리와 연관이 있는 것이냐?"

황조령은 핵심적인 질문을 던졌다. 조이함은 신중한 어조도 대답했다.

"분명 연관은 있습니다. 그러나 황 대장님이 찾는 일당과는 전혀 다른 길을 걷고 있습니다."

"무슨 소리냐? 알기 쉽게 설명하여라."

"괴이한 무공을 퍼뜨리는 일당은 중경에 있었던 보타문의 후손인 듯싶습니다."

"갑오의 변 때 멸문당한 그 보타문 말이더냐?"

"그렇습니다. 그 당시 보타문주 소진엽(蘇眞燁)은 만능자(萬能子)로 불릴 만큼 여러 방면에 재주가 뛰어났습니다. 학식이나 무공은 물론 의술에도 정통하여 불치병에 걸린 이들이 그를 찾았다고 합니다."

"그에 대해서는 나도 좀 알고 있다. 송 노공이 말했었지. 자신이 닮고 싶은 의원은 편작도 아니요, 화타도 아니요, 불운하게 생을 마감했던 보타문주였다고 말이다."

"정말 불운했지요. 아직도 그의 죽음에 대해서는 이견이 많습니다. 보타문주가 무림금서를 썼다는 의심을 받았을 때, 그는 무엇 때문에 무림금서인지 토론하자고 제의했습니다. 수많은 정사마의 인물들이 참여했는데, 그 누구도 보타문주의 반론에 대해 답을 하지 못했습니다. 때문에 많은 사람들이 보타문주는 협의를 벗었다고 생각했는데, 갑오의 변 때 희생을 당하고 말았습니다. 그 어처구니없는 이유가 바로 무림맹 체제에 위협이 될 만큼 너무 똑똑한 인물이라는 것이었습니다."

감정을 섞여 이야기는 조이함과 달리 황조령은 극히 무덤덤했다.

"내가 알고 싶은 것은 무림신녀와 보타문주는 어떤 관계이며, 그녀와 괴이한 무공을 퍼뜨리는 무리와는 또 어떤 관계냐는 것이다."

"간단히 말씀드리면, 신녀님은 보타문주의 피를 이어받은 후손이며, 괴이한 무공을 퍼뜨리는 무리의 수장이 신녀님의 오라비인 듯싶습니다."

"오라비라고?"

"그렇습니다. 무림맹은 갑오의 변 이후에도 생존했을 것으로 추정되는 후손을 계속 추적하였습니다. 보타문주의 후손에 대해서는 특히나 세세한 기록이 남아 있었습니다. 물론 모용관이 난을 일으키기 전까지의 기록입니다."

당연한 일이었다. 진양교의 파상적인 공세에 무림맹은 초토화되었다. 무림공적의 후손을 추적할 여유가 있을 리 만무했다. 황조령이 무림맹의 실권을 쥐었던 시기도 마찬가지였다. 진양교를 타도하는 데만 모든 역량을 집중했던 것이다.

"그 당시 마지막 기록에 의하면, 추살했던 보타문주의 후손에게 연년생인 아들과 딸이 있었다고 합니다."

"그때 살아남은 딸이 무림신녀이며, 괴이한 무공을 퍼뜨리는 자가 아들이란 말인가?"

"무림맹에서 빼낸 정보이니 확실합니다."

의아함을 느낀 황조령이 물었다.

"무림맹에서 무림공적 후손에 대한 조사를 다시 시작한 것인가?"

"그렇습니다. 하여 드릴 말씀이 있습니다. 아니, 부탁이 있습니다."

"……."

황조령은 혼쾌히 말해보라 하지 못했다. 조이함이 먼저 부탁이라고 할 정도면 얼마나 복잡한 문제일지 가히 짐작이 갔다.

"내키지 않으시면……."

"아니다. 무슨 부탁인지 들어나 보자꾸나."

조이함은 잠시 심난한 표정을 지어 보이다 입을 열었다.

"앞서 말씀드린 것처럼 무림맹 또한 괴이한 무공을 퍼뜨리는 무리에 대해 정보를 수집하고 있었습니다. 어느 정도 조사가 마무리되는 시점이라 그들에 대해서 본격적으로 칼을 빼들 것으로 보입니다."

황조령은 고개를 끄덕였다. 천하의 여주승이 무림맹에 해가 될 수 있는 무리를 그냥 놔둘 리 만무했던 것이다.

"문제는 그 불똥이 신녀님께 튈 수도 있다는 겁니다."

"무림신녀가 그들과 한패더냐?"

"아닙니다. 신녀님은 계속 치료행만을 해오셨습니다. 그놈들이 벌였던 짓거리와는 전혀 무관합니다."

"그럼 무엇이 문제더냐? 이는 무림맹도 알 것 아닌가. 아무 잘못도 없는 무림신녀를 해칠 리 없다. 이는 내가 무림맹의 총대장으로 있을 때 선언하지 않았더냐? 아무리 무림공적의 후손이라도 그가 죄를 짓지 않으면 처벌하지 못한다고 말이다."

"아닙니다. 벌써 무림맹이 움직이기 시작했습니다. 여주승은 괴이한 무공으로 강호를 혼란에 빠뜨리던 무리와 무림신녀를 모두 처리하기로 결정한 것 같습니다. 신녀님이 아무리 선행을 베풀어도 그녀의 오라비가 강호를 혼란에 빠뜨리는 무리의 수장인 사실은 변치 않습니다."

"……"

황조령은 한동안 말이 없었다. 무림신녀를 돕기 위해서는 그가 몸담고 있던 무림맹과 맞서야 하기 때문이다. 그렇게 되면 서로 꺼려왔던 여주승과도 부딪칠 수밖에 없는 노릇이었다.

"정말 어렵구나……"

이 말 한마디에 황조령의 모든 고민이 담겨 있었다. 조이함 또한 답답해 미치는 심정이었다.

"제가 오죽했으면 황 대장님께 부탁을 드리겠습니까? 얼마나 많은 사람들이 병으로 죽어가며 불구의 몸이라 놀림을 받습니까? 이는 그들 모두의 희망을 빼앗은 겁니다. 견제 세력이 없는 무림맹을 막을 수 있는 분은 황 대장님밖에 없습니다."

조이함이 이리도 적극적인 이유를 황조령은 잘 알고 있었다. 그는 불치병으로 죽어가던 아내를 지켜봐야 했고, 그 또한 양쪽 팔을 못 쓰던 불구의 몸이었다. 누구보다도 그들의 아픔을 잘 알고 있으며, 이것이 먼저 떠난 아내를 위해 할 일이라는 보상 심리도 작용했을 것이다.
 황조령 또한 불구의 몸인지라 그 심정을 잘 알고 있었다. 얼굴을 고칠 수 있다는 말을 들었을 때 세상을 다 얻은 것 같은 희열을 느꼈었다.
 상대가 무림맹이 아니라면 흔쾌히 승낙했을 것이다. 무림맹의 떠나면서 맹의 일에는 관여치 않겠다는 약속을 했기에 고심이 깊을 수밖에 없었다.
 "우선은 돌아가는 상황을 봐서 대처하는 게 좋겠다. 내, 맹주님께 이번 일을 소상히 알릴 것이며 다른 경로를 통해서도 힘써볼 것이다."
 "감사합니다, 황 대장님."
 "내가 나선다고 모든 일이 다 해결되는 건 아니다. 무림맹과의 충돌 없이 원만히 끝나기를 바라자꾸나."
 결코 운을 믿지 않는 황조령이었다. 그러나 이번만큼이 운이라는 것에 기대보고 싶은 심정이었다.
 "그런데 수검이 놈은 어디 있습니까? 항시 황 대장님 곁을 지키고 있지 않습니까?"
 조이함은 의자 등받이에 등을 기대며 물었다. 심각한 고민이 해결되자 한결 편안해진 모습이었다.
 "내일 할 일이 많다며 일찍 자고 있다."
 "황 대장님 치료가 급선무인데 무슨 할 일이 많답니까?"

"글쎄? 나도 모르지."

                  *       *       *

아직 동도 트지 않은 이른 아침.

무림신녀의 수행원들이 잠들어 있는 천막 부근에서 이상한 소리가 들렸다.

쩍! 쩍! 쩍!

나무를 내려치는 도끼질 비슷한 소리였다. 고요한 정적을 깨고 들여오는 소리에 조이함이 벌떡 몸을 일으켰다.

"이게 무슨 소리더냐?"

"그, 글쎄요?"

보초를 서고 돌아온 호위무사도 모르는 듯했다. 이에 조이함은 황급히 옷을 걸치고 밖으로 나갔다.

"기침하셨습니까, 조 대협님!"

장작을 패던 수검이 번쩍 손을 들며 인사했다. 조이함은 반갑게 맞장구쳐 줄 기분이 아니었다.

"저놈이 여기까지 들어와 도끼질할 때까지 호위무사들은 무엇을 한 것이냐!"

"소, 송구합니다. 바, 방금 전까지만 해도 아무도 없었는데……."

경비를 섰던 호위무사가 무슨 죄가 있겠는가. 수검의 실력이라면 이런 일쯤은 아무것도 아니었다. 조이함은 굳은 표정으로 수검에게 다가갔다. 어젯밤 일찍 잠들었던 이유를 이제는 알 것 같았다.

"뭔 짓이냐?"

"별뜻없습니다. 황 대장님을 치료해 주는 신녀님께 뭔가 도움을 드리고 싶어서 말입니다."

"황 대장님 수발은 어쩌려고?"

"에이, 황 대장님이 무슨 어린앱니까. 제가 없어도 알아서 하실 겁니다."

"……."

조이함은 난감했다. 억지로 보낸다고 돌아갈 수검이 아니었기 때문이다.

"무슨 일인가요, 호위대장님?"

어수선한 분위기 속에서 무림신녀가 조이함을 향해 다가왔다. 주위에 있던 모든 사람들이 그녀를 향해 고개를 숙였고, 조이함 역시 깍듯하게 예를 표했다.

"편안히 주무셨습니까, 신녀님. 혹시 저놈 때문에 깨신 것은 아닌지요?"

조이함은 수검을 곁눈질하며 말했다. 만약 그렇다면 응분의 대가를 치르게 하겠다는 분위기였다.

"아니에요. 잠은 충분히 잤어요. 그런데 이분은……?"

"안녕하십니까!"

꾸벅, 고개를 숙인 수검이 자기소개를 했다.

"소인은 수검이라고 합니다. 어제 제일 처음 진맥을 하셨던

황 대장님의 오른팔이자 제자이자 분신 같은 존재라고도 할
수 있지요."
 "아! 기억나요. 그런데 치료 날짜는 제가 따로 알려드린다고
하지 않았나요? 어쩐 일로 이른 아침부터 오셨나요?"
 "신녀님께 뭔가 도움을 드리고자 왔습니다."
 "저에게요? 왜요?"
 "첫 번째는 황 대장님의 얼굴을 치료해 주는 것에 대한 보답
이구요. 두 번째는 황 대장님이 하루라도 빨리 치료를 받게 하
고픈 바람 때문입니다. 제가 신녀님을 도와드린다면 그만큼
빨리 황 대장님도 치료를 받을 것 아닙니까요."
 "음… 듣고 보니 그러네요? 그렇데 어떤 식으로 소녀를 돕
는다는 것이죠? 장작을 패거나 잡일을 거들어 주는 사람은 많
습니다. 치료를 받았던 분들이 그것이라도 해서라도 보답을
하겠다며 줄 서 있는 실정이지요."
 "제가 이리 보여도 무림맹의 약재와 의술을 담당하는 건통
전 출신입니다."
 "정말이요?"
 무림신녀는 깜짝 놀라 반문했다. 그도 그럴 것이 건통전의
의술은 강호 최고라 알려져 있었다.
 "만약 거짓이면 이 자리에서 날벼락을 맞아 죽을 겁니다."
 수검이 건통전 소속이었던 것은 사실이다. 그러나 사람 잡
을 놈이라면 쫓겨날 뻔한 비화는 말하지 않았다.
 무림신녀가 긍정적인 반응을 보이자 수검은 더욱 자신감을

가지고 말했다.

"게다가 저는 엄청난 무공 실력도 가지고 있습니다. 신녀님이 저와 함께 있는 것은 안전 그 자체입니다."

수검은 양팔을 굽어 올리며 우람한 체구를 자랑했지만 주변에선 별도 미덥지 않은 눈빛이었다. 아무나 잡고 싸워보자고 할 수도 없는 노릇이고……. 그때 수검의 머리에 번뜩 스쳐 가는 생각이 있었다.

"참고로! 여기 계신 조 대협님이 저의 두 번째 사부님입니다"

그제야 사람들의 시선이 달라졌다. 조이함의 무공 실력이 어떠한지는 잘 알고 있기 때문이었다.

무림신녀가 확인 차 물었다.

"정말인가요?"

"예, 그렇기는 하지요. 거부할 수 없는 분의 부탁을 받아서……."

"오오~"

호위무사들의 입에선 대장부답다는 탄성까지 쏟아졌다. 그 분위기를 탄 수검이 승부를 걸었다.

"어떻습니까, 신녀님. 이 정도면 신녀님을 모시는데 아무런 하자가 없다고 생각합니다. 부디 제가 신녀님을 도울 수 있도록 허락해 주십시오."

"좋아요."

무림신녀는 아무렇지도 않게 승낙했다.

"신녀님?"
"왜요?"
조이함은 이해할 수 없다는 표정이었다.
"화타의 현신이라는 의술과 인품을 갖춘 의원도, 대장군까지 모셨던 호위무사도 곁에 두기를 꺼려하지 않았습니까? 한데, 저 대책없는 놈을 받아주시는 이유가 뭡니까?"
그녀가 수검을 선택한 이유는 간단했다.
"재밌잖아요? 저는 재밌는 사람이 좋아요."
"……."
조이함은 할 말을 잃었다. 깔깔거리며 으스댈 줄 알았던 수검 또한 표정이 굳어졌다. 그가 무림신녀를 찾아온 세 번째 이유가 있었다. 황조령의 천생배필이라 낙점한 그녀의 정보를 얻기 위함인데, 이에는 그녀가 어떤 남자를 좋아하는지도 포함되어 있었다. 불행히도 황조령은 그다지 재미있다 할 수는 없었던 것이다.
"잘 부탁드려요, 수검 무사님."
"예……."
"무사님이 열심히 도와주시는 만큼 황 대장님도 치료도 빨라질 거예요."
"그렇겠죠……."
수검은 부담 백 배인 표정이었다. 무림신녀를 잘 보필해야 한다는 책임감 때문이 아니다. 고지식하기로 유명한 황조령을 재미있는 사람으로 보여야 한다는 것이 고민이었다.

*       *       *

　수검의 부단한 노력덕분에 황조령이 치료를 받을 수 있는 시기는 예상보다 빨리 찾아왔다.
　마을 중앙에 정식으로 마련된 치료실.
　황조령은 초조한 마음을 달래며 무림신녀를 기다렸다. 그의 인생에서 가장 길게 느껴지는 시간이라 할 수 있었다. 수검의 표현대로 불행 끝 행복 시작이라도 볼 수 있는 중요한 전환점이었다.
　털컹.
　문이 열리고 수검이 먼저 안으로 들어왔다.
　"황 대장님, 오래 기다리셨습니다. 신녀님께 치료를 받겠다는 사람이 하도 많아서요. 조금만 기다리시면 신녀님께서 들어오실 겁니다."
　황조령의 치료는 늦은 시간에 이루어졌다. 무림신녀가 잠자는 시간을 줄이는 혜택을 베푼 것이다.
　"괜찮다. 네가 수고가 많구나."
　"헤헤, 별말씀을 다 하십니다. 황 대장님의 기쁨이 곧 제 기쁨 아니겠습니까. 황 대장님이야말로 새롭게 태어날 준비는 되셨습니까?"
　"글쎄다. 인생지사 새옹지마라 하지 않더냐. 기뻐 춤이라도 추고 싶은 마음 한편으로는 염려가 되는구나. 뜻하지 않은 엄청난 행운 뒤에 어떠한 불행이 기다리고 있을지 말이다."

"괜한 기우이십니다."

"그랬으면 좋겠구나."

황조령의 인생은 특히나 행복과 불행의 굴곡이 강했다. 삶의 목적이나 마찬가지였던 모용관을 꺾은 미칠 듯한 희열 뒤에는, 두치와 송 노공의 죽음을 아무것도 못하고 지켜봐야 하는 불행을 겪었다.

"염려 마십시오, 모든 게 잘될 겁니다. 제가 가까이서 신녀님을 지켜봤는데, 정말 못 고치는 병이 없었습니다. 황 대장님 또한 무사히 치료를 마칠 겁니다."

"그래, 고맙구나."

황조령이 수검의 위로를 받으며 초조한 마음을 진정시키고 있는 그때, 무림신녀가 들어섰다.

"오랜만에 다시 뵙네요. 새롭게 태어나실 준비는 되셨나요, 황 대장님?"

"예, 잘 부탁드리겠습니다, 신녀님."

반갑게 인사하는 그녀와 달리 황조령의 대답은 진부했다. 확실히 재미가 없었다.

"우선은 소독부터 하지요. 수검 무사님?"

"예."

수검은 화조령의 붕대를 풀고 정성스레 닦아주었다.

"이제 이 일도 마지막이 될 수도 있겠군요."

"그랬으면 좋겠구나."

수검은 비가 오나 눈이 오나 매일같이 황조령의 붕대를 갈아주었다. 그동안 많이 귀찮을 법도 하건만 어째 시원섭섭한 표정이었다.

"다 됐습니다."

수검이 물러나고 약재를 든 무림신녀가 다가왔다. 그녀는 황조령의 얼굴 상처를 마주 보며 앉았다.

"이 약재를 상처에 바를 거예요. 극양의 기운을 중화시키는 효능이 있지요."

황조령은 무덤덤했고 수검이 외려 걱정스런 표정이었다.

"아픈가요?"

"그리 아프지는 않을 거예요. 황 대장님이라도 충분히 참아낼 수 있을 겁니다."

"예, 가능하면 황 대장님이 안 아프게……."

피식 웃어 보인 무림신녀가 약재를 바르기 시작했다. 그리 아프지 않을 것이라는 그녀와 말과 달리 상당한 고통이 따르는 모양이다. 상처 구석구석 고운 붓에 묻힌 약재를 바를 때마다 황조령의 얼굴은 심하게 찡그려졌다.

"견디실 만하신가요?"

황조령은 고개를 끄덕였다. 수많은 상처로 도배된 그에게 이 정도는 고통 축에도 끼지 못했다.

"다음 약재를 주실래요?"

수검은 재빨리 또 다른 약재를 가져다주었다.

"이 약재는 피부 속에 스며든 독이 잠시 기능을 못하도록 하는 효능이 있지요. 이것은 조금 아플 수도 있답니다."

그리 아프지 않을 것이라는 약재에도 황조령의 얼굴은 땀범벅이 되었다. 다음 약재를 바를 얼마나 고통이 따를지 수검은 걱정이었다.

꿈틀!

무림신녀가 붓을 대자마자 황조령의 얼굴에 경련이 일어났다. 인내심의 대가인 황조령이 이럴진대, 보통 사람이라면 벌써 비명을 지르며 난리를 쳤을 것이다.

"정말 잘 참으셨습니다. 다음번 약재가 마지막인데, 상당한 고통이 따를 거예요. 치료를 위해서는 반드시 이겨내서야 합니다."

무림신녀는 수검을 향해 손을 뻗었다. 약재를 바꿔달라는 것인데 수검은 망설였다. 무림신녀가 상당한 고통이 따를 것이라 하지 않았던가. 그 아픔이 얼마나 심할지 상상도 가지 않았던 것이다.

"괜찮다, 수검아. 이 정도 고통쯤은 아무것도 아니다. 그의 저주에서 벗어날 수 있다면 더한 고통도 참아낼 수 있다."

"알겠습니다."

그때서야 수검은 마지막 약재를 무림신녀에게 주었다. 매우 중요한 과정인 듯 그녀는 굳은 표정으로 주의를 주었다.

"괴롭다고 하여 절대 얼굴에 손을 대시면 안 됩니다. 이는 독으로써 독을 다스리는 약재입니다. 살이 썩는 독기가 손에까지 번질 수도 있습니다."

황조령이 고개를 끄덕이자 무림신녀는 마지막 약재를 상처에 바르기 시작했다.
치이이익~!
살이 타는 소리와 함께 매캐한 냄새가 진동했다. 비유가 좋은 수검조차 헛구역질을 할 정도였다. 그러나 황조령은 역한 냄새 따위는 신경 쓸 수도 없었다. 맨살이 타들어가는 엄청난 고통을 느낀 것이다. 모용관의 독수(毒手)에 얼굴이 망가질 때의 괴로움과 비슷했다.
"절대 비명을 지르거나 의식을 잃으시면 안 됩니다. 이것을 견뎌야 제가 치료를 할 수 있습니다."
황조령은 이를 악물었다. 괴로움에 얼굴을 만지고픈 유혹은 모용관을 떠올리며 참아냈다. 진양교 타도에 모든 것을 걸었던 시절, 아무리 힘들고 괴로워도 그를 떠올리면 극복할 수 있었다. 황조령에게 악랄한 저주를 건 것도 모용관이었고, 이를 이겨낼 수 있게 지탱해 주는 것 또한 모용관이었다.
그렇게 얼마나 치가 떨릴 정도의 고통과 사투를 벌였을까, 무림신녀의 차분한 음성이 들려왔다.
"정말 대견하십니다, 황 대장님. 저의 기대를 저버리지 않으셨군요."
그녀의 밝은 웃음과 함께 몸서리쳐지는 고통은 서서히 사라졌다. 수검은 땀범벅이 된 황조령의 얼굴을 조심스럽게 닦아주었고, 무림신녀는 차분하게 오른쪽 소매를 걷어올리며 물었다.
"상처의 느낌은 어떠세요? 이제 말을 하셔도 됩니다."

"얼얼함만 느껴질 뿐입니다."

"아주 좋아요. 이전에 침투했던 극양의 기운과 독기가 잠시 활동을 멈춘 상태예요. 오래 지속되지는 않을 것이니 신속히 그것들을 빼내야 합니다."

무림신녀가 황조령의 얼굴을 향해 오른손을 뻗는 순간이었다. 황조령은 흠칫 물러서며 물었다.

"그 독한 것을 맨손으로 빼낸단 말입니까?"

"걱정할 필요없어요. 제 몸은 특이하여 어떠한 독이나 기운도 해를 주지 못합니다. 강호에서는 이를 일컬어 만독불침(萬毒不侵)이라 하지요."

"……!"

황조령의 눈이 부릅떠졌다. 만독불침은 전설상에서나 존재하는 것이라 생각했던 것이다. 자신이 치료를 받는다는 사실조차 까먹고 호기심이 발동했다.

"만독불침이 정말로 존재한단 말입니까?"

"바로 눈앞에 있잖아요."

"어찌 그런 것이 가능한 것인지… 타고나신 겁니까?"

무림신녀는 천천히 고개를 가로저으며 대답했다.

"아니요. 몇 번이나 독에 중독되어 죽을 뻔한 멍청함과 기가 막힌 기연이 있었기에 가능했지요."

이어 그녀는 황조령에 향한 손을 가볍게 흔들었다. 이제 치료를 해도 되겠냐는 의미였다.

"부탁드립니다."

무림신녀는 황조령의 얼굴 상처에 손바닥을 댔다. 극악의 독성을 견뎌낼 것으로는 보이지 않는 가녀린 섬섬옥수였다.
"이제부터가 중요해요. 저는 내력을 끌어올려 독성을 빨아들일 겁니다. 황 대장님의 내력과 저의 내력이 상충할 수 있으니, 절대 내공을 운용하시면 안 됩니다."
이는 기본이었다. 황조령은 최대한 몸에 힘을 빼고 그녀의 치유를 기다렸다.
"시작합니다."
무림신녀의 손에 은은한 기운이 서렸다. 황조령은 보는 것으로도 마음이 편안해지는 느낌이었다. 곧이어 따스한 기운이 그의 얼굴 상처로 스며들었다. 얼얼했던 느낌은 눈 녹듯이 서서히 사라지고 징그러운 상처에도 변화가 일었다. 괴기스러운 검은빛이 점차 엷어지기 시작한 것이다.
"오오~!"
수검은 기쁨의 탄성을 발했다. 그 모습을 보고 황조령 또한 희망에 부풀었다. 더 이상 부정 탈까 기쁨을 감출 필요가 없었다. 그동안 겪었던 비참한 기억들이 주마등처럼 스치고 지나갔다. 영혼의 동반자였던 자경 부인이 헛구역질을 하고, 붕대를 풀 때마다 자지러지는 비명을 지르던 여인들이 모습이 연달아 지나갔다. 이제는 그 이야기도 수검과 웃으면서 나눌 수 있을 것이다. 그러나 희열에 찬 황조령의 모습은 오래가지 않았다.
"……!"
치료에 집중하던 무림신녀가 당황한 기색을 보였다. 그와 동시에 황조령의 몸에도 변화가 느껴졌다. 무림신녀의 진기가 스며들자 단전이 절로 반응한 것이다.

"염려하지 마십시오. 신녀님의 내력과는 상충되지 않게 하겠습니다."

황조령은 외부에서 들어온 내력을 자신의 것으로 만들 수 있었고, 마음대로 조절까지 가능했다. 게다가 무림신녀에게 흘러 들어 오는 내력의 양은 극히 적었다. 이내 단전으로 빨려 들어가 소멸될 것이라 예상했는데, 이는 황조령의 크나큰 오판이었다.

"으음!"

그녀의 기운은 단전에서 사라지지 않았다. 외려 단전을 자극하여 황조령의 진기가 들끓게 만들었다. 무림신녀가 해를 입지 않게 하려 해도 통제가 되지 않았다.

"신녀님, 잠시 손을 떼어주십시오."

"그, 그게… 마음대로 되지 않아요."

무림신녀는 난감한 표정으로 대답했다. 손을 떼지 않는 게 아니라 못하는 것이었다.

"수검아!"

"예!"

수검이 힘으로 떼어내려 했지만 소용없었다. 이는 흡성대법을 사용했던 양철수의 경우와 비슷했다.

"수검아, 뭐 하고 있는 것이냐!"

"더 이상 힘을 줬다가는 신녀님의 손목이 부러질 수도 있습니다."
 "지금 그게 문제가 아니다. 이와 유사한 경우가 있지 않았더냐!"
 "이와 유사한… 서, 설마요?"
 양철수의 일을 떠올린 수검이 식겁했다. 제발 그런 불상사가 발생하지 않기를 바랐지만 돌아가는 양상은 그때와 판박이였다.
 "까아악~!"
 무림신녀의 비명 소리와 함께 그녀의 손이 조금씩 부풀어 올랐다. 폭발의 전조가 분명했다. 황조령이 다급한 음성으로 소리쳤다.
 "수검아, 검을 뽑아라!"
 스캉!
 지체없이 검을 뽑아든 수검에게 명했다.
 "내 얼굴을 도려내거라!"
 "……!"
 수검은 멈칫하고 말았다. 어찌 수검이 황조령에게 칼을 댈 수 있단 말인가! 그러나 황조령에겐 어쩔 수 없는 선택이었다. 폭발은 막아야 했다. 그렇다고 양철수 때처럼 그녀의 손을 자를 수는 없는 노릇이었다.
 "뭐 하느냐? 늦기 전에 어서 서둘러라!"
 황조령이 머뭇거리는 수검을 독촉하는 그때였다.
 "쓰, 쓸데없는 짓은 마세요."
 무림신녀가 힘겨운 표정으로 입을 열었다.

"쓸데없는 짓이 아니오. 이대로 지체하면 신녀님의 몸은 폭발하고 맙니다."

"나도 알고 있어요. 그러나 얼굴 상처를 도려내면 황 대장님 죽게 돼요. 상처를 도려낸 만큼 독성이 안으로 더 깊숙이 침투하게 되지요."

"그렇다고 신녀님을 희생시킬 수는 없습니다."

"희생이라니요? 저는 죽지 않습니다. 모두가 제 실수예요. 실제로 군자의 내공이 존재할 줄이야……."

"……!"

황조령은 깜짝 놀랐다. 무림신녀는 군자의 내공에 대해 무언가 알고 있는 것이 분명했다. 그러나 지금은 자신의 호기심이나 채울 때가 아니었다.

"어찌하면 폭발을 막을 수 있는 겁니까?"

"들끓는 내력을 한꺼번에 분출시키는 거예요."

"그렇게 되면……."

"저는 걱정하지 마세요. 제가 순간적으로 기의 흐름을 끊으면 돼요. 다만 엄청난 반발력 때문에 제 몸이 튕겨져 나가는 것이 문제인데… 수검 무사님?"

"예, 말씀만 하십시오."

"제가 튕겨질 때 잘 좀 잡아주세요."

"알겠습니다."

수검은 무림신녀 뒤에 서서 양팔을 벌렸다. 튕겨져 나오는 그녀는 안전하게 보호하기 위함이었다.

"황 대장님, 셋을 세는 순간 요동치는 기력을 방출하시면 됩니다."

황조령은 짧게 고개를 끄덕였다. 무림신녀는 길게 호흡을 가다듬은 다음 수를 세기 시작했다.

"하나……."

모두가 긴장했다. 누구 하나 실수했다가는 무림신녀의 목숨을 장담할 수 없는 상황이었다.

"둘……."

황조령은 들끓는 내력을 터지기 일보 상태로 만들었고, 무림신녀는 셋을 외침과 동시에 기의 흐름을 끊을 준비를 마쳤다. 그리고 수검은 아까부터 두 다리에 단단히 힘주고 있는 상태였다.

"셋!"

콰콰콰쾅~!

무림신녀의 외침과 함께 엄청난 굉음을 동반한 폭발이 발생했다. 치료실로 쓰는 건물 전체가 흔들렸고, 폭발 소리에 놀란 호위무사들이 뛰어들었다.

"시. 신녀님!"

수검의 품에서 정신을 잃은 무림신녀를 보고 엄청난 소동이 벌어질 것은 불을 보듯 훤한 일이었다.

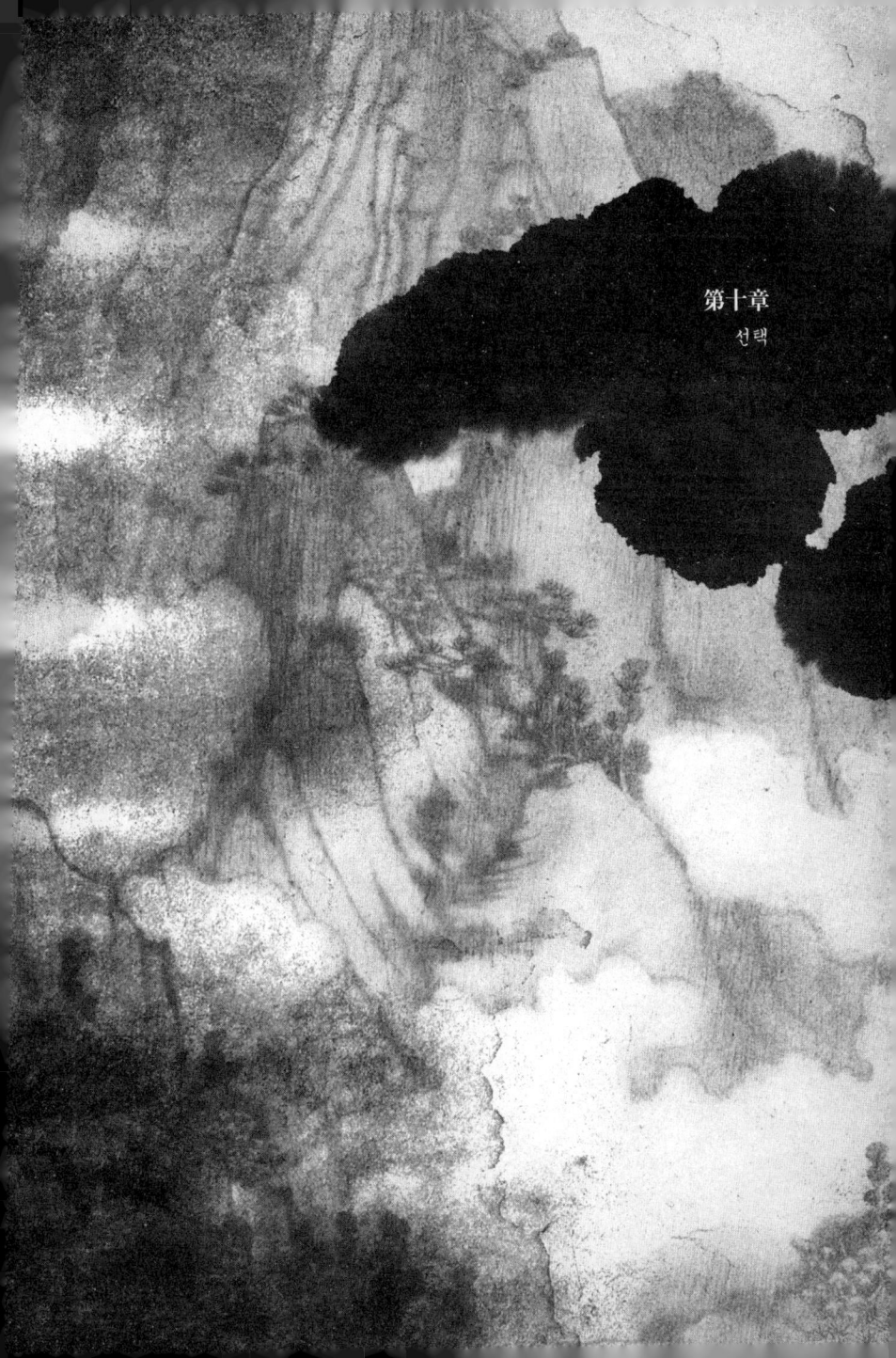

# 第十章

선택

치료실의 폭발 사건 이후, 황조령은 싱숭생숭한 나날을 보냈다. 운이 좋았던지 무림신녀는 큰 부상을 입지 않았다. 정신적인 충격 때문에 혼절했다고 했는데, 어찌 된 영문인지 며칠이 지나도록 깨어나지를 못했다.

황조령은 자신의 숙소에 머무르며 무림신녀가 깨어나기를 기다렸다. 군자의 내공도 그렇고 폭발이 일어나는 이유도 그렇고, 그녀가 깨어나면 물어볼 것이 너무 많았다.

오늘도 황조령은 좁은 방 안을 배회하며 무림신녀의 상태를 확인하러 보낸 수검을 기다리고 있었다.

똑똑.

방문을 두드리는 소리에 황조령이 즉각 반응했다.

"수검이냐?"
"아닙니다. 접니다, 황 대장님."
조이함의 목소리였다. 황조령은 재빨리 문을 열어주었다. 조이함은 방 안으로 들어서자마자 심각한 표정으로 말했다.
"상황이 매우 안 좋게 되었습니다."
"……!"
극도로 당황한 황조령이 물었다.
"서, 설마 신녀님의 상태가……!"
"예? 아, 아닙니다. 신녀님은 무사히 깨어나셨습니다. 배가 고프다며 식사도 두 그릇씩이나 하셨습니다."
안도의 한숨을 내쉰 황조령이 조이함을 쳐다보았다. 그게 아니면 어떤 상황이 안 좋게 되었냐는 눈빛이었다.
"무림맹의 토벌대가 지척까지 접근했다고 합니다."
"예상보다 빨리 움직이는군. 인원은 어찌 되느냐?"
"정예고수 열 명을 포함해 근 삼백에 달한다고 합니다."
"엄청난 인원이로군……."
머리가 복잡해진 황조령은 침상에 걸터앉았다. 그 정도의 대규모 인원이라면 일거에 토벌하겠다는 의지가 분명했다.
"신녀님 쪽의 호위무사 수는 얼마나 되느냐?"
"저를 포함해도 삼십이 되지 않습니다."
십 대 일의 전력 차는 극복할 수 없었다. 무공 실력 또한 토벌대가 앞설 것이 분명했기 때문이었다.
"토벌대를 이끄는 자가 누군지 아느냐?"

"예, 경포(經浦)와 원앙(袁昻) 두 명에게 책임을 맡겼다고 합니다."

"정녕 최악이군."

불행히도 둘은 황조령과 친분이 없었다. 경포는 여주승의 측근이었고, 원앙은 황조령의 밑에 있었으나 정이 없는 인물이었다. 둘 다 황조령이 부탁하다고 토벌대를 물릴 위인들이 아니었던 것이다.

"이번 싸움은 피하는 게 최선이다."

"저도 알고 있습니다. 그러나 신녀님의 뜻이 워낙 완고합니다. 절대로 도망치는 짓은 하지 않겠다고 선언하셨습니다."

"문제로군."

무림신녀가 고집을 부린다면 황조령도 어쩔 수 없었다. 일단은 토벌대의 침략을 막고 여주승과 단판을 짓는 방법을 택해야 했다.

"우리 인원을 최대한 모으면 몇이나 되느냐?"

"수는 많으나 도움이 될 인물은 그다지 없습니다."

무림신녀를 위해 싸우겠다는 사람들 대부분이 병든 환자들이었다. 그들을 데리고 무림맹의 정예부대와 싸울 수는 없는 노릇이었다.

"그래도 사람들을 계속 모아보아라. 직접 싸우지는 않더라도 그들을 압박할 수 있는 인원은 구성할 수 있을 것이다."

"알겠습니다."

"우리에게 남은 시간은?"

"사흘 후면 토벌대가 도착할 것으로 추정됩니다."
"아마도 반나절 정도는 빨라질 수도 있을 것이다. 경포와 원앙 두 명에게 책임을 맡긴 것은 경쟁을 시키겠다는 의도겠지."
황조령의 예상이 맞는다면 준비를 위한 시간이 더욱 촉박해졌다 할 수 있었다.
"저는 이만 물러가겠습니다."
"이함아, 잠시만 기다려라."
황조령은 서둘러 나가려는 조이함을 불러 세웠다.
"신녀님을 만나거든 내가 뵙자고 전하거라. 가능성은 별로 없겠지만 토벌대를 피해 떠나자고 설득해 볼 것이다."
"알겠습니다."
황조령은 가능성이 없는 것에 연연하는 인물이 아니었다. 토벌대에 관한 것 외에도 물어볼 것이 많았던 것이다.

그날 저녁, 무림신녀가 황조령의 숙소를 찾아왔다.
"헤헤, 좋은 시간 되십시오."
수검은 무림신녀가 즐겨 마시는 차를 만들어주고는 방을 나섰다. 황조령과 무림신녀가 오붓한 분위기에서 대화를 나누게 하려는 배려였다.
"몸은 좀 어떠십니까?"
황조령이 차를 한 모금 마시고 내려놓는 무림신녀를 보며 물었다.
"아, 괜찮아요. 이 차 맛도 괜찮고요."

무림신녀는 밝은 표정을 지어 보이며 대답했다. 예의상 하는 말이 아니라 정말 괜찮아 보였다.

"그래도 무리하시면 안 되지요. 제가 찾아뵙겠다고 했는데 말입니다."

"아니요, 제가 묻고 싶은 것이 있기에 직접 왔어요."

그녀 또한 황조령에 대해 많은 것이 궁금한 표정이었다. 이는 황조령이 궁금해하는 것과 일치하는 것이었다.

"단도직입적으로 물을게요. 군자의 내공은 어디서 배우셨나요?"

"배운 게 아닙니다. 어쩌다 보니 그렇게 됐다고 말씀드릴 수밖에 없겠습니다."

"……."

무림신녀는 살짝 입술을 삐죽였다. 그리 성의없는 답변이 어디 있냐는 의미였다.

"솔직히 말씀드리는 겁니다. 저는 군자의 내공이 무엇인지로 모릅니다. 실은 그것 때문에 신녀님께 뵙자 청을 드린 것이었고요."

무림신녀는 상했던 기분이 조금 풀리는 모습이었다.

"정말 군자의 내공이 뭔지도 모르시나요?"

"모릅니다. 아는 것이 있다면 특정한 내공을 사용하는 부류에게 폭발을 일으킨다는 겁니다. 신녀님처럼 말이지요."

"호호, 참 묘하네요."

"무엇이 말입니까?"

"누구는 그를 얻기 위해 별의별 짓을 다해도 안 됐는데, 누구는 어떻게 됐는지도 모르고 익혔다니 말이에요."

"그에 대한 설명을 부탁드려도 될까요? 군자의 무공이 정확히 무엇이며, 누가 이를 그토록 익히려고 했는지 말입니다."

"죄송하지만 안 될 것 같네요."

무림신녀는 딱 잘라 거절했다. 황조령이 무안해서 재차 묻지도 못할 정도였다.

"그에 대해 알고 싶다면 결정을 하셔야 해요."

"어떤 결정을 해한 한다는 것이지요?"

"황 대장님의 몸에 군자의 내공이 남아 있는 한, 얼굴 상처는 절대 고칠 수 없어요. 군자의 내공을 포기하고 얼굴을 고치실지, 군자의 내공을 위해 얼굴을 포기할지… 이를 결정해 주시면 알려드리지요."

참으로 어려운 결정이었다. 만약 황조령이 강호를 은퇴하지 않았다면 얼굴을 포기했을 것이다. 그러나 지금은 어머니의 소박한 꿈, 혼사를 치르고 손자를 안겨주는 것이 인생 최대의 목적이었다. 그런 면에서라면 당연히 얼굴을 선택해야 했지만 쉽지 않았다. 어느 것도 포기하고 싶지 않은 마음이었다.

한참을 기다려도 대답이 없자 무림신녀가 몸을 일으켰다.

"곧바로 결정하실 거라곤 생각지 않았어요. 찬찬히 생각해 보시고, 결정하시면 알려주세요."

황조령은 그녀가 일어서는 것도 인식하지 못했다. 무아지경에 가까운 상태에서 고민에 고민을 거듭하고 있었다.

"황 대장님?"

무림신녀는 문을 열고 나서기 직전, 고민에 빠져 있는 황조령을 불렀다.

"아, 죄송합니다. 고민이 깊다 보니……."

"아니요. 일어서지 않으셔도 돼요. 시간이 많지 않다는 것을 말씀드리려고요. 가능하면 삼 일 내로… 아니, 반드시 삼 일 안으로 결정을 해주세요."

무림신녀는 가벼운 눈인사를 하고는 문밖으로 나갔다. 황조령은 그녀가 한정지은 시간에 대해 짐작 가는 바가 있었다. 무림맹의 토벌대가 도착하는 시간이었다.

삼 일이란 시간은 금방 흘렀다.

특히나 황조령처럼 여러 가지로 머리가 복잡한 경우는 더욱 그러했다. 마을 밖에서 진을 치고 있는 무림맹의 토벌대와 맞서야 했고, 내공을 포기할 것인지 얼굴을 포기할 것인지 선택도 해야 했다.

더욱이 두 가지 문제는 별개의 건이 아니었다. 내공을 포기하게 되면 무림맹의 토벌대와 맞서는 것을 포기해야 했던 것이다.

황조령은 삼 일 동안 거의 두문불출하다시피 했다. 수검은 이처럼 깊게 고민하는 황조령을 처음 보았다.

"황 대장님, 우선은 말입니다, 무림맹의 토벌대를 상대하고 나서 얼굴 상처를 어찌할지 결정하는 겁니다. 그 정도까지는 신녀님도 봐주실 겁니다."
 가장 현실적인 방법이었지만 문제가 있었다.
 "이함이를 통해 벌써 그 뜻을 전했다. 그런데 그게 불가능한 모양이다."
 "왜요?"
 "신녀님의 몸 상태도 좋지 않고……."
 "예? 말도 안 됩니다. 신녀님이 밥을 얼마나 많이 드시는데요?"
 수검의 생각은 단순한 편이었다. 여자를 보는 기준은 무조건 외모, 건강의 척도는 밥을 얼마나 많이 먹는가에 달려 있었다.
 "그보다 더 큰 문제는… 내 얼굴 상처가 오늘이 지나면 다시는 고칠 수 없다는 것이다."
 "그러니까, 왜요? 똑같은 약재를 다시 구해서 치료하면 되지 않습니까?"
 "혹 떼려다 외려 혹을 붙인 결과가 되고 말았다. 그때 치료에 실패하여 상처가 더욱 악화될 것이라고 한다. 약재의 효과가 남아 있는 오늘이 지나면 신녀님도 어쩔 수 없다고 하더구나."
 "우와~ 돌아가시겠습니다!"
 기쁨을 나누면 배가되고, 슬픔을 나누면 반이 된다고 했던가. 그러나 풀리지 않는 고민을 나누면 답답함만 배가될 뿐이었다. 수검은 머리를 움켜쥐며 괴로움에 몸부림쳤다.

"한데 마을 밖 상황은 어찌 돌아가고 있느냐?"
 황조령은 화제를 돌렸다. 얼굴의 상처 못지않게 마을 밖 상황도 심각했다.
 "놈들이 마지막 경고를 날렸습니다. 한 시진 내로 항복하지 않으면 마을 전체를 쑥대밭으로 만든다고 합니다."
 "한 시진이라……."
 황조령은 쓴웃음을 지어 보였다. 그가 결정해야 할 시간이 더욱 줄어든 것이다.
 "이함이는 신녀님을 설득하고 있느냐?"
 "예, 그렇지만 가능성은 거의 없는 듯합니다. 죽는 한이 있어도 절대 도망치지 않겠다고 합니다."
 "……."
 황조령의 고심이 더욱 깊어지자 수검이 나름대로의 해결책을 내놓았다.
 "그냥 신녀님을 보쌈하면 어떻겠습니까? 제가 들쳐업고 어떻게든 탈출해 보겠습니다."
 황조령은 부정적인 태도를 보였다.
 "소용없는 짓이다. 그런 방법이 통할 것 같으면 이함이가 벌써 했을 것이다."
 "하면 방법이 없지 않습니까?"
 "운을 믿는 수밖에……."
 "예?"
 수검은 자신의 귀를 의심했다. 황조령은 어떤 일이든 자신의 실력으로 해결하지, 결코 운에 기댔던 법이 없었기 때문이다.
 "이제 움직여야 할 것 같다."
 황조령이 마침내 몸을 일으켰다. 그 뒤를 따르는 수검의 마음은 불안했다. 전투에 임하는 황조령의 마음가짐이 예전과는 확연히 달랐기 때문이었다.

    \*   \*   \*

 청수 마을을 포위하고 있는 무림맹 진영.
 토벌대장으로 임명된 경포와 원앙은 무림신녀의 호위무사들이 진을 치고 있는 마을 입구를 바라보고 있었다.
 "얼마나 남았지?"
 경포가 원앙에게 물었다.
 "거의 다 되었다 봐도 무방하지."
 원앙이 대답했다. 그리고 그들의 대화는 이것으로 끝이었다. 둘은 이내 자신들의 수하가 있는 곳을 갈라져 걸었다. 경포는 우측, 원앙은 좌측 진영이었다.
 좌측 진영 천막 안으로 들어선 원앙이 부관들에게 물었다.
 "공격 준비는 끝냈는가?"
 "네, 그렇습니다."
 "공격 부대에게 똑똑히 전하여라. 우리의 상대는 삼십도 되지 않는 무림신녀의 호위무사들이 아니다. 바로 우측에 있는 경포의 수하들이다. 저런 놈들에게 결코 공을 빼앗겨는 안 될 것이다."

"명심하겠습니다."

"확실하게 무너뜨리고 오너라."

"존명!"

부관들이 천막을 나서고 잠시 후, 원앙의 인상이 찌푸리며 말했다.

"너는 안 나가는 것이냐?"

부관들이 모두 떠난 텅 빈자리, 아직도 자리를 지키고 있는 인물이 있었다. 더덕이 진 머리와 마구 자란 수염, 상당히 지저분해 보이는 사내였다.

"저까지 나설 필요가 있겠습니까?"

사내는 귀찮아 죽겠다는 표정으로 대답했다. 천성적으로 게을러 보이는 모습이었다. 하극상이라 할 수 있는 상황에도 원앙은 화를 내지 않았다.

"가끔은 몸을 풀어주는 게 어떠냐? 내 밑에 있던 지난 삼 년 간 한 번도 검을 휘두르지 않았으니 말이다."

"삼 년 전에 분명 말했을 겁니다. 저를 수하로 거두신다면 꽤나 골치 아플 것이라고 말입니다. 그냥 무림맹을 떠나게 놔 두셨으면 서로 좋았을 것 아닙니까."

"그렇게는 못하지. 곽현(廓賢), 너만 한 실력자는 무림맹에도 흔치 않으니 말이다."

원앙이 곽현을 데리고 있는 이유는 빼어난 무공 실력 때문

선택 313

이었다. 수하로 거두어 잘해준다면 뛰어난 심복을 얻을 수도 있다고 생각했는데, 실수였을지도 몰랐다. 아무리 잘해주어도 곽현은 지난 삼 년간 이 모양이었다.
"어떻게 하면 너를 움직일 수 있겠느냐?"
"글쎄요. 우선은 제대로 된 상대부터 데려오십시오. 여자 하나 잡겠다고 우르르 몰려서는……."
곽현의 시선은 공격 명령을 기다리는 토벌대로 향했다. 무림신녀를 잡기 위해 대규모의 인원이 동원된 것 자체가 못마땅한 표정이었다.
"내가 뭘 더 바라겠느냐."
원앙은 포기한 듯 천막 밖으로 나섰다. 그가 생각하기에도 이는 닭 잡는 데 소 잡는 칼을 사용하는 것이나 진배없었다. 때문에 경포의 군사와 경쟁을 유도하며 수하들의 사기를 진작시켰던 것이다.
양편으로 나뉜 토벌대는 공격 준비를 끝마쳤다. 원앙은 두 무리의 중간 지점에 서 있는 경포와 나란히 섰다.
"금방 끝나겠지?"
"변수만 없다면."
경포의 짧은 물음에 원앙도 짧게 대답했다. 둘의 사이는 적보다도 더 냉랭하게 느껴질 정도였다.
"무림신녀를 잡는 쪽이 여 군사님께 보고를 올리는 것으로 하지."
"그러지."

조금 길게 말한 경포가 왠지 손해 본 느낌이었다. 그들의 대화는 여기서 단절되었고 공격 명령만을 남겨둔 시점이었다.
 "으음?"
 "으음?"
 경포와 원앙의 인상이 동시에 일그러졌다. 공격 명령을 내리려는 찰나, 누군가 마을 밖으로 나오는 것이 보였다. 체격이 좋은 장정과 절름발이사내였다.
 체격 좋은 장정의 목소리는 무림맹 진영까지 똑똑히 들렸다.
 "어이~! 이야기 좀 합시다!"
 회담을 하자는 것이다. 이에 부관들은 고개를 돌려 어찌할 것인지 눈빛으로 물었다. 책임자가 두 명인 상황이라 내재된 문제가 있었다. 둘 사이에 의견이 충돌하면 조율할 방법이 없다는 것이다.
 "항복이 아니면 필요없지."
 "그렇지."
 다행히 경포와 원앙의 의견은 일치했다. 그들은 지체없이 손을 번쩍 들었다. 그리고는 장천 마을을 향해 크게 팔을 휘두르며 외쳤다.
 "공격하라!"
 "존명~!"
 경포 측에 백, 원앙 측에 백, 도합 이백에 달하는 인원이 일시에 돌진했다. 양측이 경쟁 붙은 상황이라 그 기세는 더욱 사납고 위협적이었다.

"어라? 공격하는데요?"

앞서 가던 수검이 걸음을 멈췄다. 장천 마을과 무림맹 진영의 중간쯤에 해당하는 지점이었다.

"피할 이유가 없다."

황조령의 말이 끝나기 무섭게 수검이 쌍검을 뽑아 들었다. 그리고는 엄청난 기세로 몰려오는 토벌대를 향해 공격적인 자세를 취했다.

수검의 위용은 대단한 듯 보였지만 경포와 원앙은 신경 쓰지 않았다. 그래 봐야 고작 둘에 불과했다. 이백에 달하는 무림맹 인원이 단둘에 막힌다는 것은 말도 안 되는 일었다.

곧이어 밀물처럼 달려든 무림맹도들이 수검과 황조령을 덮쳤다. 워낙 숫자가 많다 보니 그냥 깔아뭉개도 되는 상황이었다.

창창창창창…….

병장기 소리가 울려 퍼지면서 수검과 황조령의 모습은 엄청난 수의 무림맹도들에 가려졌다. 보나마나 한 상황이었다. 경포와 원앙, 어느 측에서 먼저 그들을 처리했는가가 문제인 듯했는데…….

서걱, 서걱, 서걱, 서걱!

"……!"

"……!"

경포와 원앙의 눈이 동시에 커졌다. 수검의 쌍검에 자신들의 수하가 줄줄이 나가떨어지는, 말도 안 되는 일이 벌어진 것이다.

"고, 고수!"

원앙의 놀람은 이루 말할 수 없었다. 고수도 보통 고수가 아니었다. 현란한 쌍검에는 압도적임 힘까지 더해져 있었다. 지칠 줄 모르는 체력까지 감안하면 고수들이 발로 차인다는 무림맹 내에서도 상급에 속한다고 할 수 있었다.
　그러나 원앙의 놀람은 시작에 불과했다.
　툭툭툭툭툭…….
　가볍게 지팡이를 휘둘러 너무도 쉽게 자신의 수하들을 제압하는 황조령을 보고는 완전히 할 말을 잃고 말았다.
　"저, 저자는 대체!"
　황조령의 무공 수위는 원앙의 판단기준을 넘어섰다. 그 둘에 가로막힌 무림맹도들은 더 이상 전진하지 못하고 접전을 벌이고 있었다.
　"경포, 더 이상의 피해는 막아야 한다. 서둘러 용호대(龍虎對)를 투입해야 한다."
　용호대는 무림맹의 정예부대였다. 매우 중요한 임무나 돌발적인 상황이 발생했을 때 투입되며, 경포와 원앙, 둘의 허락이 있어야 움직일 수 있었다.
　"지금 즉시……."
　후앙~!
　긴급히 용호대가 투입되기 직전, 바람처럼 원앙의 곁을 스치고 지나가는 인물이 있었다.
　"곽현!"
　원앙은 기쁨에 찬 탄성을 질렀다. 삼 년 만에 드디어 곽현이 움직인 것이다. 원앙은 용호대의 투입을 잠시 보류했다. 곽현이 나섰기에 기대해 볼 만한 것이다.

파파파파팟!

곽현은 놀라운 속도로 돌진했다. 순식간에 앞서 출발한 동료들을 따라잡았고, 민첩한 몸놀림으로 그들을 헤치고 앞으로 나아갔다. 그 신출귀몰한 동작에 동료들조차 입이 떡 벌어질 정도였다. 원앙이 불쌍해서 거둬줬다 생각했는데 아니었던 것이다.

부웅~!

허공으로 솟구친 곽현은 황조령과 동료들이 접전을 벌이는 사이에 떨어졌다. 고전을 면치 못하고 있던 동료들은 천군만마를 얻은 기분이었다.

"곽현! 한꺼번에 달려들 것이다. 맨 앞에서 절름발이의 공세를 차단해라. 공격!"

"우와아~!"

다시 힘을 얻은 무림맹도들은 일시에 황조령을 향해 달려들었다. 그런데 중간에 서 있는 곽현은 움직일 생각을 하지 않았다. 아니, 동료들이 다가오자 검을 뽑기는 했는데, 절름발이가 아닌 동료들을 향해 검을 휘둘렀다.

후앙~!

검풍에 휘말린 무림맹도들을 줄줄이 허공으로 솟구치며 나가떨어졌다. 동료에게 공격을 당한 무림맹도들을 분노 어린 눈빛으로 소리쳤다.

"곽현! 이게 무엇 하는 짓이냐!"

이에 곽현은 천천히 황조령에게 걸어가며 대꾸했다.
 "네놈들이야말로 무엇 하는 짓이냐! 정신이 나간 것이냐, 눈이 삔 것이냐. 내가 두 눈 뜨고 살아 있는 한, 그 누구도 황 대장을 해할 순 없다!"
 척~!
 곽현은 단호한 표정으로 동료들을 향해 칼을 겨누었다. 순간 무림맹도들은 머릿속이 텅 빈 것 같은 느낌에 빠졌다.
 "화, 화, 황 대장님!"
 무림맹에 몸담고 있으면서 어찌 그 이름을 모를 수 있단 말인가. 아무리 그가 무림맹을 떠났다고 해도 그 이름이 갖는 무게감은 여전했다.
 "황 대장님~!"
 무림맹도들은 일제히 부복했다. 모용관을 꺾고 무림맹을 다시 일으켰던 전설적인 사내에 대한 존중이었다.
 이에 황조령은 당황함을 금치 못하는 경포와 원앙을 바라보았다. 황조령과 무림맹의 대결은 이제부터가 시작인 것이다.


『혼사행』 4권에 계속···

# 저작권 보호!!
## 장르문학의 성장에 힘이 되어주십시오.

### 저작물의 무단 전재와 복제, 불법 다운로드!
### 이것은 관심이 아니라 무관심입니다!

작가님들은 창의적 열정과 시간을 투자해 자신의 꿈과 생계를 유지합니다.
한 권의 책을 만들어 많은 사람들은 자신의 인생과 미래를 설계합니다.

### 저작물 속에는 여러 사람의 노력과 희망이 담겨 있습니다!

저작물의 무단 전재와 복제, 불법 다운로드는 여러 사람들의 꿈과 생계를 위협함으로써 장르문학을 심각한 상황에 빠뜨리고 있습니다.

### 이제는 무관심이 아니라 관심으로 장르문학의 성장에 힘이 되어주세요.

[도서출판 **청어람**은 항시적인 저작권 보호를 통해 장르문학과 여러분의 희망을 지키겠습니다.]

저작물의 무단 전재와 복제, 불법 다운로드는 법률에 의해 처벌받을 수 있습니다.
저작권법 제97조의5 (권리의 침해죄)
저작재산권 그 밖의 이 법에 의하여 보호되는 재산적 권리(제73조의 4의 규정에 의한 권리를 제외한다)를 복제·공연·방송·전시·전송·배포·2차적 저작물 작성의 방법으로 침해한 자는 5년 이하의 징역 또는 5천만 원 이하의 벌금에 처하거나 이를 병과(동시에 두 가지 이상의 형벌을 지우는 일)할 수 있다.

청어람
도서출판

# 기적
## Miracle

홀로선별 퓨전 판타지 소설

무공을 익힐 수 없는 비운의 천재 제갈수.
공작가의 망나니 공자 슈.

운명을 벗어나려는 제갈수의 노력은 망나니 공자의 죽음과 만나 비상한다.

제갈수의 영혼과 슈의 신체를 이어받은 새로운 슈 부르셀라 폰 레비안또 가누비엔
그것은 하나의 위대한 기적!

홀로선별 퓨전 판타지의 신기원!
『기적!』

따뜻한 그의 이야기가 지금 시작된다.

유행이 아닌 자유추구 -
WWW.chungeoram.com
Book Publishing CHUNGEORAM

# KARMA MASTER 카르마 마스터

이상혁 게임 판타지 소설

**살아 있다는 것이 무엇인가?**

살아 있는 것과 살아 있지 않은 것. 자극을 받는 것과 받지 않는 것.
자극을 받는 그 무엇. 즉, 자아(自我).

형이 개발한 게임, 샹그릴라에서 만난 소녀. 사고로 깊은 잠에 빠진 형을 알고 있는 그녀로
인해 한규의 게임 인생이 180도 뒤바뀐다!

"한규, 티아메트 만나."

이상혁 작가의 새로운 도전! 〈카르마 마스터〉
샹그릴라를 둘러싼 비밀까지 한큐로 날려 버린다!

Book Publishing CHUNGEORAM

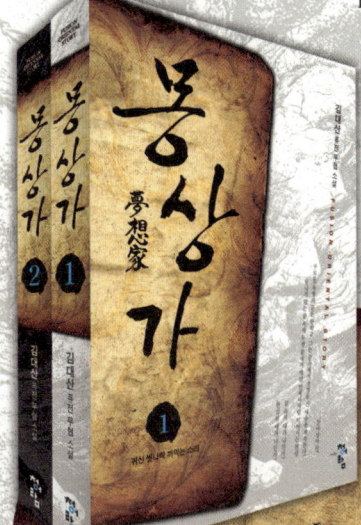

婚事行
혼사행

항상 新무협 판타지 소설

용감한 영웅은 싸우다 전장에서 죽었고,
의리를 아는 영웅은 모함을 받아 죽었고,
진짜 영웅다운 영웅은 환멸을 느끼고 강호를 떠났다.

영웅다운 영웅, 무적신검 황조령.
백전백승의 신화를 창조한 무림지존.

그러나…
배필을 찾는 일에는 백선백퇴짜의 불명예를 달성하다!!!

유행이 아닌 자유추구 -
WWW.chungeoram.com
Book Publishing CHUNGEORAM